Lo que esconde el mar

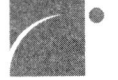

Lo que esconde el mar

Lucía Mallén

Rocaeditorial

© 2019, Lucía Mallén

Primera edición: junio de 2019

© de esta edición: 2019, Roca Editorial de Libros, S. L.
Av. Marquès de l'Argentera 17, pral.
08003 Barcelona
actualidad@rocaeditorial.com
www.rocalibros.com

Impreso por LIBERDÚPLEX, S. L. U.
Sant Llorenç d'Hortons (Barcelona)

ISBN: 978-84-17541-58-3
Depósito legal: B. 13305-2019
Código IBIC: FA

Todos los derechos reservados. Esta publicación no puede ser reproducida, ni en todo ni en parte, ni registrada en o transmitida por, un sistema de recuperación de información, en ninguna forma ni por ningún medio, sea mecánico, fotoquímico, electrónico, magnético, electroóptico, por fotocopia, o cualquier otro, sin el permiso previo por escrito de la editorial.

RE41583

A Liam

1

Dos cajas de libros, dos maletas grandes con ropa de invierno y calzado, una mediana con la de entretiempo y verano, otra con sábanas y mi almohada, el neceser a reventar de lacas de uñas, cremas para el cuerpo, la cara y los pies, estuche de manicura, planchas para el pelo, todo el kit de maquillaje... Ya sabía que me había dejado algo: el protector solar y la maquinilla para una urgencia depilatoria. Los compraría en la isla.

El traqueteo metálico era ensordecedor cuando subí la rampa hasta la segunda planta del hangar del ferri. La mochila donde llevaba el portátil, los cables y los manuscritos, mis libretas y el diccionario Merriam-Webster estuvo a punto de caerse del asiento del copiloto. Por el retrovisor del todoterreno vi bailar, entre los bultos del maletero, la mesa y las dos sillas de plástico plegables que también había cargado. Los empleados me guiaron con gestos expeditivos entre decenas de automóviles y camiones de gran tonelaje.

Tenía la impresión de que huía para no regresar a Barcelona en mucho tiempo.

No creo que Marcos sospechara mis intenciones. Solo reparó a última hora en que me llevaba demasiadas cosas, pero estaba entretenido con alguna de sus gestiones.

Nuestra despedida en la estación marítima fue fría. Él no paraba de enlazar una llamada de trabajo tras otra. Me dedicó un mero roce de labios y volvió a atender a quien fuera que estuviera hablando por su móvil.

Qué lejano y vacuo había quedado ese *pacto de la felicidad* que hicimos cuando nos casamos, por el que no dejábamos un día sin hacer el amor ni un resquicio de intimidad sin caricias sexuales. Marcos llevaba meses ausente, concentrado en su empresa de informática, haciendo crecer sus sistemas de comunicación y bytes por todo el mundo, ignorando la soledad en la que me sumía.

Del coche, ya estacionado, solo me llevé el bolso y la mochila con el ordenador. El barco olía a brea y a herrumbre. Tenía ya un pie en las escaleras, que rezumaban humedad, cuando una voz a mi espalda me advirtió de que no había cerrado la puerta.

Era una mujer rubia, de unos sesenta años, con un elegante abrigo de cachemir azul oscuro. Me sonrió dejando a la vista una dentadura blanca y me guiñó un ojo.

Apunté con la llave hacia mi todoterreno hasta que se encendieron los intermitentes. Solo me hubiera faltado que me robaran algo.

—Muchas gracias, ando despistada.

—Ve con cuidado de no resbalar. Las escaleras tienen una capa grasa en este tramo del aparcamiento. ¿A qué zona te diriges? Conozco al dedillo el Abel Matutes.

—Este es mi camarote. —Le enseñé el billete de pasaje, que llevaba en la mano.

—Qué casualidad, el mío es casi contiguo. Si quieres, te acompaño...

—Me gustaría quedarme un momento en la cubierta. —Empecé a subir y ella me siguió.

—Claro, para ver el desatraque y eso. Aunque la tarde está un poco fría. Me llamo Sara.

—Yo soy Nadia.

—Un nombre bien bonito. Yo vivo en Ibiza desde hace unos años.

Cuando llegamos a cubierta vi que las nubes se habían espesado en torno a la bocana del puerto. El sol se puso de la manera más intrascendente y discreta. Los pasajeros, apoyados en el pasamanos infinito del buque, saludaban desde la altura a la poca gente que se había congregado para despedirlos. Me fijé en alguna calva que reverberaba a la luz incipiente de las farolas, pero no vi a Marcos. Le oí decir por teléfono que iba a buscar a unos clientes japoneses a su hotel para cenar temprano con ellos.

Aún quedaba un buen rato para que el buque soltara amarras. Se levantó una brisa fresca y sentí un escalofrío por la espalda. Sonó mi móvil y aproveché para guarecerme en un pasillo. Sara me siguió con la mirada y se quedó esperándome en cubierta. Me sentí un poco culpable: seguro que le estaba haciendo pasar frío solo por acompañarme.

—¿Ya estás en el barco? ¡Joder!, es que he tenido un día de mierda en la galería. —Mi querida Ana siempre sonaba tan efusiva y cantarina—. Me hubiera gustado ir a despedirte, pero aún tengo clientes. No se van ni a tiros, lo peor de la inauguración es que no se van hasta que se acaba la bebida, ¿va todo bien? ¿Es bonito tu camarote? ¿Estarás cómoda, cariño? —Bajo sus preguntas encadenadas se percibía un fondo de murmullos y risotadas.

—Todo genial. Todavía no he visto el camarote. Estaba en cubierta, pero el tiempo, desapacible. Marcos me dijo que habría buena mar, pero se está levantando mucho viento…

—Ese qué te va a decir. Te habrá hecho uno de sus cálculos estadísticos. La probabilidad de que tengas olas de tres metros es un ochenta por ciento inferior a la de que el mar esté como un plato, la de que se hunda un barco es infinitamente superior a la de que se estrelle un avión…

—Vale ya, Ana, siempre estás con lo mismo —la corté, aunque tenía razón, pero siempre me restregaba que Marcos me hubiera hecho anular un crucero por el Mediterráneo por sus malditos cálculos de probabilidades. Nos fuimos un fin de semana a Malta, en avión. Desde entonces no se había separado de su empresa más de dos días seguidos ni a una distancia mayor de cuatro horas de vuelo.

—¿Ya lo has dejado?, ¿le has dado puerta?

—No, Ana, me voy solo por un tiempo, mientras duren las obras de la casa.

—No deberías seguir con él. Te está afectando negativamente. Te estás tragando una relación que no sabe a nada. Nadia, vamos a cumplir cuarenta años y quiero que seas feliz de verdad, no con ese ñoño pacto de la felicidad con el que te engatusó.

¡Habló la muda! Ana iba por su cuarta pareja y me recriminaba haberme quedado con el primero que se coló en mi cama. La que fue mi mejor amiga en el colegio opina que los hombres tienen fecha de caducidad y que cada cierto tiempo hay que probar uno nuevo para mantener en forma tus sentimientos.

—Estoy pasando un mal momento, es verdad. Un tiempo en la isla me vendrá bien. Entre la reforma y acabar una traducción, estaré distraída… Y además, tú no eres muy imparcial para juzgar nuestra relación. Marcos te cayó mal desde el primer momento.

—Es mutuo, Nadia, siempre suele ser mutuo. Él me tiene por una vivalavirgen a la que todo le resbala. Pero él es incapaz de apreciar una obra de arte que no sea una computadora…, ¿acaso ha leído alguna de las novelas que has traducido?

—Bueno…, no creo que esas tramas románticas peguen mucho con su carácter.

—¿Acaso me pegan a mí? Y no me pierdo una. Es tu trabajo y lo haces muy bien. Eres la mejor.

—Tú sí que eres la mejor.

—Me pillaré unos días para ir a verte. Tú y yo solas, como en los viejos tiempos. ¡Y en Ibiza! A Ricardo no le importará, creo que el pobre ya no aguanta mi ritmo. Tendrías que verlo ahora mismo, de charleta con los jóvenes pintores, no paran de llenarle la copa y me lo van a tumbar. La semana que viene cumple setenta, quizá tendría que cuidarlo más. Este me está durando mucho tiempo. —Se rio con ganas.

—Dale un beso. Me encantará que vengas, pero no sé si en la casa vamos a estar cómodas… Espero que me hayan habilitado un rincón para dormir, lo vamos hablando. Te dejo, voy a ver si ceno algo en la cafetería.

—Cuídate, Nadia. Besos.

Colgué y busqué a Sara con la mirada. Ella también se había resguardado y estaba pendiente de que acabara la conversación para acercarse. Me tomó del brazo y me condujo hacia la proa. Parecía que me tomaba por una mujer desvalida y timorata. Tanta protección en un viaje convencional, aunque a Marcos le pudiera parecer que asumía riesgos innecesarios, era un poco absurda.

La cafetería estaba bastante despejada. El barco iba medio vacío. Pasé revista a un surtido de platos cocinados y bocadillos. No tenía mucho apetito. Sara cogió una ensalada en una bandeja envuelta con celofán y pidió un té. Yo, un sándwich vegetal y un café. Nos sentamos junto al ventanal que daba a cubierta. El sonido grave, como un bostezo ensordecedor, de la sirena del Abel Matutes anunció sus lentos movimientos para despegarse del muelle. La calefacción estaba alta, quizás por el contraste del frío que había tenido fuera.

—Y bueno, ¿qué hace una mujer como tú embarcada rumbo a Ibiza en pleno mes de marzo? —me preguntó Sara.

—Hemos comprado una casa antigua y estamos reformándola. Voy a hacer el seguimiento de las obras. ¿Y tú? —le pregunté más por cortesía que por interés. Seguía dándole vueltas a mi conversación con Ana sobre Marcos y de algún modo me preocupaba sentirme tan aliviada por alejarme un tiempo de él.

—Yo vengo una vez al año a Barcelona. Aprovecho para ir a los médicos, hacer compras y ver a algunos amigos. En Ibiza fabrico cosméticos a base de aloe vera, tengo una pequeña plantación.

De pronto noté algo familiar en esa mujer sonriente, de ojos azules y labios rosados y perfectos.

—¿Nos hemos visto en alguna parte? El caso es que… tu voz, eso es, tu voz me suena.

—Es posible, hice un programa de radio durante muchos años. Sobre tendencias de moda y de belleza. Lo dejé hace diez.

—Ya recuerdo… «Al día con Sara Neira», por las tardes, era muy bueno. Siempre acertabas con mis gustos musicales, los consejos sobre cómo cuidarse, ¿sabes que una vez hablé contigo en directo?

—Espero que te ayudara a resolver tus dudas. —Se rio.

—Tenía un acné recalcitrante, odiaba el reflejo de mi imagen en el espejo.

—Veo que mi recomendación te fue bien, querida, tienes un cutis precioso. La mayoría de llamadas eran sobre cómo vestirse para acudir a una cita con un chico o cómo ir maquillada para una entrevista de trabajo. Las chicas de entonces parecían más inseguras. Ahora a esto le llamarían *micromachismos*, aunque entonces creo que puse mi granito de arena para ayudarlas a sobrevivir.

—¿Por qué lo dejaste?

—Al parecer, a los cincuenta ya no estás capacitada para aconsejar a las jovencitas y no me di cuenta de que el mundo había cambiado. Me dijeron que había quejas de colectivos feministas, que las mujeres teníamos otros intereses y que los blogs y las redes sociales estaban llenos de recomendaciones mejores y más actualizadas. No me renovaron y me vine a Ibiza a hacer cremas. También asesoro a una marca de moda para mujeres de más de cincuenta.

Sara jugueteó distraídamente con la taza de té. Sus manos eran delicadas, de dedos finos y largos, pero observé que tenía pequeñas quemaduras en sus dorsos, venosos y destensados.

—He estado visitando al dermatólogo —me explicó en cuanto captó mi mirada—. El aloe lo tenía que haber utilizado de joven. El sol no perdona y tenía varias manchas en la piel que me han quemado con el láser… Bueno, la edad tampoco perdona. Ya he cumplido sesenta.

—Estás estupenda —le dije con sinceridad: realmente Sara me pareció una mujer bella.

—Gracias, aunque en eso no reparan los hombres. Dicen que ellos con la edad acumulan experiencia y resultan más interesantes, mientras que nosotras solo almacenamos arrugas y traumas, nos volvemos más complejas y difíciles de tratar.

—Eso es un tópico machista. Algo interesado que los hombres quieren hacernos creer a base de repetirlo.

—Será así, Nadia, pero en mi caso el tópico se ha cumplido. Mi experimentada pareja me dejó por una mujer más joven y si alguno se acerca a mí es porque huele el perfume de mi dinero. ¿Estás casada?

—Sí. Desde hace quince años. Mi marido se llama Marcos.

—¡Ajá! Entonces, mejor no hablemos de hombres. Háblame de tu casa, ¿en qué zona de la isla está?

—Cerca de Cala Bou, da a la bahía de Sant Antoni de Portmany.

—Ah, está bien…, es una zona muy turística…

—Sí, pero aunque está rodeada de apartamentos y de bares para ingleses, la casa es un pequeño oasis en medio de tanto jaleo y desorden urbanístico.

—Seguro que quedará preciosa. Yo solía ir a Sant Antoni para las fiestas de Sant Bartomeu, el 24 de agosto. La bahía se ilumina por la noche con los fuegos artificiales, se ve preciosa y te olvidas de tanta edificación sin sentido como se ha permitido en esa zona. Tenía un amigo médico que vivía muy cerca de donde tú dices, en Cala Pinet, y organizaba una cena estupenda en esa fecha. Murió hace tres años y dejé de ir a su jardín frente al mar.

—El propietario de nuestra casa murió hace tres años y era médico…, sería mucha casualidad…

—Se llamaba Valerio Montalbán, un cirujano madrileño que se jubiló en Ibiza. Su madre construyó la casa de Sa Marea en los años sesenta.

—No me lo puedo creer, ¡esa es mi casa! Los hijos no podían hacer frente a la reconstrucción y optaron por ponerla a la venta.

Aunque al principio no le había querido dar detalles sobre la ubicación exacta y me había referido a Cala Bou, lo cierto es que estaba más cerca de Cala Pinet, flanqueada en su retaguardia por dos moles de apartamentos y a pocos metros de un hotel destartalado.

—¿Has comprado Sa Marea, la casa de los Montalbán? No sé cómo se me pudo pasar que estuviera a la venta. La verdad es que siento envidia…, sana, claro. Las vistas son increíbles. Enhorabuena.

—No hace mucho que decidieron venderla. Un hotelero ibicenco que tiene varios establecimientos de lujo estaba negociando con la familia para derribarla y construir un hotel. De hecho, les dio una paga y señal a la que tuvimos que hacer frente para deshacer el acuerdo. Marcos dice que la finca está catalogada por el Ayuntamiento como urbana y hotelera, pero al final el empresario desistió del proyecto.

—Pues estupendo, encima habéis contribuido a evitar otro de los muchos desmanes urbanísticos. Ahora me caes mejor —bromeó—. Prométeme que en cuanto la tengas lista me invitas a tomar un café. La verdad es que estaba muy dejada. Valerio no solía invertir mucho en su conservación, la recuerdo con las paredes despintadas. Por dentro parecía un museo arqueológico naval, llena de ánforas y anclas…

—La compramos vacía. Quedaban unos pocos muebles viejos que me gustaría restaurar. A Marcos le encantó la bodega excavada en el subsuelo. Es una galería larga y oscura, creo que está al mismo nivel que el mar, y a mí me da cierto respeto. Solo he bajado una vez por esa escalera tan inclinada…, es como una cueva. Si por mí fuera, la taparía.

—¡Qué dices! Allí es donde Valerio guardaba uno de sus tesoros. ¿Tú sabes qué cantidad de buenos vinos se han llegado a almacenar en esa cueva que tú dices? Recuerdo que una vez me mostró más de un centenar de Vega Sicilia y el más antiguo era de 1942. ¿Y qué se habrá hecho de ellos?

—¿Los vinos?, se los llevó el hotelero. Cargó más de un millar de botellas en su furgoneta en cuanto dimos la paga y señal.

—Lástima, porque te aseguro que el precio que los coleccionistas pagarían por los Château Lafite, y hasta por los Pingus bien conservados, sería increíble. ¿También se llevaron las ánforas?

—Sí, ya no había nada. Apenas unos muebles desvencijados. ¿Qué son esas ánforas?

—Valerio, aparte de ser un excelente gourmet y un gran cocinero, tenía un *hobby* muy especial, una gran pasión: se dedicó a buscar pecios hundidos en la zona y rescató verdaderos tesoros del fondo del mar. Cientos de ánforas, monedas, restos fenicios, cartagineses y romanos, anclas y aparejos de barcos que naufragaron navegando en rutas comerciales y que llevaban varios siglos bajo el agua. La casa y el jardín estaban llenos a rebosar de esas piezas de museo... A mí me regaló alguna vasija.

—Supongo que las habrán devuelto al Estado, he leído en algún sitio que si sacas algo del mar te puedes quedar una parte de lo rescatado mientras vivas, pero al fallecer pasa a manos del Patrimonio.

—¡Ja!, ¿que sus hijos lo han donado para que las piezas halladas por Valerio estén en un museo? Estos o el hotelero las habrán malvendido a cualquier coleccionista privado. No tengas duda. Valerio era muy buena persona, pero conozco cómo se mueven algunos hoteleros ibicencos.

—¿Qué quieres decir?

—Pues que son aves de rapiña, me puedo imaginar que algún «detallito» naval aparecerá en sus hoteles de lujo.

»Pobre Valerio, tuvo mala suerte con la familia y con algunos amigos que se le acercaban. De sus cuatro hijos, dos murieron muy jóvenes, y para colmo, su mujer enfermó y falleció a los pocos años de que se retiraran a vivir en Sa Marea. Sin embargo, él siempre tenía una sonrisa y una botella de vino a punto de descorchar para compartirla con cualquiera de buena fe. Pobre hombre.

—Vaya, no sabía..., sí que me pareció extraño el hotelero, creo que se llama Tur. —Recordé la mala impresión que me causó en los encuentros que mantuvimos con él en los despachos del abogado y del notario.

Las negociaciones de la compra las había llevado Marcos y, una vez adquirida Sa Marea, los hermanos Montalbán habían desaparecido. Me sorprendió que no mostraran ningún apego a la casa, pero yo creo que fue el tal Tur quien los quiso apartar de nosotros. Estuve tentada de preguntarles muchas cosas, pero se mostraban recelosos y Marcos me sugirió que era mejor que no indagara.

—¿Extraño? Tur tiene dos cinco estrellas en la isla y varias fincas. Es uno de los personajes más poderosos, que hace y deshace la normativa urbanística cuando no se la salta sin problemas, esa es la fama que tiene.

»En cuanto a los hijos, son buenos tipos. Pasaban largos veranos a pan y cuchillo en casa de su padre, ellos, sus parejas y sus hijos. Valerio era feliz, o eso parecía, teniéndolos cerca. Aunque llevaba su propia vida, le gustaba navegar con su velero, que tenía amarrado en el varadero junto a la casa.

—Me gustaría conocer la historia de Sa Marea y de Valerio.

—Te presentaré a gente, vamos, si te apetece, que lo conoció bien, creo que es necesario saber la historia de una casa cuando la vas a reconstruir. Tan básico como conocer el pasado de un hombre cuando te vas a vivir con él; si ha sido mimado y protegido por su madre, ya puedes ir espabilándote para cambiarle las costumbres. —Se rio de su propio chascarrillo y de pronto se puso seria—. Tu casa tiene algo peculiar…, no sabría decirte, algo que hay que cambiar…, pero… bueno, me estoy metiendo donde no me llaman, seguro que harás una reforma magnífica.

—Eso espero. Tengo muy pocos meses y me da la impresión de que los tiempos en la isla son muy diferentes a los de la Península. Los industriales allí tienen mucho trabajo y me está costando cerrar acuerdos con ellos. Marcos decidió que teníamos que traernos los albañiles y los materiales de Barcelona si queremos tenerla lista para el verano, y dentro de poco ya no se puede hacer ruido por eso de la moratoria de la construcción en los meses vacacionales. Así que tengo que acabar los exteriores en poco tiempo y luego trabajar en los interiores con sordina para no molestar a los vecinos. De entrada, le voy a cambiar el nombre por uno que te parecerá poco original, creo que la vamos a llamar La Casa en la Bahía.

—¡Uhm! No está nada mal, la define muy bien. Un nombre sencillo y sugerente. Realmente vivirás literalmente sobre el mar de la bahía que tanto disfrutó Valerio.

—¿Qué cosas crees que tengo que cambiar en la casa? —pregunté impaciente. Había notado que Sara había interrumpido por alguna razón su comentario anterior.

—No me hagas caso…, son cosas mías. Nada importante. No debía habértelo dicho. Es solo que tiene algunos desniveles peligrosos…

—¿Peligrosos? —Me intranquilicé.

—Ya ves, una tontería. En el primer piso recuerdo que las habitaciones tenían un escalón, algo así como una tarima. Si puedes arreglarlo, quedaría mejor.

—No pensaba hacerlo. Claro que sería deseable que las habitaciones estuvieran al mismo nivel, pero eso encarecería la obra. No le veo el peligro si te acostumbras a sortear los escalones.

—Bueno, no quería preocuparte, pero…

—Pero ¿qué? Déjate de misterios.

—El doctor Valerio Montalbán murió como consecuencia de una caída en su habitación.

—¿Murió en la casa? —Me atraganté con el café, ya frío.

—No exactamente. Lo encontraron inconsciente junto al escalón de la habitación y cuando lo llevaron al hospital de Can Misses, despertó solo unas horas. Le sugirieron trasladarlo a Mallorca, al parecer tenía un coágulo en el cerebro que debía operarse con urgencia. Él se negó y falleció al día siguiente. Muy extraño, porque tenía setenta años y se conservaba muy bien, estaba ágil y salía a navegar siempre que el buen tiempo lo permitía. La misma noche en que sufrió la caída había atracado su barco en el muelle de la casa, eso me dijeron. No se explican cómo pudo tropezar con un escalón que conocía perfectamente.

—¡Dios mío!, me parece horrible…

—¿Ves? No quería preocuparte. Soy una bocazas. Pero ya puesta en el asunto, ¿te lo cuento todo?

—Por supuesto, ¿qué más hay? —pregunté con una mezcla de curiosidad y nerviosismo.

—Son solo especulaciones, pero se llegó a decir que su caída no fue fruto de la mala fortuna. Pudo haber un forcejeo con algún desconocido..., vamos, que lo empujaron o algo peor. No se pudo demostrar, pero el jardinero que vivía en la habitación de servicio dijo que oyó ruidos de pelea y cuando subió a la primera planta se encontró a Valerio tendido en el suelo y allí no había nadie más. Un policía local que estaba muy cerca tampoco vio nada sospechoso en los alrededores.

—Pero dices que estuvo consciente unas horas en el hospital, podría haber denunciado la agresión si realmente lo habían atacado.

—Dijo que se había resbalado al salir del baño y que no recordaba nada, ¿ves cómo era una tontería?

Dos horas después de zarpar, el Abel Matutes ya había alcanzado la velocidad de crucero y el viento del este empezó a soplar con fuerza azotando con ráfagas intensas su costado de babor. Un aguacero impedía ver algo que no fuera la negritud de la noche y las luces de cubierta iluminando las andanadas de agua que golpeaban sin piedad los ojos de buey de mi camarote. El buque destripaba con decisión olas de más de dos metros a su paso, aunque se movía con una cadencia traqueteante que me inquietó.

Conecté el ordenador al móvil. Tenía varios correos. Abrí solo el de Begoña, no quería marearme. Mi editora me apremiaba a que le enviara cuanto antes el final de *En la cama con mi príncipe*, que estaba traduciendo del inglés. Begoña era un encanto, solía decirme que las novelas románticas no eran un género menor, que vendían más que las de Paul Auster, aunque la crítica no les diera ni una sola línea de reconocimiento. Sin embargo, la editorial había rebajado en los últimos años las tarifas de las traducciones y eso me obligaba a completar mis ingresos dando clases de Escritura Creativa. No lo hacía solo por dinero, porque había recibido una importante cantidad de la herencia de mis padres, pero no quería tocarla sino era imprescindible.

A Marcos no le gustaba que lo hiciera, decía que no teníamos necesidad de los raquíticos ingresos de mi trabajo. Su empresa iba viento en popa y nos había permitido comprar la casa de Ibiza que yo quería. ¿Qué sabía él de mis necesidades?

Cerré el ordenador y no contesté el correo. Mi cabeza estaba en otra parte.

Me tumbé sobre la cama, mirando al techo. Corrí las cortinillas y me puse un antifaz. Me costó un buen rato conciliar el sueño, porque me sobrevino la imagen del médico yaciendo ensangrentado en el suelo de la habitación de mi nueva casa. Estaba mareada, contuve una arcada y cerré con fuerza los ojos bajo el antifaz. Dormí poco y mal.

2

A las ocho de la mañana la isla me recibió con un día primaveral. El sol, que despuntaba, deshilachó las pocas nubes blanquecinas como filamentos casi transparentes que se habían quedado atrapadas por el relente del mar. Atrás había quedado el temporal, que remitió al enfilar el canal de Mallorca.

Cuando bajé el todoterreno hasta el muelle del puerto de Ibiza opté por tomar la autovía de Sant Antoni de Portmany, sin detenerme en la ciudad. En apenas media hora llegaría a Cala Pinet.

Sacrifiqué el café que me pedía el cuerpo tras una mala noche, renuncié también a desayunar para enderezar mi estómago revuelto y me despedí de Sara Neira. «Ya te llamaré, iré a ver tu aloe…, seguro que me encantará», le dije con dos besos apresurados. Le apunté mi teléfono y ella me dio una tarjeta con su dirección.

Tenía ganas de llegar a Sa Marea. A la vez, iba disfrutando del trayecto: todo me resultaba nuevo y lo miraba con una ilusión especial desde mi soledad recién estrenada. Si no llega a ser porque un cliente de Marcos nos invitó a cenar en Ibiza, no hubiera conocido la isla ni tendría esa casa. Marcos tenía que cerrar el contrato un viernes y le convencí para que nos quedáramos el fin de semana. En la cena estaba también el hotelero Luis Tur, que nos habló de la finca que tenía apalabrada con los Montalbán. Marcos debió notar que le urgía venderla, pero a mí me pareció el típico nuevo rico impresentable, apenas le hice caso y me limité a charlar de naderías con su mujer.

A la altura de Sant Rafel, dejé a la derecha su iglesia blanca levantada con arenisca y mortero de cal. Apenas había tráfico y enseguida divisé la bahía de San Antoni, sumergida entre edificios de diferentes alturas.

Ante ese azul intenso, se repitió la extraña sensación que tuve al llegar a la isla por primera vez: como si hubiera encontrado una de las piezas que me faltaban para llenar el vacío de mi vida en aquellos momentos, una inyección de moral y felicidad que recargó mi ánimo. Aquel fin de semana Marcos estaba feliz por haber cerrado el contrato y el sábado accedió a mi capricho de que le echáramos un ojo a Sa Marea.

Mientras recorría las estancias de la casa y contemplaba la vista de la bahía desde la terraza del primer piso, lanzando exclamaciones de alegría como una chiquilla, oía a Marcos discutir con el hotelero el precio y las lamentables condiciones en las que se encontraba la finca. Por la noche hicimos el amor en el hotel y le convencí para que la compráramos. Era nuestra dos meses después y medio año más tarde ya teníamos los planos y los presupuestos de las obras.

La compra de Sa Marea fue solo un espejismo en medio del desierto de nuestro matrimonio.

No entré en Sant Antoni y tomé el desvío de Ses Països que me condujo hasta la playa de S´Estanyol, la avenida estaba flanqueada por hoteles, pubs y restaurantes con nombres tan desiguales como Ocean Beach, Las Sabinas, San Remo, Marvell Club, Tagomago o Azuline. Todos estaban cerrados por la temporada de invierno, un remanso de paz comparado con el bullicio que había visto en verano. La turbamulta de turistas se había esfumado y algunos cormoranes, aupados a los muelles de cemento y madera, se atrevían a desplegar sus alas al sol sin miedo a ser incomodados. La mayoría de establecimientos estaban vallados con rejas de alambre y los focos, farolas y neones aparecían cubiertos por bolsas de plástico negras para aliviarlos de la corrosión marina.

Por los resquicios entre edificios turísticos deshabitados

asomaban en la arena extensos montículos marrones de hojas de posidonia que habían ido a morir a la playa arrancadas del mar por los sucesivos temporales.

Vi los apartamentos pintados de ocre con la fachada desconchada y agrietada, el punto de referencia que conocía y que me indicaba que debía girar a la derecha hacia el mar, en dirección a la casa.

Entonces volvió el desasosiego que me había producido la conversación con Sara Neira. Ese maldito escalón se erigía como un obstáculo recurrente en la reforma. Quería pensar solo en el camino hasta la verja desde mi habitación para llegar al mar. Apenas treinta metros para bañarme en las aguas transparentes de la bahía..., pero de nuevo se me aparecía el peldaño mortal con el que se daba de bruces mi subconsciente, cegado como mi vista por el sol que crecía persiguiéndome por el retrovisor.

A pocos metros me topé con la puerta corredera de Sa Marea, desencajada de su guía. Toqué el claxon dos veces y un trabajador de aspecto juvenil, con mono azul y casco amarillo, la levantó con decisión desde el interior para encajarla y desplazarla lateralmente hasta abrirme paso.

—Buenos días, soy Jordi Murillo, el encargado de la obra. Usted debe ser la señora Ruiz..., la estábamos esperando —me dijo descubriendo una cabeza afeitada que hizo aumentar al instante la edad que le había calculado.

—Hola, soy Nadia. —No me gustaba que me llamasen por el apellido de mi marido, que ya me había hablado de Jordi.

Me bajé del coche y recorrí con la vista el patio trasero, donde los escombros rebosaban de los contenedores de hierro y montones de grava y arena se apilaban junto a una hormigonera que giraba con estrépito.

—¿La ayudamos con su equipaje? ¿Lo querrá subir a la habitación? —Murillo hizo una señal para que se acercara el albañil que estaba alimentando la hormigonera con la pala.

—¿Está terminada?, qué ganas tengo de ver cómo van las obras.

—No sé si será muy confortable. El yeso de las paredes aún está un poco húmedo…, le puse un calefactor, por la noche aún hace frío. Y un pequeño termo en la ducha, el agua saldrá un poco tibia. En fin, todo es provisional, claro. Más no hemos podido hacer. —Se ruborizó al mirarme distraídamente el escote.

Me di cuenta de que llevaba la blusa desabotonada y me la abroché.

—Seguro que estará bien. He traído muchas cosas, así que os agradezco que me echéis una mano para subirlas.

Los empleados se pusieron a descargar los bultos. Les advertí que tuvieran cuidado con el equipaje de mano y con la mochila que contenía el ordenador.

Me fijé en la fachada, en su color ocre rayando el amarillo que decididamente iba a cambiar por un blanco perla que había visto en algunas casas de la isla y que tanta luminosidad le daría. A poca distancia del tejado, aún permanecía incrustado en negro el rótulo de Sa Marea en hierro forjado.

Me desentendí del equipaje y anduve por el lateral este sobre el camino de piedras naturales colocadas desigualmente a lo largo del jardín de tierra rojiza, que aparecía dura y apelmazada, y que llegaba hasta el sendero costero, donde los siempreverdes escalaban por el brezo que marcaba los lindes de mi terreno. Los pinos mediterráneos y las sabinas daban sombra a decenas de cactus y bojs descuidados que malvivían entre los matojos. Pensé que las buganvillas y los rosales que plantaría acabarían con aquel jardín tan descolorido.

Pero esa sería la última fase. Pisé las baldosas de terrazo enmohecidas que bordeaban la piscina de agua verdusca con forma de riñón. Las iba a sustituir por unas italianas de color beige que había comprado en Barcelona a Climent, un curioso personaje que no paraba de resaltar las propiedades de los azulejos. «Esta, señora, es ideal para el exterior, su rugosidad inapreciable impide que resbale aunque el piso esté mojado. Tiene un tratamiento antideslizante. Si coloca las mismas piezas fuera y dentro conseguirá un sentido de espacio y profundidad increíble.»

Me vino la disparatada idea de que quizás esas baldosas de Climent hubieran impedido que el doctor Montalbán resbalara en el escalón de la casa y de ser así ahora esta no sería mía.

El caso es que Climent había adivinado mis gustos con tan solo echar un vistazo al plano y se entusiasmaba contando las características de ese material inerte como si se tratara de un ser vivo.

«Tiene un sistema peculiar de doble cocción. —Acarició con orgullo una pieza de cerámica y siguió explayándose en explicaciones técnicas.

A partir de entonces a Climent lo llamé el Doble Cocción y así lo tenía registrado en los contactos de mi teléfono para no olvidarme.

En la parte posterior de la piscina unos escalones permitían ascender por ambos laterales hasta una gran palapa encarada al norte y cuyo armazón de madera sostenía un enorme sombrero de mimbre. Me apoyé en la barandilla para contemplar la bahía. El mar, a mis pies, estaba encalmado. Al fondo, los palos de los veleros del puerto de Sant Antoni parecían agujas señalando al cielo. Algunas embarcaciones estaban fondeadas en boyas en el centro de la bahía; la mujer de Tur me había explicado que sus patrones las dejaban allí después del verano al albur de los temporales. Era la alternativa para no amarrarlas en el puerto y así eludir las costosas tarifas que pedían por invernarlas en Es Nautic de Sant Antoni. Parecían haber resistido estoicamente y uno de los veleros incluso tenía ropa tendida en el cable del pasamanos. Alguien parecía vivir ahí.

En el embarcadero de Sa Marea, construido con hormigón aprovechando un saliente de la roca, encontré amarrada una auxiliar de goma con un pequeño motor. En la punta, desde la leve altura de un pequeño noray despintado, una garza picuda de las pocas que no habría emigrado de las salinas ibicencas, movía nerviosa el cuello oteando una presa en el agua.

Me imaginé al doctor Montalbán amarrando su velero en ese muelle tras una jornada de exploración de tesoros ocultos en las profundidades que, seguramente, descargaría con sigilo para no ser visto.

Instintivamente llamé a Marcos, sentía la necesidad de compartir con alguien aquella calma y de paso decirle que había llegado bien, pero su teléfono tenía conectado el buzón de voz.

Entonces oí a mi espalda un estrépito que provenía de mi casa. Volví la vista hacia la fachada norte y contemplé una humareda de polvo grisáceo que salía del interior. Imaginé que estaban derribando un tabique a mazazos.

La casa se alzaba en dos plantas y se asemejaba a una ruina en medio de un campo de batalla: sin puertas ni ventanas, habían perforado la fachada para abrir espacios por los que introducir los nuevos cerramientos y habían horadado grandes surcos para instalar los nuevos bajantes.

Por encima de las cubiertas asomaban carretillas y poleas junto a un cúmulo de sacos de cemento. Quizás no había sido una buena idea vivir ahí en esas condiciones.

Murillo vino a mi encuentro. Ya habían subido mi equipaje a la habitación, si no necesitaba nada más de él, iba a desayunar, en un par de horas llegaría el aparejador y podríamos visitar la obra.

Conté hasta seis empleados, que me saludaron tímidamente y se sentaron a una mesa de plástico bajo la sombra de un pino en el ala oeste del jardín con vistas a la bahía. Desenvolvieron los bocadillos y alguna fiambrera y abrieron varias botellas de cerveza y refrescos de cola. El césped estaba amarillento y lleno de calvas. Tendría que poner tierra nueva y volver a plantarlo.

Al verlos sentí un vacío en el estómago. No había comido nada desde el sándwich de la noche anterior en el barco. Lo mejor sería subir primero a ver mi habitación y buscar después alguna cafetería cercana que estuviera abierta.

El suelo del salón en la planta baja, ya sin baldosas, aparecía cubierto de plástico sobre el que serpenteaban infinidad de cables y tubos que tenía que sortear cuidando de no pisarlos. Debía ser la instalación de la calefacción radiante y los conductos de luz y agua.

La cocina estaba impracticable, los antiguos muebles habían desaparecido y de las paredes descarnadas por las regatas asomaban mangueras negras de caucho. Fui hasta la escalera de madera y cerámica, que estaba forrada con cartones para evitar el deterioro de los peldaños.

Enfrente del arranque del pasamanos, estaba engastado en la pared un cuadro de mosaicos antiguos de enormes dimensiones en el que aparecía la tétrica imagen de un santo montado a caballo que no me quitaba ojo. Su mirada oscura y profunda me produjo pavor. De inmediato planeé taparlo con un espejo grande, porque suponía que desincrustarlo de la pared tendría el riesgo de que se hiciera añicos. Y si se descomponía al retirarla, sentí que le estaba haciendo un desaire a su antiguo dueño, el médico que habitó la casa hasta su último día.

Subí los peldaños evitando mirar los mosaicos, como si aquel santo me pudiera hipnotizar con sus ojos penetrantes y misteriosos.

La luz natural iluminaba el rellano superior de la escalera a través de una doble puerta de cristal y madera, la única que pensaba conservar. De las dos habitaciones del primer piso iba a quedarme en la de la parte trasera, que tenía vista lateral al mar y al jardín de los cactus. La delantera sería la suite que ocuparíamos Marcos y yo una vez restaurada, con su gran terraza sobre la piscina y la bahía.

El olor acedo del yeso fresco me recibió al abrir la puerta. La antesala era grande y habían depositado mi equipaje junto a la puerta corredera de cristal que daba a una pequeña terraza y que estaba abierta para que el aire acabara de secar las paredes. Al fondo, la puerta del baño, de madera sin pintar, y en un lateral, el somier junto a un armario empotrado que tendría que restaurar.

Avancé hacia el baño y reparé en el escalón. Más bien era una tarima de obra sobre la que se alzaban las piezas del dormitorio y del baño, la antesala y la terraza se encontraban a un nivel inferior. Aquella fue la habitación de Valerio, así que estaba sobre el lugar exacto donde el médico habría tropezado fatalmente. O al menos, donde lo encontraron malherido.

No pude evitar estremecerme.

3

*U*n ruido ensordecedor me sacó de mi turbación. Alguien estaba manejando algo parecido a una sierra eléctrica en el otro extremo del pasillo. Me dirigí corcoveando, para no pisar las conducciones del suelo, a la suite de matrimonio. En la terraza un hombre delgado con mascarilla y gafas protectoras estaba puliendo con una lijadora un tronco de sabina utilizado como viga para sostener el tejadillo.

Al verme, se detuvo en seco y se desprendió de la máscara.

—Buen día, señora.

—¡Vaya ruido! ¿Qué está haciendo?

—Soy carpintero. Sabina está pintada con barniz. Creo yo que ser mejor si tiene color natural.

Parecía un hombre afable, hablaba con voz queda y tenía un semblante infantil a pesar de que rayaba los sesenta. Su acento me resultaba irreconocible.

—Y usted, ¿de qué empresa es?

—Trabajo por horas. Refuerzo. Encargo de la constructora… Me llamo Luka. Yo ayudar puedo, ¿necesita de mí?

—No, gracias…, es solo que esto hace mucho ruido y… bueno, creo que tiene razón: es mejor el color original, pero esto le llevará mucho trabajo —comenté cuando aprecié que apenas había sacado una tercera parte del barniz con el que habían impregnado el tronco.

—Empezar ayer…, sí, es difícil, pero sabina es bonita si ser natural como las del jardín. —Señaló las que estaban plantadas abajo, sobre el césped.

—Oiga, ¿usted no sabrá de alguna cafetería donde pueda desayunar cerca de aquí?
—Sí, claro. Ahora iba yo a ir, pero necesito coger coche. Está lejos. Todo cerrado.
—¿Muy lejos?
—Yo puedo llevarla, si precisa.
—No quisiera molestar.
—No molestia. —En su cara se dibujó una amplia sonrisa que le cuarteó los pómulos y achinó sus ojos.
Bajamos al jardín. Luka abrió el portón y me cedió el paso. Su mono marrón estaba cubierto de polvo de las raeduras de la sabina que estaba puliendo. Se sacudió las perneras y el pecho y me condujo hasta un utilitario desvencijado que estaba aparcado en batería sobre la acera.
—Un momento —dijo Luka.
Entró y le quitó el freno de mano, luego lo empujó por la pendiente marcha atrás, sujetándolo por el marco de la ventanilla, hasta que estuvo encarado hacia la calle de salida. No entendía aquella maniobra.
—No tener marcha atrás. Estropeada. —Rio Luka—. Ahora ya puede subir.
La cafetería, que resultó ser una pastelería-panadería, estaba a un kilómetro en dirección a Sant Antoni y pertenecía a uno de los pocos hoteles, el Mar Amantis, que estaba abierto y hospedaba a personas jubiladas que viajaban con el Imserso. Allí estaban una treintena de ellas, en ruidosa cola sirviéndose un bufete de desayuno recalentado.
Luka señaló una mesa vacía y con un gesto me invitó a sentarme.
—¿Qué quiere tomar?, yo buscar. No es necesario hacer cola. Yo ir a la barra.
—Una ensaimada pequeña y un café con leche. Muchas gracias. —Hice ademán de buscar el billetero en el bolso, pero Luka me lo impidió.
—¡Súper...! No preocupes, yo invito. —Y en un santiamén ya estaba frente al mostrador.
Al poco volvió con su gran sonrisa, sus ojos achinados

y una bandeja con el desayuno. En la calle un autobús hizo sonar el claxon advirtiendo que ya estaba preparado para la excursión. Una joven guía se levantó y animó a voz en grito a los mayores a que acabaran su desayuno porque partían en cinco minutos. Observé cómo algunos de ellos corrían hasta el bufete para envolver en servilletas y bolsas los últimos bollos que quedaban en las bandejas.

La cafetería quedó desierta en unos segundos.

—¿De dónde eres, Luka?

—Nací en Gurjaani, Georgia. Usted debe saber, antigua república soviética, ahora país independiente.

—¿Hablas ruso?

—Es mi segundo idioma. Soy georgiano. Un bonito país, pero ahora pobre. La política no muy buena...

—¿Llevas tiempo en España?

—Va a hacer diez años en Ibiza, antes un poco en Valencia con mi mujer.

—¿Eras carpintero en tu país?

—No, yo economista. Estudié en Universidad de Tbilisi, Tiflis en español —dijo Luka orgulloso.

—Disculpa si me entrometo, pero ¿cómo un economista se convierte en carpintero?

—La vida. Yo trabajaba antes en San Petersburgo como jefe de contabilidad en gran empresa, luego en Hacienda en mi ciudad, como ayuntamiento aquí, pero la política..., ya sabe. Muchos problemas y poco dinero para pagar estudios de mis hijos. Mi mujer tampoco ganar dinero. Los ahorros perdidos con presidente Shevardnadze cuando país independiente. Mucha corrupción y dinero no vale nada... Tuvimos que emigrar.

—Vaya, sí que lo siento...

—No problema, yo ahora feliz aquí. Mis hijos trabajan en Barcelona y en Ibiza, mi mujer cuida mujeres mayores en una casa. Yo feliz. Economista no es nada, la gente necesita profesionales, yo estudio carpintería, electricidad, para eso hay dinero en Ibiza.

—¿Y tienes papeles para trabajar? Ya sabes, ¿estáis legales en Ibiza?, no quisiera que te pasara algo… trabajando en mi casa. —Me salió la vena legalista de Marcos.

—No preocupes, yo legal. Estoy asegurado y con contrato por unos meses. Tu casa muy bien quedará.

—Me he fijado en que te gusta tu trabajo. Esa viga de sabina está quedando muy bonita sin ese barniz horroroso que le pusieron. —Sentí la necesidad de halagarlo aunque no por ello dejaba de ser sincera.

—No entiendo por qué pusieron pintura. —Hizo un mohín de desaprobación y le dio un sorbo al café.

Sobre la mesa tenía un bocadillo de mortadela que había desenvuelto de su papel de aluminio y al que todavía no le había hincado el diente. Esperaba, seguramente por educación, a que yo probara la ensaimada, así que le di el primer mordisco.

—Creo que no te he dicho que me llamo Nadia. Voy a vivir en la habitación trasera hasta que se acaben las obras.

—¡Súper! Yo sé. Murillo dijo que vendría. Yo ayudar para arreglar la habitación. Poner puertas y ventanas provisionales hasta que llegue aluminio en pocos días. También ayudar a caldera para agua caliente.

—Vaya, eres un manitas.

—¿Manitas?

—Quiero decir que sabes hacer de todo, ¿dónde aprendiste?

—A mí me interesa aprender. Busco en Internet cosas, YouTube, también tutoriales. Es fácil. En Gurjaani yo arreglar antigua casa de mis padres.

—¿Has vuelto a tu país en alguna ocasión?

—Sí, dos veces desde que tengo papeles. Antes, difícil. Primero vino a España Marina, mi mujer. Es fácil para mujeres trabajar aquí, pero hombres más complicado. Más tarde mi hijo mediano y yo cruzamos frontera austriaca una noche por río, muy peligroso…, tres intentos difíciles…

Luka calló y volvió la mirada hacia el techo. Noté que se había emocionado recordando aquel episodio. Se ajustó unas gafas que llevaba colgadas al cuello, de esas magnéticas que se unen y separan por el puente, para esconder sus ojos achinados, que se habían enrojecido. Me sentí fatal. ¿Qué derecho tenía a indagar en la vida de aquel pobre hombre? Cuando daba clases de Escritura y algún alumno pretendía intimar más de la cuenta, solía mantenerlo a raya. Solo aquella vez con Lorenzo..., un alumno que me engatusó absurdamente, y de aquello me arrepentía cada vez que me acordaba. Qué pueril me pareció después haber caído en el sexo con él tan solo por sentirme deseada por un cuerpo más joven cuando creía que a Marcos ya no le parecía atractiva.

Pero ¿qué tenía que ver eso con una simple conversación con Luka mientras desayunábamos?

—Disculpa, no es de mi incumbencia. No quería incomodarte —me disculpé.

—No problema, lo siento. No tiene que preocuparse por mí. Yo ayudar en su casa si usted me necesita. A veces van muy rápido para acabar y luego hay que repasar cosas. Yo conozco bien la casa, estuve comprobando muros de habitaciones y son fuertes. Hay que tratar algunas humedades antes de pintar, si no pintura no vale. Yo sé.

Luka se estaba ofreciendo con entusiasmo, pero yo no tenía claro dónde podría encajar ese personaje si ya tenía una buena cuadrilla de albañiles, carpinteros, pintores, electricistas y fontaneros.

—Gracias, Luka, lo tendré en cuenta, sí. Seguramente al final habrá que rematar muchos detalles —dije sin mucha convicción.

—Guardé algunas cosas que iban a tirar al contenedor. Luego enseño.

—¿Qué cosas?

—Libros, cuadernos..., estaban detrás de mueble biblioteca. Los puse en una caja en la bodega. Ahí no entra nadie. Algo sucios, pero a mí no me gusta tirar libros; mi madre, maestra en Tbilisi, me enseñó de pequeño que los libros hablan, son como personas. No se deben tirar. —Volvió a mostrar su sonrisa infantil que me daba confianza.

El móvil vibró en mi bolso y sonaron los acordes de *New York, New York* de Frank Sinatra. Rebusqué en él entre llaves, clínex, libretas y cosméticos y conseguí alcanzarlo en el último suspiro de la melodía. Era Marcos. Luka aprovechó para retirarse discretamente hacia el baño de la cafetería.

—Hola, cariño —contesté.

—Hola, he visto ahora tu llamada. Tenía el teléfono sin batería… y te iba a llamar…, no sé qué hice que no lo cargué bien… Llegué tarde a casa después de la cena y me debí olvidar… —se deshizo en explicaciones.

Me resultó extraño. Siempre procuraba tener su teléfono operativo.

—No pasa nada. Ya estuve en la casa… La vista es maravillosa, Marcos. Te va a encantar cómo va a quedar. De verdad, esto es precioso y aunque hay mucho trabajo por delante resultará como la he soñado. Seguro —intentaba transmitirle todo mi entusiasmo.

—Seguro que sí. ¿Qué tal el viaje en barco?

—Bueno, hemos tenido levante de fuerza 5, poco antes de llegar al canal de Mallorca el mar encalmó.

—Ya, esta maldita aplicación de Naviatic falla más que una escopeta de feria. En fin, tengo un día de reuniones internas, o sea que no pisaré mucho la calle. Creo que comeré en el despacho cualquier cosa.

—¿No has ido al gimnasio a primera hora?

—Bueno…, no —titubeó—. Me he despertado a las ocho, es que no me ha sonado la alarma del móvil, ya te dije que no lo cargué —insistió—. Salí de casa corriendo y desayuné en una cafetería.

—Vaya, no sé cómo te las vas a apañar sin mí. —Me reí—. Le diré a Celeste que vaya más a menudo a limpiar la casa y, si quieres, que te prepare el desayuno cada día…

—No, no es necesario —dijo con rotundidad—, me puedo apañar solo. Perdona, cariño, pero ahora entro en una reunión. ¿Te parece que hablemos más tarde y me cuentas cómo va todo?

—¿Cuándo vendrás?

—Tenemos la convención de ventas el próximo fin de semana y luego tengo que ir a Londres…, pero nos vemos muy pronto. Un beso fuerte.

—Un beso…

Me quedé ensimismada mirando la pantalla del teléfono. Luka estaba de pie frente a la mesa haciendo tintinear las llaves de su coche. Tenía que volver al trabajo.

Le dije que me quedaría un rato y que regresaría a la casa dando un paseo. Cuando Luka se dio la vuelta, salí a la terraza y encendí nerviosa un cigarrillo. Marqué el teléfono de Celeste y enseguida oí la voz cantarina y ceceante de la hondureña.

—Hola, Celeste, soy Nadia, ¿No has ido hoy a primera hora como te dije? —Le había pedido que estuviera no más tarde de las 7.30 para arreglar los armarios que había dejado desordenados al hacer el equipaje y que preparara el desayuno de Marcos.

—Claro que sí, señora. Estoy aún aquí, en la casa, llegué a las siete y cuarto de la mañana. Ya está todo ordenado. Iba a limpiar la habitación de los señores, pero la cama ya estaba hecha y el baño está limpio, tal y como lo dejé ayer por la mañana.

—¿No viste al señor?

—No, señora, en la casa no había nadie. Pensaba que estaba de viaje, porque aquí no ha dormido el señor.

—Está bien, gracias, Celeste. Ya te volveré a llamar.

El paseo hasta Sa Marea duró apenas veinte minutos por el sendero de tierra que bordea la playa, pero casi no presté atención al azul transparente del mar, ni me detuve para ver los patos que se zambullían en el agua en busca de peces. Tenía la mirada pérdida y en la cabeza un solo pensamiento: ¿por qué me había engañado Marcos?

4

Me despertó el ruido metálico del portalón al desencajarse de nuevo de la guía. Al poco, oí las voces de Murillo y sus trabajadores. Eran las siete de la mañana y el día clareaba a través del estor de la ventana. Lo levanté y comprobé que el sol todavía estaba oculto tras las casas de Sant Antoni.

Había caído rendida en la cama la noche anterior. Sobre la improvisada mesita de noche tenía la libreta con las notas que había tomado durante la visita de obra con Vicens, el aparejador, y Murillo, pero tendría que volver a ordenarlas porque no había prestado mucha atención; todo el día anduve como una zombi pensando en el embuste de Marcos.

A punto estuve de salir hacia el aeropuerto y tomar un avión para Barcelona, pero al final no tuve el valor. Quizás por eso tampoco le dije, cuando él me llamó de nuevo por la tarde, que sabía que la noche anterior no había dormido en casa. Teníamos un pacto, el absurdo y trasnochado *pacto de la felicidad*, por el que nada que le pudiera hacer daño al otro merecía la pena sacarse a flote, pero maldita sea cuando te toca cumplir tu parte del acuerdo y no preguntar, y a él la de no reconocer su infidelidad. Yo estaba segura de que me había engañado, pero ¿desde cuándo? y ¿por qué?

«Eres tan ingenuo para creer que no me voy a enterar por el hecho de que medie entre nosotros un trozo de mar. Podías haber sido más precavido, haberle echado un poco más de imaginación a tu aventura para que no me diera cuenta. Bastaba con inventarte un viaje a Londres y que la hubieras llevado a un hotel, pero no, ni siquiera caíste en que la mujer de la limpieza te pondría al descubierto a las pocas horas de ausentarme. Eres patético y me haces daño.»

Aún sentada en la cama, concluí que me sentía más enrabietada que triste y eso me desconcertaba. Quizá ya no había nada que recomponer en nuestro matrimonio. Todo era una ruina, como aquella casa que pretendía restaurar. Pero la casa tenía reparación y en cambio Marcos ya no tenía arreglo hacía tiempo. «¡Cómo no lo he visto!» No valía la pena ponerle ni un solo remiendo. Ya me lo decía Ana y no la quise escuchar.

Tenía que ducharme y vestirme. Había quedado a primera hora con el electricista para indicarle dónde quería los puntos de luz y los interruptores.

En el baño hacía frío y trasladé hasta allí el calefactor. Pensé que Marcos me lo hubiera prohibido: «Esos aparatos junto al agua son mortales, tienes muchas probabilidades de que te pueda dar un calambrazo y electrocutarte.»

«A la mierda con tus consejos y cálculos de probabilidades, siempre agoreros, me lo voy a poner debajo de la misma ducha, ¡ja! Eso es lo que quieres, ¿verdad? No te voy a dar ese capricho de verme tiesa como un pajarito por una descarga eléctrica y que la otra se quede con mi casa.»

«Estás desquiciada, Nadia, pareces el típico personaje de mujer despechada de tus novelas románticas. ¿Cómo se llamaba esa que se entera de que su marido le pone los cuernos y ella para vengarse se tira a todos los que se le ponen por delante y se hace fotografías con ellos desnuda en la cama y se las manda a su teléfono desde un número de móvil con tarjeta de prepago como si fuera alguien que lo quiere chantajear? ¡Joder!, no me acuerdo, creo que era Laura, sí, casi todas se llaman Laura... Y le sale el tiro por la culata porque el marido ni caso, y entonces va la Laura esa y se fotografía con una mujer y entonces sí, entonces el marido cornudo reacciona y va a depositar la pasta donde le dicen para que no se difundan las imágenes, porque él es muy machito y no puede admitir que alguien se entere de que su mujer, con la que lleva veinte años casado, es lesbiana... ¡Uf!, vaya rollo de novela machista. Tienes que calmarte porque si te conviertes en la mitad de una Laura de esas, estás muerta.»

Goyo, el electricista, estaba esperándome en la planta baja. Llevaba un espray de pintura azul cobalto.

—¿Qué le parece si empezamos por los focos del salón? —me dijo agitando el bote como si fuera una coctelera.

No esperó a que le respondiera, ya estaba subido en una escalera dispuesto a dibujar círculos en el techo, donde irían empotradas las luces.

—Yo pondría tres alineados en esa zona. —Se lo señalé con el dedo.

—Pues justo aquí no pueden ir. Pasa una jácena de hierro en sentido longitudinal y es imposible empotrar los once centímetros que miden las carcasas de las luces. Tendrá que ser a un palmo de la viga como mínimo. —Marcó un punto azulón con el espray en el techo.

—Bueno, pues ahí estará bien —dije resignada.

Durante algo más de dos horas anduve tras Goyo y su espray por todos los rincones de la casa pintando cuadrados con una X en el centro para señalar los enchufes, doble X para los interruptores conmutados, círculos para las luces y rectángulos para las clavijas RJ para conexión a Internet. El electricista unía largas líneas azulonas entre ellos; finalizada su tarea, las paredes y techos aparecían llenos de jeroglíficos.

Goyo me iba dando explicaciones técnicas que hacían presumir que conocía bien su oficio. Aunque me quedé anonadada cuando subimos al baño de la habitación de matrimonio y le pedí que en la pared, encima del lavamanos, pusiera un espejo antivaho. Goyo se acercó con el espray al punto que le indiqué y escribió con decisión, trazo grueso y mayúsculas: «BAO».

Me mordí la lengua para no corregirle aquella fechoría ortográfica. Si bien habría suspendido de inmediato a cualquier alumno del curso de Escritura que hubiese osado escribir aquello, Goyo no tenía por qué dominar ningún idioma ni su normativa.

Luka ya había acabado de pulir la viga de la terraza y se sentó sobre una caja de madera para dar cuenta de un bocadillo con la vista perdida en el mar. Fui a su encuentro.

—Buenos días, Luka. Realmente ha quedado muy bien. —Deslicé la mano sobre el tronco ondulado y suave de la sabina.

—Buen día. Sí, ¡súper!

Con ese súper, intuía que Luka englobaba tanto un estado de ánimo como la culminación de una obra bien hecha, en su limitado vocabulario español.

—Le traje un desayuno. —El georgiano me ofreció una bolsa de plástico en la que encontré envuelta una ensaimada y un pequeño termo—. Tiene que comer.

Me senté a su lado sobre una caja de baldosas sin desembalar.

—Gracias, no tenías que haberte molestado.

Me serví el café humeante en un vaso fino de papel plastificado y me quemé los dedos. Luka se dio cuenta y se apresuró a forrar el vaso con un trozo de cartón ondulado que estaba en el suelo.

—He subido de la bodega caja de libros por si quiere guardar en su habitación. Tengo aquí. —Señaló un recoveco en el armario empotrado.

—¿Los libros que estaban detrás de la biblioteca?

Abrí la caja. Contenía a simple vista una veintena de ejemplares y varias carpetas de cartón con documentos. Hojeé publicaciones de náutica, la mayoría en mal estado, con las tapas de cartón ablandadas y enmohecidas: una guía sobre mantenimiento de barcos y otra de la costa balear, un manual sobre inmersión a grandes profundidades, un volumen muy bien editado sobre la mitología ibicenca…

—¿Interesantes? —preguntó Luka.

—Bueno, supongo que sí, pero no son de los que yo conservaría en mi biblioteca. Me los llevaré a mi habitación y esta noche les echaré un vistazo. Ahora he quedado con el jardinero y con un herrero para que me presupueste la reparación del portón. Los motores están para el desguace.

Murillo me llamó desde la planta baja, a voz en grito. Tenía al jardinero esperándome. Marcos los había citado la semana anterior a mi viaje. Los hijos del doctor Montalbán le habían facilitado sus teléfonos y le habían dicho que eran serios y cumplidores. Luka me dijo que dejaría la caja de libros dentro del armario empotrado.

El jardinero resultó ser un hombre mayor, casi diminuto, con la tez marrón oscura y cuarteada por el sol, casi resquebrajada. Las piernas, exageradamente arqueadas, le hacían caminar con un ostentoso balanceo.

—No me imaginé que volvería un día aquí —dijo con claro acento ibicenco—. Luis Marí, para servirla.

—¿Conoce la casa? —pregunté curiosa.

—Estas oliveras las planté yo hace treinta años. Dios mío... —gimoteó y se tapó la cara.

—¿Conoció al doctor Montalbán?

—Don Valerio le salvó la vida a mi mujer. Era una gran persona. Solo puedo hablar bien de él. No me quiso cobrar nada. Mi mujer tenía un tumor, la operó y sigue viva después de tantos años.

—¿Cómo le gustaba tener el jardín?

—Era muy sencillo. Una persona inteligente y sabia. Quería que las plantas y los árboles del jardín no sufrieran por el aire salino. Por eso no quiso arriesgar con los frutales y plantamos olivos y arbustos resistentes, acacias, palmeras, cactus...

—Bueno, a mí me gustaría mantener una parte de césped.

—El césped convencional no le resistirá al regarlo con el agua del pozo, tiene mucha dureza y demasiado sodio. El doctor lo plantó, pero ahora se ha descuidado. —Luis Marí oteó la fachada—. Veo que está cambiando buena parte de la casa. Un día me invitó a comer con mi mujer. Cocinaba él, ¿sabe? Hacía unas buenas paellas en el fuego de la barbacoa. Ya ve, un pobre jardinero como yo sentado a la mesa con una eminencia como el doctor Valerio. Algo que no se puede ni soñar.

—Ya. Debía de ser un gran hombre. A mí también me gustaría un jardín sencillo: repondría algunas plantas que se han secado, sembraría esa hierba de la bahía y quizás pondría piedrecitas en aquella parte. —Señalé el ala oriental del jardín—. Eso evitará que crezcan malas hierbas..., creo. ¡Ah!, y plantar rosales y buganvillas para que le den un poco de color. También me gustaría tener limoneros y naranjos...

—Los cítricos no se llevan bien con la sal, pero podemos probar con alguno. Le recomiendo los falsos pimenteros, que aguantan bien. La grava habría que colocarla sobre una superficie de tela para que no creciera la hierba. Por lo menos necesita quince toneladas de piedra pequeña. Le haré un presupuesto.

—Sí, y ponga bastantes buganvillas y rosales.

—No se preocupe. Tengo las medidas tomadas. Este jardín me lo conozco como la palma de mi mano. ¿Querrá poner riego automático?

—No sé, ¿usted qué me recomienda?

—El doctor Valerio lo regaba con la manguera cada día. Le relajaba, eso decía, pero yo creo, señora, que si no va a vivir todo el año aquí lo mejor es instalar un programador de riego o la hierba sufrirá mucho. Se lo presupuestaré también. Tiene un problema.

—Dígame.

—El agua de la finca es subterránea de pozo y tiene mucha salinidad. ¿Ha pensado en conectarse al suministro de la red de Sant Josep? La tierra retiene la sal y quema las raíces de la hierba. El agua de la red no tiene buen gusto pero está depurada y para el jardín es perfecta.

—Vaya, tengo tres pozos y parece que con abundante agua, según me dijo mi marido. Lo consultaré con él. No creía que resultara tan difícil mantener un jardín.

—Una planta es como una persona, si no le da los cuidados adecuados acaba enfermando.

—Puedo hacerlo si usted me enseña.

Luis Marí puso cara de incrédulo. Habría visto mis buenas intenciones tantas y tantas veces en jardines que había hecho para ricachones que creo que daba por baldías sus advertencias.

—Esto lleva trabajo y nosotros nos ocupamos de mantenerlo si usted lo desea, hay plagas que conviene prevenir y tratamientos con productos que solo manejamos los profesionales.

—Descuide, yo me ocuparé —insistí en tono convincente y Luis Marí se encogió de hombros y arrugó la nariz—. Me apetece cuidar de mi jardín.

Un individuo barbudo se coló por el portón y se paseó con disimulo, manos en los bolsillos, en torno a nosotros.

—¿Usted es...? —pregunté.

—Mauricio, soy el herrero.

Despedí al jardinero, que me prometió que en tres o cuatro días me haría llegar un presupuesto y le di la mano al herrero. Mauricio también era un tipo curioso, llevaba gafas de sol que se quitaba a menudo para restregarse los ojos.

—Disculpe, tengo un problema ocular que me estoy tratando. Supongo que es debido a las soldaduras, eso dice el médico.

—Pero ¿está en condiciones de trabajar?

—Sí, no es problema. Poner este portón nuevo es muy fácil. Necesitará dos brazos motorizados y así abrirá con doble hoja. No le recomiendo que la haga corredera como la de ahora porque, si le parece, se puede colocar en una de las hojas una puerta peatonal. Es sencillo.

Mauricio sacó una libreta del bolsillo y con un lápiz garabateó un presupuesto al instante. Me dijo que entre la fabricación y la colocación no transcurriría más de una semana. Fue a buscar en su furgoneta una muestra del material. Me sorprendió tanta eficacia.

—He hecho cientos de ellas en mi taller. Necesitaré que me adelante un cuarenta por ciento para comprar el material y encargar los motores si está de acuerdo. Este es mi número de cuenta, también vale un talón o, si quiere en efectivo, lo podemos hacer sin IVA. Los motores han de ser con IVA, eso sí.

—De acuerdo, le haré un talón ahora mismo, pero sobre todo no me falle y que esté en poco tiempo, no podemos estar con este que se cae en cuanto lo mueves. Respecto a los impuestos, creo que mi marido querrá que sea todo legal.

—Como quiera. Seguramente será en cuatro o cinco días. Depende de cuando lleguen los motores a la isla. Los encargo en Barcelona hoy mismo y suelen tardar tres días en llegar. Fabricar la puerta en mi taller no es problema, tengo material de sobra. Hoy mismo empezaré.

—También me gustaría cambiar ese letrero de Sa Marea por uno que ponga: «La Casa en la Bahía». —Señalé la fachada.

—Sin problema, solo tiene que enviarme a mi correo electrónico el tipo de letra que desea. Es un poco más largo que el actual pero encajará bien. No se preocupe. —Cogió el cheque que le extendí y se dio media vuelta muy resolutivo.

El día transcurrió como un suspiro. Apenas me dio tiempo a hacer unas compras para la comida y la cena en un supermercado y de conectar el ordenador un rato por la tarde para traducir diez páginas de *En la cama con mi príncipe*. No llamé a Marcos y tampoco lo hizo él. Es más, me sentí aliviada por que no lo hiciera. A las siete de la tarde ya no había un alma en la casa. Fui a buscar la caja de libros que había encontrado Luka y la dejé junto a mi cama. La luz en la bahía se extinguía sin remisión y solo disponía de bombillas en mi habitación y el salón, más una que colgaba de la palapa.

Me preparé un sándwich de atún y me lo subí al dormitorio. Lo mordisqueé sentada en el borde de la cama mientras inspeccionaba el botín rescatado por el georgiano. Efectivamente, eran títulos náuticos, salvo alguno antiguo sobre la Guerra Civil española y unas cuantas novelas de aventuras marinas. Los fui apilando en el suelo y, por último, desempolvé con una servilleta dos carpetas grises que estaban en el fondo de la caja y las dejé sobre el doble palé que me servía de mesita de noche.

Abrí una de ellas, la que tenía escrita en la cubierta, en tinta negra y con letras góticas, en perfecta caligrafía: «Proyecto de Embarcadero y Varadero para Embarcación. Año 1965». Contenía planos del embarcadero de la casa, documentación del Ministerio de Obras Públicas y de la Jefatura de Puertos y Señales Marítimas de Baleares por la que se le otorgaba la concesión del amarre a Valerio Montalbán. También había papeles del Ayuntamiento de Sant Josep de Sa Talaia que legalizaban la perforación de un pozo en la finca.

Muchos de esos documentos eran copias mecanografiadas en papel carbón con la tinta desvaída y apenas eran legibles. Tenía que fotocopiarlos antes de que los textos se difuminaran del todo.

Abrí la carpeta que no tenía título y se deslizaron sobre la colcha unas fichas de cartón manuscritas y un cuaderno que parecía un diario.

Cada ficha, conté hasta diez, contenía lo que parecían coordenadas de longitud y latitud con anotaciones bajo el epígrafe de «Avistado por», seguido del nombre de una persona o de un buque. También incluía la profundidad en pies, el tipo de fondo, clasificado por rocoso o arenisco, las fechas de avistamiento y, en alguna de ellas, un número que podía ser de teléfono cuando aún no existían los prefijos provinciales. Me pareció que se trataba de localizaciones de los descubrimientos de tesoros marinos del doctor Montalbán que me había comentado Sara en el barco.

Apilé las fichas y abrí la libreta. El centenar de hojas que contenía estaba en blanco, pero me resultó curiosa la cubierta de cartoncillo moteada de puntos y rayas de color negro: eran tres puntos seguidos de tres rayas, y de nuevo tres puntos que se sucedían en toda la superficie de la tapa del cuaderno. Después volví a comprobar el interior haciendo correr las hojas y me di cuenta de que en una de ellas alguien —¿el médico?— había escrito al pie de página: «A. P. en Pingus 1997». Me sonaba a uno de los caros vinos de los que Sara me había contado que coleccionaba el médico.

Todo era un tanto extraño, así que volví a la tapa del cuaderno: aquellos puntos y rayas repetidos parecían signos del alfabeto morse. Abrí el ordenador y lo conecté a mi teléfono móvil. Cuando tuve acceso a Internet, busqué un traductor a texto de los signos de aquel antiguo código. Tecleé los puntos y rayas tal y como estaban dibujados en la tapa del cuaderno: …---… Al momento apareció la traslación: las tres letras de la señal de socorro internacional SOS. Entré en la Wikipedia, donde explicaban que se acordó su uso en 1906 porque se podía radiar fácilmente por morse. Algunos afirman, sin embargo, que es la sigla de *Save Our Ship* ('Salven nuestro barco'); otros apuestan por el latín: *Si Opus Sit* ('Si fuera necesario').

Concluí que posiblemente esta última era la acepción que pretendía darle el dueño de aquel cuaderno. ¿Se trataba de un mensaje? ¿Leer si fuera necesario? Y si resultaba serlo, la única anotación era «A. P en Pingus 1997». ¿Qué significado tenía eso?

Estaba alterada. Encendí un cigarrillo y la primera bocanada de humo que exhalé hacia la pantalla del ordenador me hizo toser. Salté de la cama y abrí la ventana buscando aire puro, el sol se había puesto y había pintado las nubes de tonos rojizos y violáceos que no tardarían en desvanecerse. Las olas, con el viento en calma, se habían detenido y el mar era solo un susurro cuando la espuma rebosaba sobre las rocas de la playa.

Sonó un mensaje en el teléfono, era Marcos: «Buenas noches, cariño, ¿va todo bien? Un beso». No le contesté.

Saqué del neceser una pastilla para dormir y me tomé la mitad de la dosis, no solía utilizar somníferos de forma habitual, pero siempre llevaba alguno a mano. Poco a poco fui tranquilizándome hasta que me quedé dormida.

No conseguí conciliar un buen sueño. Mi subconsciente voló sobre el piélago. Me vi sumergida en un prado marino de verdes algas bamboleantes y entre ellas emergían cientos de ánforas y monedas desperdigadas por la arena profunda.

Me desperté cuando sentí un regusto salado en la boca: en mi pesadilla estaba ahogándome. Abrí los ojos angustiada y desorientada; me costó unos segundos reconocer dónde estaba. Presté atención, mis oídos eran un increíble radar en la oscuridad, me pareció que la casa crujía, quejándose por las heridas infligidas en sus muros. El viento había vuelto a hacer su aparición. Sudorosa, alargué la mano hasta el móvil y miré la hora en la pantalla: eran poco más de las tres de la madrugada.

El sudor que me empapaba la frente se enfrió, el ambiente no era cálido precisamente. El olor a yeso húmedo impregnaba la habitación. Me levanté de la cama y me abrigué con una bata azul cuando los dientes ya me habían empezado a castañetear. Mi último recuerdo consciente era aquel cuaderno con su enigmática anotación.

Encendí el ordenador y tecleé en un buscador: «Pingus 1997». Apareció un vino de una bodega bastante exclusiva de la Ribera del Duero que había adquirido un danés en 1995. Una página web me ofrecía adquirir una botella por 1.300 euros; apenas quedaban unas pocas, me advertían.

Quizá la anotación se refería a una botella en concreto de ese vino, almacenada en la bodega de esa casa en la que yo estaba durmiendo sola y ligada a un mensaje de urgente necesidad o de peligro que quiso transmitir el doctor Montalbán.

Encendí la solitaria bombilla y me puse las zapatillas. Pensaba que era una locura, pero sabía que no sería capaz de conciliar el sueño de nuevo.

Activé la linterna del móvil y salí decidida de mi dormitorio provisional; bajé la escalera, con cuidado de no tropezar, hasta el salón. Le saqué la lengua al santo de los mosaicos y me dirigí a la bodega. Abrí el portón de madera gruesa y el gozne chirrió con tal estridencia que me hizo recordar que no había nadie más que yo para oírlo. Ante mí apareció una oquedad profunda que se perdía en el infinito.

La linterna apenas iluminaba los primeros escalones de madera, empinadísimos, que conducían a aquella especie de cripta. Me quité la bata y la dejé en el suelo junto al portón, me sería más cómodo bajar sin estar pendiente de pisarme los faldones. Con una mano sostenía el móvil y con la otra me iba agarrando a cada peldaño, ya que opté por bajar de espaldas, tal y como se lo vi hacer a Marcos la primera vez que visitamos la casa. Conté catorce escalones hasta que pisé suelo firme a unos cuatro metros de profundidad. Recorrí con el exiguo haz de luz la estancia, que olía a azufre y a moho. Excavados a mano en la tierra había decenas de nichos numerados y vacíos: la confirmación de que el hotelero Tur se había llevado las botellas de vino.

Todas no, porque encontré algunas conforme avanzaba por la galería, pero estaban vacías o habían perdido parte del vino a través de los tapones de corcho que no habían resistido el paso del tiempo.

Las fui iluminando una tras otra en busca del logotipo de Pingus. La mayoría de los precintos de celofán en las que estaban envueltas para preservar las etiquetas se habían despegado del vidrio y estas eran ilegibles. Al fondo de la bodega distinguí un barril de madera, los aros que lo circundaban se habían destensado y la barrica supuraba un líquido negruzco parecido al alquitrán. Sobre ella, en otro nicho excavado en la tierra que más bien me pareció una hornacina, había colocada una única botella. Dirigí a ella mi linterna y varias cucarachas enormes de color marrón oscuro se dispersaron despavoridas por la pared y se ocultaron en sendas oquedades. El asco no me impidió alargar la mano entre telas de araña hasta tocar el vidrio.

Saqué la botella. Estaba vacía, pero en su etiqueta descolorida aún pude leer sin ninguna duda: «Pingus 1997». Y una numeración apenas legible que en ese momento no me importaba lo más mínimo.

En ese instante, el portón de la bodega chirrió y emitió un fuerte crujido al cerrarse de golpe. Me sobresalté, pero enseguida pensé que había debido entornarse por una ráfaga de viento que se hubiera colado por el salón, abierto a la intemperie.

Quise salir de allí lo más rápido posible y, con la precaución perdida por el susto y las prisas, tropecé con una losa que sobresalía del solado. Me di de bruces contra el suelo y la botella rodó varios metros delante de mí, pero no se rompió.

Me incorporé magullada, me dolía la cadera y una rodilla, pero no me había roto nada. Recuperé la botella y, al levantarla, algo parecido a un cascabel sonó en su interior. La iluminé y a través del vidrio oscuro observé que contenía una llave. No quería perder tiempo en sacarla de su envase y subí la escalera con la botella en la mano; esta vez lo hice de frente, de cara a los peldaños, pero al llegar al portón no fui capaz de abrirlo. Maldije mi mala suerte: el golpe de aire lo había cerrado con tal fuerza que el cerrojo oscilante que tenía por fuera se había encajado en su soporte. Estaba encerrada.

Golpeé la vieja y pesada madera en vano. Solo conseguí que un ruido espantoso hiciera eco en las paredes de piedra de marés de la bodega. No sabía qué hacer, salvo esperar a que llegasen los trabajadores a las siete de la mañana. Me acurruqué bajo la escalera sospechando que las cucarachas se hacinarían junto a mí, al calor de mi cuerpo, pero intenté no pensar en ello. Para ahuyentarlas, hice sonar el tintineo metálico dentro de la botella, como si fuera un sonajero aunque yo no me iba a quedar dormida en aquella cripta de ninguna de las maneras.

El reloj del móvil señaló las cuatro de la mañana. Instintivamente marqué el teléfono de Ana.

Al otro lado de la línea, saltó el buzón de voz de mi amiga. Impotente, le dejé un mensaje entre sollozos: «Ana..., Marcos me... me está engañando. No sé qué debo hacer».

5

Afortunadamente, Luka se extrañó al encontrar una prenda femenina junto al portón de la bodega y levantó el cerrojo. Sacó del bolsillo de su mono una linterna y apuntó hacia el fondo de la escalera. No vio nada, pero aun así le pareció extraño y gritó:

—¿Alguien ahí?

—¡Yo, soy Nadia! Por favor, ayúdame...

Estaba tirada en el suelo con el cuerpo enroscado como una boa.

Bajó los catorce escalones y me encontró allí acurrucada. Su primera impresión fue de desconcierto.

—¿Qué ha pasado? ¿Está bien?

—Difícil de explicar, Luka, estoy bien, no te preocupes.

Me vio agarrada a la botella de vino vacía y su expresión fue de mayor sorpresa si cabe.

—No es lo que piensas, Luka, no es que me la haya bebido, estaba vacía y es que en la caja de libros que me diste..., bueno, había algo que... —Me pareció que no valía la pena deshacerme en explicaciones, tampoco tenía claro si había alguna verosímil.

Deslicé la llave por el cuello de la botella. Era pequeña y dentada y en la cabeza tenía grabadas las letras «A. P.» y el número 49. Me la metí en el bolsillo del pijama y subí a mi dormitorio. Necesitaba una buena ducha, ya vería el momento de averiguar qué abría ese llavín.

Me supo mal, pero tuve que convencer a Luka de que no era plan que cada día me trajera para desayunar una ensaimada recién hecha y un café. No quería que se molestase, ni que me invitara a diario, pero sobre todo temía empezar a engordar. Iría a comprar fruta y se acabarían los desayunos de pastelería industrial y los sándwiches para comer y cenar.

Decidí trasladar mi despacho, consistente en la mesa y la silla plegables que me había traído desde Barcelona, a la palapa frente al mar; prefería abrigarme bien y trabajar en el exterior, alejada de los ruidos de las obras, pero sabía que en cuanto llegaran las baldosas de mi amigo el Doble Cocción, las estridentes cortadoras de azulejos me obligarían a refugiarme en otro lugar.

Cuando me disponía a abrir el archivo para continuar con la traducción de *En la cama con mi príncipe*, sonó el teléfono.

—Dios mío, Nadia, lo siento, lo siento, lo siento —repitió Ana tan alterada que ni siquiera nos dijimos hola—. Son unos cabrones, todos los tíos, te lo he dicho siempre, ¿cómo estás, cariño? Ni se te ocurra deprimirte por una cosa así, ¿quieres que vaya a verte? Me cojo ahora mismo un vuelo y estoy en Ibiza en nada.

—Ana, tranquilízate, estoy bien, no es necesario que vengas todavía. Aquí no se puede estar, la casa está patas arriba. No sé si ha sido una buena idea instalarme aquí…

—Pero me has telefoneado de madrugada y estabas histérica, querida. No he visto tu llamada hasta ahora.

—Bueno, ya te explicaré, estaba…, bueno, me quedé encerrada y me sentía impotente y exploté, pero ahora estoy bien, de verdad.

—¿Encerrada? ¿Qué te ha hecho el cabrón de tu marido?

—Ana, creo que me engaña. La noche que vine en el barco él no durmió en casa. Celeste me dijo que en la casa no había nadie cuando fue a limpiarla temprano. No sé qué debo hacer.

—Pues actuar con inteligencia, querida, ponle un detective y cárgate de razón para sacar partida del divorcio, porque supongo que debes tener las cosas a medias, pero eso no basta, si quieres yo conozco…

—¿Divorcio?, ¿no te precipitas un poco?, ¿no crees que antes tenemos que hablar sobre lo que nos ha pasado?

—¿*Nos ha pasado*? Ay, Nadia, tú no tienes ningún problema, querida, es a él, como a todos, al que se le ha soltado la bragueta. Eres una cándida y ya solo falta que te conviertas en una víctima. El problema es suyo, por eso te digo que tienes que dejarte de bobadas y actuar con frialdad.

—Ana a veces eres un poco bruta, ¿no crees? Llevamos quince años casados y a lo mejor es solo una aventura que tiene remedio…, no sé, estoy rabiosa y desconcertada, pero ya sabes cómo somos Marcos y yo…

—Sí, ya sé, vuestro ñoño pacto de la felicidad, eso dura mientras estás enganchada a un tío, cuando con veinticinco años las hormonas te ciegan, pero ¿no crees que ya va siendo hora de que pienses solo en ti y en tu pacto con la vida? ¡Joder, Nadia!, que te quiero como a una hermana y no te considero una boba, pero hace tiempo que te lo vengo diciendo: estás perdiendo el tiempo con Marcos.

—Es posible, a veces lo pienso, pero tú eres tan…tan…

—¿Tan frívola? Dilo, no me importa. No me molesta viniendo de ti. A lo mejor resulta que es una coraza que me pongo para evitar que me hagan daño. Eso dice mi psicólogo, al que debo parecerle también muy ligera, porque me echó la caña la última vez que fui a verlo. «Eso de la frivolidad es más bien una cosa de hombres», le dije. Me levanté del sillón y le mostré la fotografía que tenía en su escritorio de su mujer y de sus tres maravillosos hijos. Te aseguro que, si se le había puesto dura pensando que se me tiraba allí mismo, se le debió quedar tan flácida que no se la levantaba ni una caja entera de Viagra.

—No quería decir eso, tú siempre pareces tenerlo todo tan claro…

—No creas, sabes que he sufrido con mis relaciones, simplemente es que ahora voy prevenida. Tú te has dejado llevar por Marcos, no digo que no lo quieras y todo eso…, a pesar de que ya sabes que pienso que el amor está hecho para hacerlo durar lo justo. Es como cuando abres una botella de buen vino, la primera y la segunda copa están muy bien, la tercera la mayoría de las veces ya no te impresiona y cuando, sin darte cuenta, te has bebido toda la botella es posible que tengas un dolor de cabeza insoportable.

—Uf, no me hables de vino...

—Pues si quieres te repito el símil de la tarta... —Se lo había oído cientos de veces: el amor es como una tarta deliciosa que a la segunda porción ya resulta empalagosa y te produce indigestión. Más relacionado con su profesión, también solía decir que es imposible que te enamoren todos los cuadros de un pintor o toda la obra de un escultor: «Te enamoras de una etapa de ese artista pero cuando, al cabo de un tiempo, cambia de registro y sigues apostando por él, lo más probable es que te canse y lo acabes odiando».

—Oye, ¿me has dicho antes que anoche te quedaste encerrada? ¿Dónde?

—Nada, una bobada. Me puse nerviosa y te llamé... Yo creo que quiero a Marcos —acerté a decir y suspiré con la mirada perdida en el horizonte de la entrada de la bahía.

—Mira, querida, ahora estás sufriendo un *shock*, no digo que no creas que lo quieres, pero te ha engañado y seguramente no es la primera vez.

—Bueno, yo también...

—¿Tú? Tú te tiraste a un jovencito una vez, eso no es engañar. Eso es como cambiar la copa de vino cuando pruebas otro de otra añada. De vez en cuando hay que hacerlo.

—Ay, Ana, déjate de vinos, te lo ruego. Siento haberte asustado, te juro que ahora estoy más tranquila y acepto que nuestro pacto está desfasado, era una cosa de jóvenes que nos ha funcionado hasta que verdaderamente se ha puesto a prueba.

—Era el pacto del avestruz. Esconder la cabeza en la tierra para no ver el peligro y así evitar el sufrimiento, tú lo has sabido siempre.

—De acuerdo, de acuerdo, te lo acepto. Déjame pensar y

volvemos a hablar, estoy entretenida con la casa y tengo que acabar la traducción de la novela en tres semanas. ¿Tú cómo estás? ¿Cómo te va con Ricardo?

—Pues creo que también estoy a punto de crisis. —Se rio—. Ricardo es un tipo culto y hasta divertido. Difícil de aunar ambas condiciones en un hombre, pero el problema está en sus circunstancias.

—¿Sus circunstancias?

—Se llaman Lourdes y Verónica, sus dos hijas se han compinchado contra mí y le están sorbiendo el cerebro. Ya sabía que no admitían de buen grado que una mujer de su misma edad viviera con su padre, pero Ricardo y yo habíamos hecho algún plan que no les ha gustado…

—¿Qué tipo de plan?

—Resulta que tu frívola e irresponsable amiga tiene bastante decidido que ha llegado el momento de tener un hijo.

—¡Qué me dices! ¿Tú, mamá? Oye, que me hace mucha ilusión que lo pienses, ojalá yo pudiera, pero siempre has dicho que no te veías en el papel de madre.

—No sé, es otra etapa y cumplo cuarenta tacos en unos meses. Estoy al límite y, aunque Ricardo no es el hombre de mi vida, si un hijo mío tuviera la mitad de sus genes sería estupendo. El asunto es que él también estaba convencido, pero se lo contó a sus hijas y se ha armado la marimorena. Mis hijastras, ya ves qué palabro, no lo ven con buenos ojos y digo yo, ¿eso de tener hijos no es cosa de dos? Total, que le he dicho a Ricardo que me haga el hijo y que renuncio a exigirle responsabilidad alguna.

—¿Y qué dice él? Me estás dejando descolocada.

—Pues que no quiere renunciar a la paternidad de su futuro hijo, pero tampoco quiere tenerlo en contra de la voluntad de sus hijas. Vamos, es kafkiano, y en esas estamos. Él va para 71 y yo para 40, somos mayorcitos, pero se debate entre su antigua familia y la nueva que puede crear. Hasta su exmujer se ha posicionado en contra, ya ves.

Ana volvió a reírse, pero yo la conocía bien para saber que lo estaba pasando mal.

—Es muy fuerte, creo que sería bueno que te vinieras unos días a Ibiza. Tenemos mucho de qué hablar. Podríamos coger un hotelito cerca de la casa, dentro de nada me temo que no voy a poder vivir aquí.

—Sí, estaría bien, tú y yo solas, como cuando nos íbamos los fines de semana por Europa a ver museos por las mañanas y a bebernos todos los bares por las noches. Ibiza es peligrosa, ¿tú crees que puedo encontrar un hombre guapo, culto y divertido en alguna discoteca que quiera hacerme un hijo?

—Seguro que los hay por aquí, pero en una discoteca en esta época del año será difícil. Está todo cerrado.

—Pues hecho, lo voy a hablar con mis hijastras y con la ex de mi pareja y, en cuanto me den permiso, me tienes ahí.

—Yo lo decía en serio.

—Y yo también, parece que no me conozcas. Déjame que pase la inauguración de la exposición de Manuel Rasero y le diga a mi socio en la galería que me cojo unos días. En unas semanas estoy ahí contigo. Te lo prometo.

—Me hace mucha ilusión, Ana. Lo iremos hablando.

—Claro que sí. Entretanto, ¿quieres que le ponga un detective a tu informático? Es broma, pero prométeme que no te vas a torturar ni a despellejar hasta que yo llegue. Mantén alta tu autoestima y no te sientas culpable por nada. La culpa está metida en la cama con otra.

—Qué bruta eres. No quiero pensar en ello.

—Pues mejor, dedícate a poner tochos en la casa y así te olvidas de él. Espero que esté acabada cuando llegue.

—¡Buf!, va para largo.

—Pues a trabajar. Nos vamos llamando. Mil besos.

—Besos, Ana, te quiero.

—Yo también. ¡Muaaaa!

Sabía que podía contar con Ana, aunque a veces opinábamos bien diferente acerca de tantas cosas, pero en nada tan fundamental como para haber conseguido quebrar una amistad que se remontaba a la época en el colegio de las Salesianas. Estuvimos juntas, también, en el instituto Boscán y nos separamos en la universidad cuando yo me incliné por la Filología inglesa y Ana se matriculó en la escuela de Bellas Artes, pero ni en esa época pasaba un solo día sin que nos habláramos por teléfono o un fin de semana en el que hiciéramos planes juntas.

Yo me dejaba arrastrar por las locuras de Ana, que organizaba viajes baratos en tren y autobús para ver el Louvre, la galería de los Uffizi, la National Gallery, el Rijksmuseum e incluso el Hermitage, cuando sus padres le regalaron dos billetes de avión por su vigésimo cumpleaños. Dormíamos en hostales y en albergues para estudiantes y el poco dinero del que disponíamos lo gastábamos en las discotecas de todas esas ciudades.

Siempre me maravilló el contraste de la personalidad de mi amiga, que era capaz de emocionarse hasta saltársele las lágrimas delante del *David* de Miguel Ángel o del Jarrón de girasoles de Van Gogh para después, por la noche, desatarse como una posesa incontrolada en discotecas de Florencia o Ámsterdam.

Esa manera de ser y de pensar de Ana siempre le había traído complicaciones con los hombres. Tenían que ser cultos pero no estirados eruditos, además de ser ocurrentes, sorprendentes y divertidos pero hasta el punto de que no la cansaran. Buscaba un equilibrio que a lo mejor ella no tenía. Era muy especial en todo y, a pesar de lo que pudiera parecer, Ana creía en la fidelidad por encima de todo.

No recordaba ninguna ocasión en que mi amiga hubiese engañado a sus parejas, solo es que la relación solía durar poco tiempo. Se cansaba, tenía poco aguante, lo pasaba mal un tiempo y cortaba de raíz cuando creía que su buen humor se estaba resintiendo.

Su carácter impetuoso la obligó a guardar los pinceles en el estuche porque nunca estuvo satisfecha con sus obras. La autoexigencia le hizo tomar la senda de galerista. No es que a Ana le faltara talento, a mí y a mucha gente nos gustaban sus pinturas, es que simplemente creía que lo empleaba mejor descubriéndolo en otros. Se refugiaba en el arte ajeno porque la relajaba, le permitía evadirse de tanta ignorancia e incultura como decía ver en la vida cotidiana.

No era una locura que mi amiga hubiera decidido tener un hijo y que lo quisiera concebir casi con el mismo anhelo que empleaba cuando buscaba un buen cuadro. No le valía engendrarlo con cualquiera, aunque supiera que en el futuro los trazos de su hijo, como los de un artista, evolucionarían hacia diferentes caracteres y estilos de vida. La veía inmersa de nuevo en un proceso de irremediable ruptura.

Me apoyé en la barandilla de la palapa con la vista distraída en las olas. El chapoteo de las embarcaciones cabeceando en la bahía parecía acompasarse al ritmo de mi corazón.

Yo no tuve elección para ser madre. Supe que era estéril antes de casarme y Marcos lo aceptó sin problema. Hace unos años, cuando me pareció que era el momento de recurrir a la adopción, él puso todo tipo de inconvenientes. De nuevo, las probabilidades de que un bebé de un país subdesarrollado no fuera sano eran muchas y, si era un niño de cierta edad, difícilmente se adaptaría socialmente. Todo eran dificultades que se añadían a los complicados y largos trámites administrativos. No lo vi convencido en ningún momento y cuando un día creí que lo incomodaba el mero hecho de discutirlo, dejé de hablar de ello. ¿No formaba parte eso también de nuestro pacto de la felicidad?

6

Sentada a la mesa de plástico en la palapa, jugueteaba con el llavín misterioso, la vista fija en el ordenador y el diccionario Merriam-Webster abierto, valorando la acepción adecuada de cada palabra en una frase que veía incoherente pero que, quizá en el cuerpo de una inglesa tras hacer el amor, podría tener explicación: *Left me ecstatic and left me trembling as if the fire had spread through my interior*. Al final opté por la literalidad y escribí: «Me dejó extasiada y temblando como si el fuego se hubiese propagado por mi interior». Poco me importaba que el fuego la hiciera temblar, quería acabar con aquella absurda novela de una vez.

Begoña me había enviado un correo con una nueva novela en inglés y me apremiaba a que adelantara unos días la entrega de *En la cama con mi príncipe*, así que no pensaba darle muchas vueltas al estilo, ya se ocuparía la editora de hacer las correcciones oportunas. Pensaba acabarla en un par de días y olvidarme de aquel insulso panfleto.

La nueva novela se titulaba provisionalmente *P.O. Box 69*. Begoña me explicaba que era de una autora australiana, Maya Louis, que estaba arrasando en Estados Unidos y que le había dado una vuelta de tuerca al género de novela romántica para mujeres. Me alertaba de que no me cortara ante las escenas fuertes que leería y que no intentara bajarlas de tono en la traducción. «Queremos romper los moldes con esta tía. Si es necesario, descárgate una película de cine porno para que te inspires», me decía en su correo bromeando, o quizás no.

Exhalé un largo suspiro y para desentumecerme crucé los dedos de las manos sobre la nuca balanceando hacia atrás la silla plegable. Casi la vuelco y me caigo de espaldas, lo impedí con un gesto rápido dándome impulso hacia adelante. Sentí cómo me subía la adrenalina. Curiosamente, en mi cerebro apareció como una señal de alerta, con letras de neón intermitentes, el título de la nueva novela que me había enviado mi editora.

Examiné excitada la llave: ¡¡eso era!! *P. O. (Post Office)*, en inglés, significaba en español 'A. P. (apartado postal)'.

El llavín que contenía la botella de Pingus vacía tenía que corresponder a un apartado postal y el 49 que llevaba grabado era con seguridad el número de la caja que la abriría en alguna oficina de Correos.

¡Tenía la pista del «Si fuera necesario» que dejó el doctor Montalbán en su cuaderno en morse! Pero ¿de qué oficina de Correos se trataba?

Tecleé en un buscador de Internet las oficinas de la isla que tuvieran casilleros postales; si había alguna en el término de Sant Josep de Sa Talaia, al que pertenecía la casa, le haría una visita en primer lugar.

Efectivamente la había, en la carretera de es Cubells. Anoté la dirección en un folio y me quedé intrigada pensando en qué cartas o paquetes podría contener ese apartado postal y quién los habría remitido: ¿el mismo doctor, que quería proteger alguna información? Y ¿para quién era ese mensaje en el cuaderno que me condujo a buscar la botella en la bodega? Quizá solo fuera un recordatorio de dónde guardaba la llave, pero sería muy extraño: la botella estaba separada del resto, en un lugar de honor sobre la barrica, y tampoco era difícil encontrar en tu propia bodega una botella vacía que, en cuanto la cogieras, dejaría escapar su sospechoso tintineo metálico. Como todo mensaje en una botella, era un aviso de emergencia destinado a que lo interceptara alguien.

Así no había forma de que me concentrara en la traducción y el trabajo se me amontonaba; los problemas en la casa también. Murillo vino a buscarme para decirme que tendría que reforzar una jácena en la abertura de la cocina al comedor y que no conseguía dar con el desagüe al alcantarillado general, porque la casa siempre había vertido las aguas sucias a un pozo ciego en el jardín y eso ahora era ilegal. Vicens, el aparejador, tenía unos planos antiguos que seguramente marcarían las conducciones hasta el alcantarillado, pero no estaba localizable en su teléfono. Para colmo, las ventanas y puertas de carpintería metálica se retrasarían una semana, la casa continuaría expuesta a la intemperie y los servicios meteorológicos anunciaban lluvias de consideración.

La cabeza me iba a estallar cuando recibí la llamada de Sara Neira invitándome a tomar un café en su casa y de paso mostrarme su plantación de aloe vera. Tenía una llamada en espera de Marcos y quedé con Sara en que nos veríamos en tres o cuatro días. Me enviaría un plano por correo electrónico para que localizara su casa, en el término de Sant Rafel.

Marcos parecía contento, casi eufórico, al otro lado del teléfono. Había conseguido un buen contrato con Londres y eso lo obligaría a montar una oficina en la City. La convención de ventas iba a ser todo un éxito y ya se veía multiplicando su facturación por dos en menos de un año. No mostré mucho entusiasmo y él lo notó.

—¿Qué te pasa, cariño? ¿Es la casa? ¿Algún problema?

—Es todo —dije cortante—. ¿No tienes nada qué contarme? —pregunté deseando en el fondo que no me lo contara.

—No sé a qué te refieres, ya te he dicho que va todo bien, tengo mucho trabajo, pero aparte de eso…

—Aparte de eso, no vas al gimnasio por primera vez en años y ni siquiera pasas por casa —exploté.

—Bueno…, eso fue un día que me dormí —insistió.

—Mira, Marcos, creo que puedo liberarte de tu parte del pacto. Quiero saber toda la verdad, aunque me haga daño. Ya me lo has hecho. Es absurdo continuar engañándonos. Te he descubierto.

—¿Qué has descubierto, Nadia? Estás muy extraña.

—Está bien, estoy extraña y tú no quieres decirme que tienes un lío con otra mujer.
—Pero ¿de dónde has sacado…? Joder, Nadia, me estás preocupando. No creo que haya sido buena idea que estés ahí sola. Tendría que habértelo quitado de la cabeza, pero se te veía tan ilusionada…
—No me has contestado.
—Pues te contesto… No estoy con otra mujer ni tengo nada parecido a un *affaire*.
—Joder, Marcos, que Celeste estuvo en el piso y no habías dormido en él. No esperaste ni una hora a verme embarcada para irte con otra. Puedes negarlo y hacerme más daño, o me cuentas qué representa para ti y sé a qué atenerme.
Se hizo un prolongado silencio. Parecía que se hubiese cortado la línea, salvo porque oía de fondo la respiración de Marcos cada vez más agitada.
—No es algo que debamos hablar por teléfono, pero te aseguro que no es lo que piensas —dijo al fin.
—Ya veo que no sabes lo que pienso. Marcos, lo has echado todo a perder. No me esperaba eso de ti. —Colgué antes de que me oyera romper a llorar.

7

Llevaba viviendo una semana en Sa Marea y el tiempo había transcurrido muy rápido, tan veloz como el vuelo de las nubes que, empujadas por el viento del norte, se asomaban ahora por el cielo del cabo Blanc, a la entrada de la bahía, y se iban tiñendo de negro anunciando la inminente tormenta.

Goyo, Murillo y sus hombres, que estaban trabajando en el exterior, guardaron a toda prisa las herramientas y se metieron en la casa.

Corrí a guarecerme del temporal que se avecinaba. Luka, siempre atento, me ayudó a recoger mis cosas de la palapa, pero algunos papeles revolotearon por el jardín con el viento que se levantó. El georgiano fue tras ellos persiguiéndolos como quien caza mariposas. No pude evitar reírme ante aquella escena cómica. Los folios parecían cobrar vida en cuanto Luka se lanzaba a placarlos como un jugador de rugby.

Protegí el portátil abrazándolo contra mi pecho, pero la lluvia que empezó a caer como gruesas agujas parecía no manar verticalmente del cielo, lo hacía de costado, empujada por las rachas de viento, y en el cortísimo trayecto hasta el interior de la casa, terminé empapada.

Estalló un trueno que hizo vibrar las paredes. Murillo dijo que se había ido la luz.

Visto el panorama, y lo mucho que había avanzado en los últimos días con mi trabajo, decidí que, a pesar del mal tiempo, podía ser la ocasión de acercarme hasta la oficina de

Correos y hacerle la visita prometida a Sara Neira. No sabía cuándo volvería la luz, Luka me dijo que se trataba de un corte de suministro en toda la zona y que solía durar varias horas cuando un rayo caía en una subestación eléctrica. Me sequé el pelo con una toalla y me cambié de ropa, me perfumé y comprobé que el portátil funcionara correctamente. Le quedaba poca batería, pero suficiente para hacer una copia de seguridad de mi trabajo en un disco duro auxiliar.

No había vuelto a hablar con Marcos. Tenía llamadas de él y algún mensaje lacónico que interpretaba como de disculpa, pero ya no los quería contestar. Había conseguido enfriar mis sentimientos y que me construyera una coraza frente a la tristeza. Ana me reconfortaba cada día tan solo con una llamada, se diría que habíamos vuelto a recuperar aquella complicidad que tuvimos en la universidad cuando estuvimos separadas. Tenía la sensación de que aconsejando a mi amiga con su problema con Ricardo y sus hijas digería mejor el mío con Marcos. Nos poníamos trascendentes, nos relajábamos contándonos chascarrillos sobre mi casa y su galería de arte, y al final acabábamos riendo como locas con las ocurrencias de Ana y las frases pornográficas de la novela romántica que yo traducía.

Tenía que darme prisa porque la oficina de Correos cerraba a las dos y media y ya pasaba de la una. Me chocaban los horarios y los ritmos de la isla. En invierno no había manera de mover un papel en una oficina municipal o en cualquier organismo público, incluido Correos, si no era por la mañana. Imaginaba que eso cambiaría drásticamente en unos pocos meses, en cuanto llegaran los turistas.

Maniobré el todoterreno para salir de Sa Marea, no lo había tocado desde que llegué y el polvo de las obras que se había acumulado en la chapa descendía como regueros de barro por los cristales. Conecté el limpiaparabrisas y vi que apareció en la entrada, como un fantasma, Luka, haciendo esfuerzos inútiles por arrancar su viejo automóvil sin marcha trasera.

—¿Qué pasa? —le grité sin apearme.

—Bobina se ha mojado y no arranca —dijo con una sonrisa pícara e infantil a pesar de que iba empapado.

—¿Dónde vas?

—Voy a ver mi mujer.

—Sube a mi coche.

—Es que mire, yo mojado. —Puso los brazos en jarras como un niño travieso que acabara de orinarse en los pantalones.

—Es igual, sube, por Dios, te va a dar algo.

Por la visera de la gorra le caían cataratas de agua. Le abrí la puerta urgiéndolo a entrar.

—Esperar, momento.

Fue hasta su utilitario y cogió una manta. Volvió a mi coche y la puso en el asiento delantero para no mojarlo. Arrancamos.

—¿Dónde vivís? Yo voy a Sant Josep y luego a Sant Rafel.

—Vivimos en Santa Eularia, pero voy a ver a mi mujer cerca de Sant Josep. Trabaja en casa cerca del pueblo.

—Ajá, pues te puedo dejar en esa casa. Iré por la carretera, creo que queda más cerca que si voy por la autovía.

—A mí no gusta carretera porque es pequeña y hay curvas y un radar escondido, yo digo. No se puede pasar de sesenta.

Tomé la dirección hacia la carretera interior a pesar de los consejos de Luka.

—Bien, ya me avisarás del radar. ¿Vas a comer con tu mujer?

—Si puedo.

—Claro que puedes, por qué no vas a...

—Mi mujer interna cuidando a mujeres mayores, yo solo visito un día a la semana y luego el sábado por la tarde viene a nuestra casa y domingo la dejo en la casa de las señoras. Ellas me dejan verla un día.

Sentí que se me encogía el corazón. Un matrimonio viviendo separado toda la semana.

—¿A qué se dedicaba tu mujer en Georgia?

—Marina es médico, cirugía general en hospital de

Gurjaani, pero aquí título no vale y limpia casa y cuida de las señoras.

—¿Y qué pasó en el hospital para que dejara su trabajo?

—Ya dije, cada vez menos dinero y nuestros hijos sin trabajo venían a España. A ella gusta la familia junta.

—La debes querer mucho...

—Sí quiero. —Se rio y se sonrojó al mismo tiempo—. Ella tiene carácter. Un día quiere volver a Georgia. Allí tenemos una casa de mis padres que tenemos que arreglar.

—¿Y tú? ¿Tú quieres volver?

—Yo ahora no. Mi país bonito, pero difícil. A mí me gusta Ibiza. Allí mucho frío y también mucho calor. ¿Tu marido bien?

—Sí, claro, ¿por qué? —Le debí lanzar una mirada inquisidora porque se asustó.

—Por nada. Lo siento. Yo no quiero preguntar. Solo conversación. Tú puedes preguntar cualquier cosa. Yo callo.

—No no..., disculpa, es solo que... estamos lejos y es difícil. No nos hemos separado tantos días desde que nos casamos.

—Ah, eso es duro. Cuando Marina en España y yo en Georgia sin poder cruzar la frontera, hablábamos un poco por teléfono. Pero luego es mejor cuando te juntas porque vuelves a empezar relación y con más ganas.

—No creo que sea mi caso —dije por lo bajinis.

—Ella a veces en Gurjaani se enfadaba conmigo porque yo inquieto, se dice así. —Le sonreí y afirmé con la cabeza—. Yo siempre hacer cosas aquí y allí, fuera de casa, pero cuando ella decir que quería marchar a España yo le dije cosas malas. No quería.

—¿Cosas malas?

—Sí, yo egoísta. Nos enfadamos mucho, pero luego ya no, aquí felices. ¡Súper! En Georgia decimos que a veces hay que masticar más las palabras que el pan. Se dicen cosas que no se sienten. Tú entiendes...

Vaya con Luka, estaba resultando todo un filósofo, pero su proverbio georgiano no era de aplicación para mí.

—Y dime, ¿qué vale la pena ver en tu país?

—Campo bonito, iglesias bonitas, comida y buen vino como aquí.

—No sabía lo del vino, últimamente estoy aprendiendo mucho sobre él. Ya ves, me quedé encerrada en la bodega. —Me reí.

—Atención, el radar está cerca, no pasar a más de 60 por hora.

—Ah sí, ya lo veo. —Reduje la marcha—. Pero lo avisan treinta metros antes, vamos, que está puesto para pillarte. Malditos cabro…

—Mejor autopista —insistió Luka.

Estábamos dejando la tormenta atrás, sobre la bahía. El cielo azulaba en dirección a Sant Josep y la lluvia parecía remitir.

—Oye, Luka, el otro día en la bodega, lo que pasó es que fui a buscar una cosa que vi escrita en una libreta que estaba en la caja de libros que encontraste. Quiero decir que lo de la botella vacía no es lo que piensas, no bebí nada. Bueno, quería decírtelo.

—No tiene que decir. Lo siento, es mi culpa por la caja de libros.

—No es tu culpa, fui yo, que quise bajar y cometí una imprudencia al hacerlo sola y por la noche.

—No pasa nada. Yo entiendo. En mi país se dice también que hay más gente que se ahoga con vino que con agua.

—No sé si me has entendido bien, pero es cierto que con el vino puedes ahogar las penas, eso dicen aquí.

—Ellos dicen porque en Georgia se bebe mucho, se chocan los vasos llenos de vino y *Tos*, como aquí «Salud». El *tamadá*, jefe de mesa, hace un discurso y se brinda, se vacía vaso todo de golpe después de cada palabra. La gente borracha acaba en el río ahogándose, jijiji. —Al reírse, achinaba más los ojos—. Es broma. Yo cuando hago un *Tos*, primero brindo por Dios y por la familia. No sé hacer discursos.

—Encontré una llave en una botella de la bodega y creo

que abre un cajetín en la oficina de Correos. A lo mejor es una locura, pero tengo que probarla.

—Puedo ayudar, ¿quieres que acompañe?

—No, Luka, no es necesario. Te dejo en casa con tu mujer, mejor.

—¡Súper!, pero si necesita, yo...

—Sí, ya lo sé, gracias, eres muy amable. Pero solo se trata de abrir una maldita caja si resulta que está en esa oficina de Correos. —Se me escapó cierta exasperación.

—Claro, fácil. Usted sabe. —Puso cara de pedir disculpas.

—Mira, Luka, eres un sol, de verdad, siento ser un poco brusca, pero entre el trabajo, la casa y... estoy un poco irascible, nerviosa, ya sabes, me tengo que relajar un poco.

—¡Súper!, entiendo. Yo no molesto. He visto que usted escribe libro. Mi madre decía que escritor no descansa pensamientos cuando escribe y, en cambio, lector relaja y vuela imaginación cuando lee lo que ha escrito autor.

Para saber que estaba escribiendo un libro, Luka debía haber hojeado algún folio impreso de mi novela mientras los recogía en el jardín, y me preocupó que hubiese leído alguna palabra o frase subida de tono.

—Soy traductora, no soy exactamente una escritora, interpreto lo que otros escriben en otro idioma.

—Ya entiendo.

Ese «ya entiendo» no sabía qué significaba exactamente para él. Si había leído las palabras «pene», «vagina» o «follar», ¿me disculpaba porque estaban puestas en boca de otro, o por el contrario su imaginación había volado en exceso?

—Traduzco novelas románticas, para mujeres —aclaré.

—Buen trabajo, ¿no?

—Como todos, al principio mejor, ahora es más automático y predecible.

—Amor no es predecible.

—No, Luka, no lo es, pero no todo lo que lees suele pasar. La gente quiere soñar que es posible que pasen esas cosas de las novelas, pero la vida nos pone en nuestro sitio. La ficción dicen que se pega a la realidad, pero es más fácil que sea solo fantasía.

—Entiendo, alguien que sabe mucho de amor no tiene por qué ser amado.

—Eso es, Luka, eso es…

Avisté el letrero de Sant Josep. Luka me pidió que lo dejara en el arcén, que no tenía más de cinco minutos para llegar andando hasta la casa donde trabajaba Marina. Se bajó en el arcén y continué conduciendo hasta el centro del pueblo para estacionar el coche frente al ayuntamiento.

En la oficina de Correos no había ningún cliente. Tras un mostrador de madera vi a un empleado que amontonaba sobres en una mesa y los estampaba con un sello de goma, que empapaba previamente en un tampón, a una velocidad pasmosa. Parecía tener prisa por acabar, quedaba poco menos de media hora para que echara el cierre. Me miró de soslayo por encima de la montura de unas gafas de pasta y continuó con su ruidosa tarea como si yo no estuviera allí.

Fui hasta la fila de cajetines numerados con el apartado postal. Había decenas de ellos con la puertecilla metálica plateada, empotrados en tres de las cuatro paredes de la oficina, y justo en el punto más cercano al mostrador de madera estaba el del número 49. Introduje el llavín en la cerradura y lo giré en el sentido de las agujas del reloj, sonó un clic pero no se abrió. Probé en sentido contrario y tampoco. Estaba de espaldas al empleado de Correos, que de repente cesó su golpeo en los sobres. Tenía la sensación de que sus ojos estaban clavados en mi trasero. Al poco, sentí su aliento en el cuello y cuando me volví, casi me rozó la cara con la suya, recibí una bocanada de hálito amargo. Me sonreía mostrando los incisivos inferiores negros como el azabache.

—Esa llave no puede abrir esta caja, señorita —me dijo prepotente.

—Es la 49, eso tiene grabado.

—Efectivamente, pero hace mucho tiempo que cambiamos la cerradura.

—¿La cambiaron? ¿Por qué?
—Porque quien alquiló este apartado postal debió de dejar de pagar la cuota. ¿Es usted persona autorizada?
—Es un amigo que me pidió que pasara a recogerle el correo —mentí convincente.
—Pues dígale a su amigo que ya no dispone de este apartado. Si quiere puede abrir otro..., pero ahora no tengo tiempo. Cerramos en diez minutos y el ordenador va muy lento.
—Vaya, ¿y qué hacen con las cartas que le han llegado con posterioridad a su... —iba a decir «fallecimiento», pero afortunadamente rectifiqué—, a la caducidad del apartado postal?
—Supongo que le debimos avisar y vino a buscarlas, o bien el cartero se las entregó en su domicilio. Cuando se abre un apartado se toman los datos del cliente y puede poner hasta cinco usuarios en su contrato. Puede que alguno de los autorizados recogiera la correspondencia... Debería devolverme esa llave, señorita.
—A lo mejor no es de esta oficina y me indicó mal...
—No estaba dispuesta a entregársela.
—Sí lo es, reconozco ese llavín. Ya le digo que es de un antiguo cliente que dejó de pagar...
—Tiene que tratarse de un error, quizá sea mejor que vuelva otro día que usted tenga más tiempo y el ordenador funcione.
—El ordenador funciona, pero es lento. Este año toca cambiarlo, pero aquí todo llega más tarde que en la Península. ¿Cómo se llama su amigo?
Aquel tipo me parecía muy extraño y me sentía en falso. Estaba demasiado cerca de mí y no podía retroceder más, las cajas se me clavaban en la espalda y él miraba fijamente la llave atascada en la cerradura, como si se tratase de un bien preciado que estaba dispuesto a rescatar a toda costa.
—Valerio —dije al fin.
—Valerio ¿qué más? Lo puedo buscar en el ordenador y

ver si le puedo restituir el apartado previo pago de la cuota, claro está. No me viene de salir diez minutos más tarde de aquí.

Ahora el funcionario parecía tener interés en averiguar quién estaba detrás de esa llave que ya no tenía utilidad.

—Estupendo, y ¿puede mirar si hay cartas o paquetes que tenga pendientes de recoger?

—Claro que puedo mirarlo, pero ¿ha traído una autorización de su amigo? Necesito también su DNI. Acompáñeme un momento, por favor.

El empleado se situó tras el mostrador esperando que yo lo siguiera, pero aproveché el momento en que ponía la vista sobre la pantalla del ordenador para sacar la llave del bombín de la caja y salir corriendo como un rayo de la oficina de Correos. No miré hacia atrás, imaginé que aquel tipo no iría tras de mí para recuperar una simple llave, pero apresuré mi carrera hasta el coche como si me persiguiera el diablo.

8

Atrás dejé el pueblo conduciendo el todoterreno por el estrecho camino de Benimussa; en las afueras de Sant Josep tomé una bifurcación y enfilé un valle pletórico de higueras, algarrobos, almendros y olivos. Los cultivos de secano en la falda de los montes dieron paso a un bosque de pinos mediterráneos en cuanto recorrí unos seis kilómetros y el navegador me indicó una desviación hacia Sant Rafel. Entre las copas pude divisar las salinas de Ibiza. Tomé un camino sin asfaltar, siguiendo las indicaciones de Sara, y tras un desvío avisté una finca vallada en la que varios letreros rotulados en verde sobre lonas de color blanco anunciaban «SaraLoe», junto al mismo logotipo que figuraba en la tarjeta que me había dado Sara; también había un número de teléfono y la dirección de una página web. Se me hizo extraña esa publicidad en medio de un paisaje tan idílico.

Durante el trayecto no había dejado de pensar en el episodio de la oficina de Correos. Seguía bastante desasosegada aunque, al fin y al cabo, no había hecho nada malo. Aquel tipo, mezcla de funcionario displicente y empleado cotilla, me había inquietado. Era una locura que me dedicara a jugar a los detectives, tenía muchas cosas de las que preocuparme, como para estar hurgando en el pasado del antiguo propietario de mi casa. Mi matrimonio se iba al garete, mi amiga Ana estaba en crisis, se me acumulaba el trabajo de traducción y en las obras empezaba a tener que lidiar con los imprevistos: el jardinero me prometía cada día que al siguiente me enviaría el presupuesto, y Mauricio, el herrero, se había esfumado con el dinero que le había dado para cambiar el portón y no me cogía el teléfono.

Tenía que centrarme y olvidarme de Valerio Montalbán y su supuesto mensaje de socorro en una botella de Pingus. Mi imaginación me estaba jugando una mala pasada.

Aparqué en la entrada de la finca y anduve sobre un camino de adoquines de hormigón prefabricado que imitaban el color rojizo de la tierra ibicenca. A ambos lados, había cientos de plantas de aloe perfectamente alineadas que, recién bañadas por la lluvia, brillaban bajo el sol que se había asomado después de la tormenta.

Al fondo, la casa blanca de dos pisos era una mezcla de estilos. Un chalé moderno de formas cúbicas y fachada ecléctica en cuyo costado derecho se elevaba un torreón de piedra rematado por un ventanal que lo circundaba en su totalidad. Debía de ser un perfecto mirador hacia los cuatro puntos cardinales.

Sara Neira estaba sentada bajo el porche, acompañada por otra mujer.

—Qué bien que hayas llegado tan temprano —me dijo levantándose y extendiendo los brazos para estrecharme contra ella.

Había llegado a la sobremesa, ellas estaban tomando una tarta y café, yo todavía no había comido. Mis horarios empezaban a ser caóticos.

—Te presento a Merche Mayans, es una buena amiga que vive en Formentera. Le pedí que viniera para que os conozcáis.

Nos dimos dos besos. Merche, algo más joven que Sara y mayor que yo, tenía una apariencia saludable, con sus mejillas sonrosadas y los ojos pequeños y vivarachos. Iba en manga corta y sus brazos recios y musculados delataban que practicaba algún deporte.

—Tenía que hacer unos recados en Sant Josep y acabé antes de tiempo.

—Ningún problema, querida, ¿te apetece un poco de *greixonera*? Es casera, la ha hecho Merche.

—Tomaré un trocito, gracias.

El pudin tenía buen aspecto, pero a simple vista parecía muy dulce, con tanto azúcar glas espolvoreado.

—Es una antigua receta ibicenca que aprovecha las ensaimadas que sobran del día anterior —explicó Merche, y pensé que estaba condenada a alimentarme a base de ensaimadas, pero estaban a punto de empezar a rugirme las tripas.

—Está muy buena —dije en cuanto percibí el toque de canela, que me encanta—, pero es muy consistente. Creo que tendré que dar un paseo después.

—¿Es imaginación mía o te has adelgazado desde que estás en la isla? ¿Las obras de la casa van bien? Ya le conté a Merche que habéis comprado Sa Marea, ella era muy amiga de Valerio. De hecho, ella y su marido son los que me lo presentaron...

—Es posible que haya perdido algo de peso, tengo que cuidar mis comidas. A veces me pasan las horas entre el trabajo y la casa, y acabo comiendo cualquier cosa y a destiempo, pero espero normalizarme. En la obra va todo más lento de lo previsto.

—En Ibiza la lentitud es lo normal, no debes desesperarte —dijo Merche.

—Ya, pero la gente no tiene palabra...

—Los profesionales tienen mucho trabajo aquí y se lo toman con parsimonia. Las obras de esta casa se prolongaron seis meses más de lo previsto y si no me pongo yo a plantar los esquejes de aloe, se secan antes de que venga el jardinero a cavar un agujero —apostilló Sara.

—Me encanta la plantación, te felicito, no pensaba que fuera tan grande...

—No has visto la parte trasera, luego daremos un paseo. Esto ha ido creciendo poco a poco, conforme a la demanda de cosméticos. El marido de Merche es farmacéutico, bueno ella también, y me ha ayudado muchísimo en la elaboración de las cremas. Ahora estamos a punto de colocarlas en muchas farmacias.

—Solo le hemos dado un pequeño impulso, porque Sara

tiene un olfato especial para el negocio —apuntó Merche—. Pablo, mi marido, es químico y también cree que hay que explotar más la parte terapéutica del gel de aloe, dice que es de lo mejor para prevenir enfermedades bucales, para las quemaduras y hasta para reducir los niveles de azúcar en la sangre, también es un buen bactericida... Vamos, que más allá de dejarte una piel y un pelo maravilloso es una medicina natural que sustituye eficazmente a otras que tienen contraindicaciones.

—No conocía ese uso medicinal, no me importaría tener unas cuantas plantas en mi jardín.

—Cuando sea el momento te daré unos cuantos hijos de aloe para que los plantes. La planta madre tarda más de dos años en adquirir las propiedades beneficiosas y cuanto más adulta es, más se multiplican estas propiedades. Los hijos que crecen de su raíz tienen que ser trasplantados para que la madre no pierda fuerza.

—Como en las familias humanas, solo que ahora muchos hijos, incluso treintañeros, no quieren salir de las faldas de mami o no pueden independizarse de su nevera. O sea, que no se trasplantan ni a la de tres.

—Qué razón tienes, Nadia. —Se rio Merche, que ya debía saberse el proceso de la planta de memoria y sorbía su café con la vista distraída en las nubes, que parecían agruparse para volver a encapotar el cielo—. ¿Sabes que yo iba desde pequeña a Sa Marea? Mi padre era muy amigo de Valerio y más de un verano me bañé en su piscina y me quedaba a dormir allí. Era un gran tipo, ahora que los dos no están me parece que la isla ha perdido una parte de su historia. Mi padre murió poco después que Valerio, era pescador y suministraba a buena parte de la isla y a la Península. Llegó a tener tres barcos.

—De ahí la afición de Merche a navegar, es una gran regatista —comentó Sara confirmando mi sospecha sobre los brazos musculados de su amiga.

—No voy a tocar nada de la estructura, solo cambiar la instalación eléctrica y la fontanería, poner nuevas baldosas, pintar, hacer el jardín... En fin, quiero renovarla pero manteniendo la esencia de la casa. Me gusta como está construida y orientada hacia la bahía. Me encantaría decorarla con algunos cuadros y algún mural ibicenco, no he mirado nada todavía.

—Tienes que venir a Formentera, conozco a unos artistas que están haciendo cosas maravillosas con materiales naturales que encuentran en la isla: maderas, hierros de embarcaciones, troncos de sabinas y hasta algas secas... Te encantará.

—Tengo una amiga que es galerista y vendrá en unas semanas, ella tiene mejor criterio que yo, quizás podríamos ir a Formentera y nos enseñas tiendas de arte.

—Ay, mi niña —intervino Sara—, me temo que los artistas de los que habla Merche no los vas a encontrar en ninguna tienda. Viven en medio del campo compartiendo taller, comida y cama. Son los nuevos *hippies* de la isla.

—Dentro de poco quiero salir con mi velero. Lo tengo en dique seco reparándolo en la Savina, creo que podríamos pasar unos días las tres juntas navegando y aprovechamos para visitar a los artistas, ¿qué os parece?

—Me gustaría, pero no sé si puedo dejar las obras...

—Serían solo tres días y podemos coger dos en fin de semana —insistió Merche.

—Yo no puedo —dijo abruptamente Sara.

—Sara, creo que ya es hora de que lo superes —le dijo Merche.

—Ya lo sé, pero no he vuelto a hacerlo desde entonces.

—Han pasado diez años o más...

—Perdonad, pero no sé de qué estáis hablando. —Yo estaba desconcertada.

—Hace unos años navegaba con dos amigas en un pequeño *llaud* cerca de la isla de Tagomago —me explicó Sara—. De repente se levantó un fuerte oleaje, con tan mala suerte que la embarcación volcó. Las tres caímos al agua, no nos dio tiempo a ponernos los salvavidas pero la costa rocosa estaba a poco más de una milla. La veíamos alcanzable, de no ser por aquellas malditas olas y porque Clara, una de mis amigas, no sabía nadar bien. Avanzamos juntas durante un buen trecho. No faltarían ni quinientos metros para llegar a las rocas cuando a Clara le abandonaron las fuerzas. Marga y yo la agarramos cada una de un brazo, pero un golpe de mar nos la arrebató. No la veíamos y empezaba a anochecer, el mar se la había tragado literalmente.

»Seguimos nadando exhaustas, cada una a su ritmo y sin mirarnos, como si ya no nos importara ponernos a salvo, habíamos perdido parte de las ganas de sobrevivir al ser conscientes de que Clara no lo haría. No sé cuánto tiempo pasó, cuando recibí el impacto del golpe de las rocas contra mis brazos y piernas ya era de noche. Aún no sé cómo pude trepar por ellas. Entonces oí gritar a Marga, estaba a pocos metros de mí sana y salva. Nos rescataron a primera hora de la mañana temblando de frío. Un pescador encontró a Clara ahogada sobre la arena de la playa. Esa es toda la historia. Desde entonces no he vuelto a navegar en un barquito, hasta el de pasajeros del otro día me da respeto.

Sara lo había contado de un tirón, con una extraña serenidad, como si lo hubiera explicado miles de veces y de tanto repetir el tremendo relato se hubiera convertido en un episodio más de la vida, que no se olvida pero que se asume con resignación, como una separación o un divorcio. Desde luego yo, que lo oía por primera vez, estaba afectada y no sabía qué decir. Merche salió al quite:

—Eso fue un lamentable accidente, lo sabes. Mi barco es seguro y solo salgo si hay un buen parte meteorológico. Además, iríamos costeando. Creo que la única manera de que lo puedas superar es disfrutando de una plácida navegación, pero no quiero insistir…

—Eso es, fue un accidente, y si hago caso de mi marido, que se dedica al cálculo de probabilidades, es imposible que se vuelva a repetir. —En cuanto lo dije, me pareció que había soltado una estupidez.

—Tu marido tiene razón. —Sara puso la mano sobre la mía—. Pero a veces mi cerebro no calcula posibilidades y se ciñe a lo irracional. Prometo pensármelo, pero no os quiero jugar una mala pasada en el barco con mis neuras.

—Así me gusta —dijo Merche, que quería dar por zanjado el tema—, os aviso con tiempo y lo programamos, nos divertiremos.

No había aceptado aún la invitación, pero ante aquella especie de catarsis creí que sobraba mi opinión. No había subido nunca en un velero y esa aventura me excitaba. Quizás porque mi vida, sobre todo después de casada, había resultado excesivamente cómoda y carente de riesgos.

—Valerio fue un gran navegante —siguió Merche—. Mi padre solía decir que tenía el instinto de un marino avezado al que no le hacían falta partes meteorológicos ni instrumentos de navegación. Se podía adentrar en el mar en una noche cerrada, sin estrellas, y saber en qué dirección y a cuántas millas estaba de un puerto o al abrigo de una cala. Me dijo Sara que se llevaron todos sus tesoros marinos de Sa Marea. ¡Qué lástima!

—Sí, así es, apenas hay algunas botellas vacías de vino y unos cuantos libros y documentos náuticos. Estuve echándoles una ojeada, pero yo no los entiendo. Creo que apuntaba en unas fichas las localizaciones donde aparecían los pecios.

—Seguro que lo apuntaba todo, era muy metódico. Mi padre me contó alguna salida en barco con él. Se pasaban desde el amanecer hasta al anochecer sacando ánforas del fondo del mar. Le prestó un chigre, de esos que mi padre tenía en uno de sus barcos de arrastre, el Virgen del Mar, con dos potentes baterías para izarlas, pero al principio Valerio las rescataba buceando, atando cabos a las ánforas y a las anclas antiguas, y las subía a bordo con sus propias manos. Era toda una odisea.

—¿Y sabes el porqué de esa afición? ¿Qué conseguía con ello aparte de llenar la casa de vestigios antiguos? —pregunté.

—No lo sé muy bien, decían que en alguna parte del fondo de la isla tenía que haber un gran tesoro oculto, eran como niños, pero te aseguro que lo único que sacaban eran vasijas púnicas y romanas en las que hace cientos de años transportaban el garo y las salazones de pescado; de vez en cuando, alguna moneda de plata, nada que tuviera un valor extraordinario. Los pescadores de nuestros barcos se topaban con los pecios cartagineses y romanos al faenar con las redes. En cuanto encontraban algo, mi padre avisaba a Valerio, le daba las coordenadas de posición y se ponían en marcha para el rescate.

—Curioso, y ¿por qué creían en la existencia de un tesoro? Valerio Montalbán era cirujano, una persona instruida, y tu padre, un gran empresario de la pesca. ¿No es extraño que se entretuvieran rescatando ánforas de escaso valor?

—Hay una leyenda en la isla —intervino Sara— que dice que la diosa Tanit llegó a Ibiza desde la antigua Cartago en un barco que se hundió en alguna parte del litoral en torno al siglo v antes de Cristo. La diosa estaba cubierta de joyas y la acompañaba un cargamento de oro. Se han encontrado esculturas con su imagen en el santuario de Es Culleram en Cala Vicent y en los restos púnicos de Puig des Molins. La Tanit de la necrópolis de Puig des Molins representa desde hace más de un siglo la imagen de Ibiza; está en los sellos de correos, en las postales, en las entradas de muchas casas y hasta en las etiquetas de las botellas de hierbas ibicencas…

»Bueno, pues resulta que hace solo unos años los arqueólogos descubrieron que esa Tanit no era púnica sino griega, pues la arcilla roja con la que está esculpida provenía de Sicilia y la arena que la recubría para darle consistencia era del Etna. Al parecer, el nombre de la diosa griega era Deméter. En resumen, que la base de la civilización antigua de la isla está ahora representada por una dama impostora… y hay también diosas Tanit en el museo arqueológico de Madrid y Barcelona que provienen de Ibiza y no de Sicilia, como la nuestra. —Se rio.

—Es verdad —continuó Merche—, además la diosa Tanit de Es Culleram, a la que se ofrecían sacrificios humanos, es bien distinta de la figura griega encontrada en Puig des Molins. La Tanit auténtica dicen que tiene alas y presenta una ornamentación cargada de joyas en el cuerpo y en la cabeza, que tiene forma de león. Claro que todo es pura arcilla, pero al parecer Valerio creía que hubo una Dama de Ibiza que llegó hace cientos de años en el barco de un mercader potentado y que estaba recubierta de oro. Recuerdo que me contaba esa historia cuando íbamos a Sa Marea. Mi padre se burlaba de él y le decía que cuánto mejor sería encontrar algún buen caladero de langostas fuera de la Mola en Formentera o de Santa Eularia, en Ibiza. Pero yo creo que Valerio estaba convencido, había estudiado la poca documentación que había sobre la ruta desde la actual Túnez a Ibiza y no sé por qué creía que en alguna parte del fondo marino lo estaba esperando la diosa Tanit con sus mejores joyas. Era un aventurero incorregible.

—He encontrado en la casa algún libro sobre la mitología en Ibiza. Pero insisto, no deja de ser curioso que un hombre de ciencia como el doctor Valerio dedicara tiempo y esfuerzos a esa tarea.

—Se había jubilado y su pasión por el mar lo llevó a soñar con tesoros escondidos en él. No es extraño que con la edad recuperemos el espíritu soñador de la juventud —reflexionó Sara sonriendo—. Deberíamos dar un paseo por la finca antes de que se ponga a diluviar.

Atraída por esa historia del tesoro hundido, sentí la urgencia de volver a revisar los libros del doctor Montalbán en cuanto llegara a casa. Merche y Sara ya se habían levantado de la mesa dispuestas a recorrer la finca y fui tras ellas.

La fachada trasera estaba tapizada con buganvillas de grandes troncos y flores fucsias que habían brotado adelantándose unos días a la llegada de la primavera. Un pequeño huerto acogía varias hileras de tomateras de hojas verdes todavía de poca altura. Cebollas, lechugas y tallos rastreros de sandías despuntaban sobre una tierra rojiza que había sido rastrillada para eliminar guijarros y malas hierbas.

Sara explicaba orgullosa cómo lo cultivaba personalmente de manera ecológica, utilizando estiércol de oveja y ceniza como abono para las simientes, y soluciones acuosas de manzanilla y ortiga fresca para atajar algunas plagas. Alrededor de las tomateras había plantado ajos y algunas matas de menta, buenos ahuyentadores de las hormigas y otros insectos. Me pareció que el mimo que empleaba en aquella plantación era algo excesivo, pero ella aseguraba que el sabor de los productos de su cosecha era inigualable.

Seguimos caminando entre plantas de aloe de diferentes edades, me mostró aquellas que ya estaban criando «hijos». Reverberó un trueno entre las montañas y empezó a llover con intensidad. La temperatura descendió bruscamente y las tres corrimos a protegernos en un cobertizo de madera donde había herramientas de jardinería junto a muebles desvencijados. Nos pusimos a reír sin parar, al vernos empapadas y con el pelo chorreante. Sara, que iba muy maquillada, tenía la cara llena de lamparones de rímel, y Merche, en manga corta, comenzó a tiritar. Yo llevaba una chaqueta impermeable que me protegía, pero la humedad me traspasaba por la espalda.

—Creo que tiene que haber algún paraguas por aquí —dijo Sara oteando en el interior del pequeño almacén—. ¡Cielos!, hay tantas cosas que ya no sé dónde los he puesto.

Las tres nos pusimos a buscar entre las baldas, mientras fuera la cortina de agua nublaba la panorámica. El pequeño almacén se quedó sin luz y activé la linterna de mi móvil. Parecía que mi destino estaba entre cuartos oscuros. Fui hacia una esquina donde había una cómoda de madera que necesitaba una restauración. Me asomé detrás del mueble y me sobresalté: el haz de luz iluminó un buen número de ánforas y vasijas que parecían antiguas. No me dio tiempo a fisgonear más porque, a pocos metros de mí, Sara gritó:

—¡Aquí están los malditos paraguas! ¡Vamos a la casa!

9

—Voy a ir este viernes a Ibiza. Esto no puede seguir así. Estás muy rara. No coges el teléfono, no respondes a mis mensajes, ¡Tenemos que hablar! —Marcos elevó el volumen de voz muy por encima del suyo habitual.

¿No era yo la que tenía razones para estar dolida y enfadada? No me apetecía verlo. No es que no quisiera afrontar la verdad sobre su infidelidad y sopesar su gravedad, era más bien que el dolor y la rabia inicial habían desaparecido en tan poco tiempo, como los restos de basura marina en cuanto el temporal de los últimos días amainó y el viento cambió de dirección. Ahora me sentía cómoda con mi soledad.

Sin duda, estaba cambiando desde que llegué a la isla. Había deseado la separación temporal de Marcos, y las obras de la casa eran solo una excusa para ese alejamiento.

No estaba preparada para enfrentarme cara a cara con él, necesitaba mantener aquella distancia que me liberaba para aclarar mis propias contradicciones, que habían crecido en los últimos años a la par que mi excesiva dependencia de Marcos. ¿Hasta dónde había relegado yo mis sentimientos para adaptarme a los suyos? ¿Y cuál era su verdadera prioridad en la vida?

No es que nos hubiésemos deslizado por la pendiente del desamor, habíamos caído por su precipicio. Esa era mi conclusión provisional, y yo no me eximía de la parte de culpa que suponía no haber puesto todo lo necesario para no asomarnos a ese despeñadero. La inseguridad es mala consejera para tomar una decisión, no quería precipitarla y estaba decidida a esperar a ordenar mis sentimientos y entender qué había pasado con aquel pacto de la felicidad que nos mantuvo como una pareja unida, quizás falsamente unida.

Sentí pavor de que Marcos se presentara de súbito en busca de respuestas que yo aún no tenía y de preguntas que solo iban a hacerme más daño. Debía posponer ese encuentro.

—Mira, Marcos, el viernes es un mal día. Tenía pensado ir a Formentera con unas amigas que he conocido —le puse como excusa aunque no había fecha todavía para navegar con Merche y Sara.

—Creo que eso puede esperar a que hablemos, ¿no crees? Yo solo puedo ir el viernes a primera hora, pero tengo que regresar el mismo día, aunque sea en el último avión de la noche.

—De verdad que estoy mucho mejor, me pillaste con el pie cambiado y dije cosas que no sentía. Me gustaría que no me lo tuvieses en cuenta, son tonterías mías. Se me acumuló el trabajo y pensé que no podría con la casa y ese agobio me hizo pensar cosas absurdas. No te preocupes, estoy bien y tú debes estar a tope de trabajo con la nueva oficina en Londres.

—Sí que estamos hasta el cuello, pero es más importante que confíes en mí y que no te hagas malos rollos. Es estupendo que tengas nuevas amigas..., a veces pienso que debes estar muy sola.

—De verdad, Marcos, no tiene sentido que vengas todavía. Olvida lo que te dije.

—Entonces, ¿nada de tus dudas sobre mí?, ¿me quieres?

—Claro que te quiero. —Me costó decirlo.

—Yo también te quiero, y te aseguro que no hay nadie en mi vida que no seas tú. Intentaré ir en unas semanas, en cuanto acabe este lío con los ingleses, pero responde a mis llamadas y mensajes, por favor.

—Sí, claro que sí.

—Y ¿cómo van las obras? Vi que hiciste un cheque para el herrero, ¿está cambiando el portón?

—Sí, era un peligro. Nos podíamos hacer daño.

—Bien hecho, solo que es mejor que me lo comentes y yo iré haciendo las transferencias.

—Sí, perdona, pero me pareció un tema urgente y se lo encargué sin decirte el importe —me disculpé. Sabía que Marcos era metódico y le gustaba tenerlo todo controlado.

—No pasa nada, pero tendrías que enviarme la factura y el presupuesto para contabilizarlo, ¿ya han colocado la nueva puerta?

—El caso es que… todavía no. —No me atreví a decirle que Mauricio, el herrero, había desaparecido y no respondía a mis mensajes.

—Ya te dije que no podemos fiarnos de los industriales de Ibiza, la mayoría están hasta las orejas de trabajo y no cumplen con los plazos. Y eso que a este lo recomendaron los Montalbán.

—No te preocupes, está todo controlado. Las obras avanzan a buen ritmo, pero ha estado lloviendo mucho los últimos días y no han podido colocar las baldosas del exterior.

—Ya me dijo Climent que el material había llegado, ¿ves como es mejor contratarlo todo desde aquí? Y tú te reías del Doble Cocción.

—Sí, Marcos, sí. Tienes razón —dije de mala gana—, pero confía en que lo resolveré. Recuerda que nos pareció que traer a un herrero desde Barcelona era un despropósito… También estoy esperando presupuesto del jardinero. Te lo haré llegar enseguida.

—Escucha, lo estás haciendo bien. No te agobies, solo que las probabilidades…

—Marcos —lo interrumpí—, lo estoy arreglando, pero también tengo que acabar mi trabajo. La editorial me ha encargado traducir una nueva novela y les corre prisa.

—Quizá tenías que haberles dicho que te tomabas unas semanas de vacaciones. Sabes que te lo puedes permitir.

Me mordí los labios para no entrar al trapo y crear un nuevo conflicto. «¿Realmente has sido así siempre y yo no lo he visto hasta ahora?»

—Ya lo sé, Marcos, ya lo sé, pero mi trabajo me gusta y me interesa, como a ti el tuyo.

—Está bien. Entonces, ¿quedamos en que no voy este viernes?

—Sí sí, quedamos más adelante, cuando tú estés menos atareado.

—Vale, pues un beso, cariño. Vamos hablando.

—Un beso.

Solté el móvil sobre la mesa como si me quemara entre los dedos y me froté la cara con ambas manos. Intentaba alejar la angustia y los nervios, y me dio rabia no poder contener un sollozo.

Llevaba en Sa Marea poco más de tres semanas y si no fuera porque Vicens y Murillo, mi aparejador y el jefe de obra, insistían en que avanzaba según el calendario de ejecución previsto, a mí me parecía que más que una rehabilitación estaban haciendo una demolición de la casa. El antiguo terrazo exterior estaba levantado y la tierra aparecía descarnada y llena de cascotes. Los contenedores rebosaban de escombros, y la fachada, tras empezar a colocar los marcos de las puertas y ventanas de aluminio, tenía decenas de grietas parcheadas con cemento gris como regueros de agua sucia.

La corona de piedra blanca de la piscina estaba destrozada y los azulejos de gresite del vaso necesitarían un buen repaso, cuando no de una sustitución integral.

El día era frío, pero no hacía viento. Sentarme a trabajar en la palapa, con los cascos puestos para evitar el ruido ensordecedor de los martillos pilones, era una buena opción, aunque resultaría difícil concentrarme. Consultaba el diccionario, traducía una frase, la volvía a reconstruir y por fin la leía en voz alta para calibrar que sonara contundente. *P. O. Box 69* definitivamente era una novela arriesgada que en algunos pasajes me desbordaba. Había buscado en Internet a la autora australiana, Maya Louis, para entender su personalidad y comprender mejor lo que pretendía contar al lector. Como era habitual, me había leído el original en inglés de un tirón, pero a medida que iba desgranando las palabras, las frases y los capítulos descubría matices sorprendentes.

Maya, de tan solo treinta años, tenía cuentas en todas las redes sociales y su comportamiento en cada una de ellas era bien distinto.

En Instagram colgaba fotos detalladas de partes de su propio cuerpo y animaba a otras mujeres a que hicieran lo mismo para establecer comparaciones que interpretaba más allá de lo físico. Era una verdadera colección de dedos de los pies, de las manos, ombligos, muslos, glúteos, hombros, dentaduras, pezones, labios y ojos que comparaba con los suyos y a los que les atribuía diferentes connotaciones sexuales. Más de cinco millones de seguidoras avalaban el interés por esa curiosa forma de analizar su propia anatomía frente a la ajena.

Su muro de Facebook estaba presidido por una fotografía de su época de estudiante en la Universidad de Melbourne; con diez años menos, llevaba una minifalda extrema y sus pechos estaban a punto de desbordarse del escote de una blusa transparente, en el límite de la censura de la red de Zuckerberg. Sin embargo, sus comentarios podrían haber pertenecido a la página oficial de la universidad: divulgaba opiniones sobre psicología femenina, comportamiento humano en general y sexología, colgando *posts* y artículos de profesores sesudos bajo el lema «*Too much, too little and different. The sexual possibilities of the new millennium*» ('Demasiado, muy poco y diferente. Las posibilidades sexuales del nuevo milenio').

En Twitter libraba una cruzada contra Donald Trump, sus aportaciones siempre se referían al ámbito político y los enlaces que proponía o retuiteaba tenían el marchamo del feminismo radical.

¿A qué jugaba la errática Maya Louis para estrenarse con una primera novela con sexo explícito tan evidente? Según la iba volcando al español, intuía que detrás de cada escena pornográfica latía una sensibilidad especial, enfocada hacia un tema que trascendía los órganos sexuales, las filias descritas y las posturas. Por ejemplo, la protagonista acababa llorando tras hacer el amor cuando era ella quien le había pedido a su *partenaire* que la sometiera a un trato que a mí se me antojaba vejatorio. Y ese masoquismo, elevado a la máxima degradación personal, era la base del enamoramiento de los controvertidos protagonistas. La escritora tenía un conocimiento único de cada parte de su cuerpo, pero también de su mente. Era una máquina perfecta que sabía qué pequeño músculo o nervio debía pulsar en su pareja para producirle el máximo placer sensual, pero también para que sintiera atracción o rechazo por el sexo opuesto. ¿Qué quería contar más allá del manido tema de que el tormento llevado al extremo causa placer? ¿Puedes amar a alguien que te hace daño? Amar en el sentido profundo, identificarte con tu pareja hasta el extremo de que lo que a ti te duele le duela a él también, y de que tu amante sublime lo que a ti te da placer.

Interpretando a Maya Louis volví a recuperar una parte de la pasión electrizante de mis primeros tiempos de traductora. Mi imaginación y sensualidad se desbordaban y el trabajo de descifrar cada escena y aquilatar cada frase era como un torbellino de complacencia que me sumía en una fruición que casi no recordaba. Reconozco que al principio no podía evitar, no quería evitar, la excitación cuando rebuscaba en el Merriam-Webster y otras fuentes de consulta para atinar con la mejor definición de la escena que iba a traducir, calibrando en el texto las frases soeces con las meramente libidinosas. Mi implicación era total.

Hubo un tiempo en que, cuando destripaba un texto erótico, sabía que a las pocas horas tendría mi recompensa real. Fogosa, le enviaba mensajes a Marcos para que lo dejara todo y corriera a hacerme el amor. Quizás para compensar esa carencia, obedecí el impulso de abrir mi correo y escribir a Begoña: «¿Quién coño es esta Maya Louis?».

Ya le había enviado antes el texto de *En la cama con mi príncipe* y con él me había desprendido de un pesado lastre, de tan anodinos como me parecían los personajes, la trama y hasta la fácil resolución, aunque de sobra sabía que lo que a mí me parecía banal y sin interés podría convertirse en un éxito de ventas.

Manejo un género editorial que tiene muchas seguidoras. Parece, según Begoña, que las lectoras de novela romántica cada vez tienen más necesidad de sexo explícito y quieren encontrarlo desde la primera línea de una novela. Este género requiere de una fórmula magistral, como la de las recetas de las antiguas farmacias, con ingredientes que no deben faltar: personaje masculino bien dotado tanto económica como físicamente; personaje femenino de vida aparentemente anodina, pero con una imaginación sexual desatada y bastante inclinada a la sumisión; hay que bordear el machismo, añadirle un poco de romanticismo folletinesco y una buena dosis de escenas sexuales más o menos novedosas. No es fácil, porque para que la pócima resulte eficaz todo tiene que ser de primera calidad, a veces se nota la elaboración de la receta con componentes genéricos, más baratos, que no tiene los mismos efectos en las lectoras.

Sobre el tejado de la casa vi a Luka transportando una carretilla con tochos de hormigón. Era incombustible. Nuestras miradas se encontraron y me saludó con una sonrisa, quitándose la gorra.

Dejé de lado la novela y tecleé en el portátil «Mauricio herrero de Ibiza». Encontré una referencia de un herrero y metalista que tenía el taller cerca de Sa Marea. La anoté en un papel. Le haría una visita. Los últimos mensajes que le envié eran subidos de tono y aunque llegué a amenazarle con que lo iba a denunciar a la Policía, no tuve respuesta.

Cuando levanté la vista de la pantalla apareció delante de mí un hombre corpulento con uniforme azul marino. Di un respingo, me quité los cascos e hice ademán de ponerme en pie.

—Buenos días, señora. No se levante, por favor —me dijo un agente de Policía con voz grave.

—Hola, buenos días, ¿sucede algo?

—Nada importante, señora, no se preocupe. Un vecino que se queja del ruido de las obras, y tenemos la obligación de comprobar que todo está en regla.

—No lo sabía, nadie me ha dicho nada. Veo que hay poca gente en los apartamentos y procuramos trabajar solo los días laborables para no molestar.

—Siempre hay alguien que se queja. Al parecer, un vecino que trabaja de noche y duerme de día con el ruido no puede conciliar el sueño. —El agente me sonrió, supuse que para quitarle hierro al asunto.

—Ah, pues sí que lo siento, podía haberme dicho algo. No era necesario que les molestara a ustedes.

—Es nuestra obligación comprobar que todo está en regla y que tienen los permisos de obra. Ya lo confirmé con su encargado y todo está bien.

—Muy bien, pues estupendo, agente…

—Alberto Torres, a su servicio. Sargento de la Policía Local de Sant Josep de Sa Talaia. Conocí al anterior propietario, el doctor Montalbán, una buena persona.

—Sí, eso me dice todo el mundo, ¿quiere tomar un café o un poco de agua? Me temo que no le puedo ofrecer otra cosa, sargento Torres.

—No, muchas gracias, es usted muy amable. —Miró alrededor—. Está haciendo una buena reforma. Esta casa estaba muy dejada y necesitaba actualizarse. El médico era muy espartano y un poco raro, ¿no cree?

—¿Raro?

—Bueno, su afición por coleccionar antigüedades marinas no es muy habitual. He echado un vistazo y al parecer se las han llevado, ¿no es así?, ¿quizás las ha guardado usted en algún almacén para que no se estropeen?

—No, sargento, aquí no había nada cuando compramos la casa. Todos hablan de sus ánforas, vasijas y restos de barcos, pero se las debieron llevar antes de vendérnosla.

—Ah, pues qué lástima, ¿no? Debían de tener un valor incalculable, según decía la gente. ¿De verdad que no sabe dónde han ido a parar?

—Pues no tengo ni idea, pero si tiene algún interés, le puede preguntar al hotelero Tur, que también se llevó el vino de la bodega.

—No, era solo un comentario. Esas cosas no me competen. En la isla se han cometido muchos expolios en el fondo marino, no ha habido control sobre ello. Dicen que los franceses compraron muchas de esas antigüedades, pero eso lo llevan los compañeros de la Guardia Civil, salvo que…

—¿Salvo qué?

—Bueno, si hubiera algo especial que tuviese un valor relevante y que mereciera ser puesto en conocimiento de las autoridades, entonces nosotros actuamos en primera instancia y luego ya lo tramitamos de la manera más adecuada.

—No sé bien a qué se refiere, pero le aseguro que no han dejado nada de valor, ni una sábana en ninguna habitación, ni siquiera un cubierto en la cocina.

—Ya imagino, era solo un decir…, la gente especulaba con los descubrimientos del médico, ya sabe, habladurías de pueblo: que sí tenía un mapa con un tesoro escondido, que si un cofre con joyas y oro enterrado en la casa. Supongo que tampoco le dejaron ese mapa. —Se carcajeó.

—Que yo sepa, no está en la escritura de compraventa —le seguí la broma.

—¡Jajaja!, veo que tiene sentido del humor. Y dígame, ¿está usted sola en la casa?, ¿no la acompaña su marido?

—Vendrá en unos días, tiene mucho trabajo. De momento, me las apaño yo sola estupendamente.

—El otro día me pareció verla en el pueblo, iba con prisa, creo que salía de la oficina de Correos. Si le puedo servir en algo, no dude en ponerse en contacto. Siempre estamos de servicio.

—Sí, estuve recogiendo un paquete. Le agradezco su buena disposición. Por ahora no necesito nada. La zona parece muy tranquila en esta época.

—Es cierto, pero no se descuide, ahora hay muchos casos de ocupación de viviendas y los maleantes no descansan. ¿Le entregaron su paquete? Correos funciona bastante bien en la isla, cada vez hay más gente que compra por Internet y los envíos se han multiplicado por cien.

—Sí, ningún problema con Correos. Tendré en cuenta lo que me dice, pero mientras no cambie el portón de entrada y acabe el cerramiento no veo manera de...

—Claro claro. No quiero asustarla, pero cuanto antes coloque una buena puerta mejor, y si pone un buzón en la entrada se evitará tener que ir a Correos, es una molestia tener que recoger paquetes y cartas en la oficina, eso ya ha quedado anticuado, ¿no cree?... Aunque si me oye decir esto mi cuñado, que es el jefe de la oficina de Sant Josep, seguro que me echa una bronca, su negocio está también en alquilar apartados postales.

Me ruboricé. Cuando un desconocido controla algo de ti que tú ni habías imaginado tiendes a sospechar que puede saber muchas más cosas, y eso a mí me resulta muy inquietante. No sabía si debía disimular o cantarle de plano que había encontrado la maldita llave en una botella por un mensaje en morse, y ya de paso que quería denunciar la estafa de un herrero, y hasta la infidelidad de mi marido, aunque no entrara en su jurisdicción. Hice un esfuerzo para sobreponerme.

—Tiene razón, sargento Torres, en cuanto esté instalada y pueda dar mi dirección de correo no tiene sentido ir hasta el pueblo.

—Claro claro, mucho mejor, pero que no se entere mi cuñado. —Me guiñó un ojo—. El médico era una persona mayor y ya sabe cómo se vuelven de desconfiados los viejos, mi padre mismamente sigue manteniendo un apartado postal. Dice que no se fía de que el cartero le pierda las cartas o incluso que se las lea, ya ve qué tontería para tres o cuatro que recibe al año de una hermana que vive fuera de España, ya me dirá usted qué secretos le puede contar... Bueno, pues el médico era como él, mantuvo su apartado hasta el día en que falleció, eso me dijo mi cuñado, que lo conocía bien.

—Ya, no es mi caso. Ya no envío cartas, todo lo hago por correo electrónico e incluso trabajo a distancia con mi ordenador. Por cierto, voy algo atrasada con un encargo y debería continuar con mi tarea —le dije con toda la intención para que dejara de incomodarme.

—Claro claro, y yo aquí interrumpiéndola. Disculpe que le haya hecho perder su tiempo. Solo tiene que llamarnos si necesita cualquier cosa en el ámbito de la seguridad; si va a vivir aquí sola, es bueno saber que nos tiene cerca.

—Gracias, sargento Torres. Les llamaré si necesito ayuda, es muy amable.

—Y ya sabe, si encuentra algo referente a ese mapa del tesoro que dicen guardaba el doctor Montalbán, no dude en avisarme. —Volvió a carcajearse.

Se dio media vuelta y vi cómo sus anchas espaldas se alejaban hacia la puerta. Pero cuando iba a subirse al coche patrulla, estacionado a la entrada de la casa, se cruzó con Luka. Fue hacia él y le dio un apretón de manos. Estaba claro que se conocían y aunque apenas cruzaron unas palabras, me fijé en que ambos sonreían.

10

*P*arecía estar condenada a seguir hurgando en el pasado del anterior propietario de Sa Marea. El curioso cuaderno que me condujo hasta la llave en la bodega, la conversación con Sara y su amiga Merche, las vasijas y ánforas que vi en el cobertizo de la plantación de aloe y la extraña visita del sargento de la Policía Local me producían pesadillas de aventuras submarinas que se interrumpían bruscamente con una apnea que me llevaba al borde de la asfixia. Cuando los rayos de sol se filtraban en el mar y faltaban pocos metros para que alcanzara la superficie, me despertaba, me incorporaba en la cama y me costaba unos segundos recuperar la respiración. Lo desconcertante era que ese terrible sueño venía acompañado de un placer sexual que no acertaba a explicarme. Mi respiración agitada era la consecuencia de un orgasmo silencioso e incontrolable.

Una noche se me apareció la diosa Tanit. Estaba en el fondo del mar y para llegar buceando hasta ella apartaba con los brazos varios matojos de posidonia que flanqueaban la entrada a una gruta; en la oscuridad, inclinado sobre una roca, me esperaba el busto de la diosa, con sus grandes ojos y una expresión enigmática. Cuando estaba a punto de alcanzarlo con los dedos, una cuerda ligada a mi cintura tiraba fuertemente de mí y me devolvía a la superficie y a la consciencia. Me desperté con espasmos y convulsiones, retorcida en la cama, con la cadera y las nalgas doloridas, y noté que mi sexo estaba húmedo.

Me intrigaban esas experiencias sexuales incontroladas y que iban precedidas de sufrimiento, aunque las achacaba a que estaba demasiado embebida en la traducción de la novela de Maya Louis y, al final del día, transcurrido entre el control de los industriales y el análisis de frases de contenido sexual muy subido, mi mente acababa por seleccionar lo más placentero para llevárselo a la cama.

Supongo que también me influían las lecturas parciales que iba haciendo de los libros de mitología que guardaba el doctor Montalbán. En uno de ellos, que llevaba por título *La Ibiza mágica*, el autor recogía un texto de Luciano de Samósata, un sirio del siglo II después de Cristo que explicaba que la diosa Tanit «llevaba sobre su cabeza una gema llamada Lychnis y de esa gema brotaba durante la noche un resplandor tan vivo que el templo se iluminaba por entero como si hubiesen lámparas. De día su destello se debilitaba, pero guardaba sin embargo su color de fuego vivo».

En el otro libro, *Tras el velo de Tanit*, se argumentaba el carácter femenino de Ibiza, que se atribuía a la sensualidad de la diosa y que trasmitía una delicada energía sexual. Perseguida por el dios Bes, animador de las grandes juergas que daba su nombre original a la isla, la diosa no parecía estar por la labor de dejarse conquistar a pesar de que se la identificaba con la fertilidad, la adivinación, la vegetación y el sexo. A Tanit se la confundía también con la Luna. Citaba el autor a la princesa Salambó, de Flaubert, sacerdotisa de la diosa: «Cuando apareces, Tanit, se esparce la quietud por la tierra; las flores se cierran, calman las olas, los hombres fatigados dilatan su pecho por ti y el mundo se mira en tu cara como en un espejo. Eres blanca, suave, luminosa, inmaculada, purificadora, serena... ¡Pero tú también eres terrible, Señora! Produces los monstruos, fantasmas, ensueños engañosos, y todos los gérmenes fermentan en las oscuras profundidades de tu humedad. ¿Adónde vas? ¿Por qué cambias perpetuamente de forma?».

La dualidad de la diosa parecía ser su característica: benévola y malvada, pacífica y guerrera, virgen y madre, reina de la vida y, sin embargo, presente en todos los actos funerarios.

¿Cómo no iba a estar influida por estas lecturas, las mitológicas y las eróticas, fundidas en mis pesadillas? Era absurdo, pero a veces pensaba que Maya Louis encarnaba a esa diosa que jugaba con el placer y el dolor, la vida y la muerte, la locura y la cordura, a través de la trama de su novela.

Cansada de no obtener respuesta del herrero, decidí visitarlo en su taller. Estaba a apenas dos kilómetros en dirección a Sant Josep, en la zona de Cala Bou. Al girar la rotonda, que en línea recta conducía hasta la playa de Cala Bassa, vi un antiguo y destartalado almacén con la puerta corredera metálica cerrada. En la fachada habían pintado con letras gigantes y desiguales un cartel de «Cerrado».

En el amplio patio donde estacioné el todoterreno había toneladas de hierros retorcidos y materiales para el desguace, era un gran vertedero de cachivaches oxidados. En un lateral del edificio estaba aparcada la *pick-up* del herrero, llena a rebosar de bolsas de basura.

El lugar parecía solitario, no vi a nadie. Me tomé un tiempo antes de apearme, mis piernas flojeaban y mi corazón iba acelerado cuando me pareció ver que una sombra pasaba por la única ventana que daba a la parte frontal del almacén.

«Tranquilízate, no seas miedica», me dije en voz alta, y al momento recordé que Marcos me había dicho en alguna ocasión que en una situación de peligro lo mejor era enviar tu ubicación por medio de un wasap, pero cuando lo iba a enviar a su teléfono cambié de opinión y el mensaje fue para Ana, incluso calculando que no lo leería de inmediato, ella no solía contestar los mensajes, pero no quería darle explicaciones a Marcos sobre qué estaba haciendo en aquel taller a todas luces abandonado.

La sombra volvió a cruzar por la ventana y esta vez confirmé que se trataba de Mauricio. ¿Qué hacía allí encerrado a cal y canto?

Su recibimiento no sería muy amistoso tras mis mensajes de amenaza pero me sentía estafada y no iba a dejarlo correr.

Salí del coche y caminé hasta la puerta metálica. No estaba cerrada con llave, así que la deslicé lo suficiente para abrir un hueco y entrar en el almacén. Mi sorpresa fue oír los acordes de un piano al fondo de la inmensa nave. Avancé despacio, pero la luz exterior que se había colado al abrir la puerta alertó al herrero, que dejó de tocar el teclado. Junto a él había un niño y dos adultos, uno tocaba la guitarra y también dejó de hacerlo. Me pareció que había interrumpido algo muy especial. Mi primera situación de pánico había dado paso al desconcierto y se convirtió en una desazón por haber vulnerado la intimidad de aquella gente.

Mauricio vino hacia mí.

—Te devolveré tu dinero —dijo nada más verme—. Sé que me has denunciado a la Policía, pero ahora no puedo devolverte lo que me diste.

—No he puesto la denuncia todavía, pero no entiendo por qué no contestas a mis llamadas y mensajes.

—Estoy pasando una situación crítica, no me pagan la obra de un hotel y me he quedado sin efectivo. Debo dinero a mucha gente y está todo en manos de mi abogado. Además, mis ojos van a peor y tendré que operarme en breve.

—Mauricio llevaba gafas de sol a pesar de la oscuridad que reinaba en la nave.

—Yo… lo siento, pero hicimos un pacto y te di un adelanto. Necesito esa puerta…, no puedo tener la finca abierta.

—No voy a poder hacerla por ahora. Deberías buscarte a otro herrero.

Me sentía impotente, al fondo sonaba la guitarra con los acordes de *Yesterday*. El niño me miraba desde lejos con cara de impaciencia.

—Es mi hijo, es mejor que no sepa que tengo problemas.

—¿Puedo pasar?, no diré nada, ¿qué estáis haciendo aquí?

—Son unos amigos, han venido de Holanda a pasar unos días. Estábamos ensayando, tocamos esta noche en Sant Antoni, es solo para divertirnos. Pasa.

Entré en el almacén y me quedé boquiabierta. Había decenas de esculturas de diferentes tamaños, alguna de más de tres metros de altura, torneadas en acero corten y con representaciones abstractas que me parecieron magníficas.

—¿Son tuyas, estas esculturas?

—Sí, tengo muchas más, pero están repartidas en galerías de arte de la isla. Esta es mi verdadera pasión, mi oficio me da para vivir, o mejor dicho, me daba para vivir hasta que me pillé los dedos con un gran hotel que no me paga.

—Esta es realmente una gran obra de arte —dije contemplando una escultura que representaba dos caras enfrentadas a las que unos ojos gigantescos les conferían una expresión singular.

—Tengo que entregarla en unos días, pero el propietario ha tenido problemas y no ha llegado a la isla. En cuanto me la pague, te devolveré tu dinero.

—¿Desde cuándo te dedicas a esto?

—Bueno, dicen que un artista lo es desde que nace. Trabajé muchos años en Madrid, era el director de decorados de la televisión pública, tenía un buen sueldo y mi porvenir asegurado, pero un día dije que no quería seguir, la ciudad se me comía y era incapaz de crear, así que me vine para Ibiza y, ya ves, ahora se me comen las deudas.

Aquel hombre me parecía genial. Olvidé mis recelos y me salió de dentro una propuesta:

—No hace falta que me devuelvas el dinero, ¿por qué no me das a cambio una de tus esculturas para mi jardín?

Se quitó las gafas de sol, se restregó los ojos enrojecidos y una sonrisa se iluminó en su cara.

—Creo que te haré una especial. No puedo venderte algo que no está hecho para ti aunque lo hayas pagado por adelantado.

—¿Y qué tipo de escultura me harías? ¿Alguna parecida a esa? —Y señalé las dos caras de grandes ojos.

—No, tú casa merece algo diferente. Déjame que haga unos dibujos y en tres o cuatro días te sugiero cómo lo planteamos.

—Pero ¿en qué piensas?

—Tu casa se confunde con el mar, es como un barco varado que no lo mueve el oleaje de los temporales, es sólido, permanente, anclado en el pasado, pero con un futuro, que mira de frente a la bahía. Me fijé que está encarada al norte…, creo que ya sé lo que haré.

—Eh, me tienes intrigada.

—En tres o cuatro días te llevo el dibujo y un molde de madera. Si no te gusta, podemos cambiar la forma.

—Mauricio, confío en que no me falles esta vez, es nuestro segundo contrato. Y por favor contesta a mis llamadas y mensajes.

—Descuida, pensaba que me habías denunciado…

Me fijé en que su hijo lo reclamaba impaciente desde el piano. Nos estrechamos la mano y me di media vuelta. Cuando ya me marchaba, se me ocurrió preguntarle:

—¿Qué representa esa figura de dos caras con grandes ojos?

—Quien me la encargó quería una representación dimorfa, algo contradictorio en sí. Se me ocurrió que interpretar a la diosa Tanit era lo más adecuado.

11

Al cabo de un mes de vivir en Sa Marea las obras parecían estar bien encaminadas. Los tubos de la calefacción radiante y los del agua, que corrían por el suelo de la casa, ya estaban cubiertos con una fina capa de cemento sobre la que se colocarían las nuevas baldosas del Doble Cocción, los bajantes de los desagües estaban instalados, habían tapado las regatas en las paredes para pasar los cables de electricidad y, en el exterior, Murillo y sus hombres habían acabado de colocar la nueva corona de la piscina con el material antideslizante. También habían vaciado los contenedores de cascotes. El conjunto ya daba una sensación de orden a pesar de que quedaba mucho por hacer. Me parecía mentira lo que se había avanzado en los últimos días.

Por fin, el jardinero me envió un presupuesto que reboté a Marcos por correo electrónico, aunque yo ya había decidido que no haría el trabajo: era muy caro y sus plazos de ejecución se alargaban más de dos meses. Tenía que traer una veintena de camiones de tierra para plantar el césped, la que teníamos decía que no era fértil, pero cada tonelada me pareció que me la vendía a precio de caviar iraní, y la grava de marmolina la cotizaba al mismo nivel que si se tratara de minerales preciosos.

Mauricio había cumplido su palabra y me había traído la maqueta de la que sería mi escultura en medio del jardín. Decidimos que la atornillaría sobre una de las rocas mirando hacia el mar. Era extraña, pero me gustaba: un ancla de barco invertida con el cepo incorporando un pico de loro que señalaba hacia el norte. Cuando presentó el prototipo de madera en la roca parecía unos brazos en cruz extendidos hacia la bahía.

—No me gusta hacer interpretaciones de lo que representa —me dijo Mauricio—, prefiero que tú le des el significado. Será una obra tuya, tú mejor que nadie puede entenderla.

Retiró la maqueta y se fue. Me prometió que en una semana habría soldado las piezas de acero corten y la escultura estaría fijada sobre la piedra con unos tacos químicos que la harían inamovible.

Hacía días que no hablaba con Luka, tenía la sensación de que me rehuía; desde el encuentro con el sargento Torres se mostraba callado conmigo. Estaba atareado colocando los marcos de los armarios empotrados y restaurando la puerta antigua que iba a conservar, pero apenas me saludaba con la vista.

Yo seguía con mi plan de traducción de la novela de Maya Louis en la palapa con los cascos acoplados y la música bien alta. Parecía una autista a la que había que tratar con cuidado para que no se sobresaltara o incomodara. Cuando Murillo me tenía que consultar alguna cosa, se acercaba hasta tocarme suavemente en el hombro, yo me quitaba los cascos y mis tímpanos querían estallar con el nivel de decibelios de la máquina de cortar baldosas, hasta que me aclimataba al ruido y era capaz de entender lo que me quería decir. Y eso que últimamente mis oídos habían pasado de escuchar a la banda melódica Cheetah, con su *Scars of love*, al hard rock de los AC/DC, ambos australianos, como la novelista que traducía. ¿Acabaría por quedarme sorda?

Luka, por fin, se acercó vergonzoso y taciturno, como si hubiese cometido una travesura. Me trajo una muestra de madera que se deshacía en astillas.

—Está mal, no se puede arreglar. Si quiere, yo puedo forrar con un tablero, pero interior está podrido. No tiene reparación. Mejor será una madera nueva.

—Sí, realmente esta no aguanta. —Pellizqué el tablero y al instante se convirtió en polvo de serrín en mis manos—. ¿Puedes traer uno nuevo?

—Sí puedo, pero debo ir a la fábrica. Tomo medidas y compro madera maciza, que dure muchos años. —Hizo ademán de marcharse rápidamente.

—Espera, espera un momento, Luka. Siéntate, por favor. —Le indiqué que cogiera una silla de plástico y la acercara a mi mesa de trabajo. Lo hizo a regañadientes—. ¿Te pasa algo conmigo, Luka? No sé, te noto raro.

—No, nada, solo mucho trabajo.

—Ya, ¿es porque te vi cuando saludabas al policía? ¿De qué lo conoces? —Fui directa al grano.

—Yo a veces trabajo por horas en compañía de seguros. Hago reparaciones para clientes de las aseguradoras.

—¿Y eso qué tiene que ver con la Policía?

—A veces me llaman también para abrir puertas cerradas...

—¿Haces trabajos de cerrajero?

—Tengo un poco de vergüenza, Policía me llama también para abrir casas de gente que no paga alquiler o hipoteca.

—Entiendo, te llaman para colaborar con los desahucios y de eso es que conoces al sargento Torres, él debe estar presente en algunos de esos desalojos.

—Sí, Torres es primero que me llama. Muy triste eso. Familias no tienen dinero para pagar alquiler y el juez los saca de casa. Es un mal trabajo, quiero dejarlo porque no me siento bien.

—¡Oh Luka!, no has de preocuparte, no es tu culpa y alguien tiene que hacer ese trabajo.

—Usted no entiende, las familias lloran con niños pequeños que no tienen dónde ir. Usted tiene casa grande y yo casa humilde, pero si nos quitan la casa es como si te quitan media vida. Yo tengo que pagar mi alquiler con el dinero que me dan de los desahucios que hago, es un poco extraño. No es bueno.

—¿Y puedes prescindir de ese dinero?

—Yo trabajar puedo en otras cosas. Quiero sacarme título de montador de Ikea, cuando acabe en la casa voy a estudiar. —Cambió su semblante triste por una sonrisa.

—No sabía que se necesitaba un título para eso y tampoco que estuviera esa tienda sueca en la isla.

—No hay tienda, pero hay almacén. Usted pide por Internet y llega a la isla y los montadores tienen que tener furgoneta para llevar y montar muebles en las casas. Yo quiero comprarme una furgoneta de segunda mano. Ahora, además coche estropeado y tengo que venir en autobús a su casa, es mucho tiempo de viaje y hay poco servicio en esta época.

Luka me parecía una persona íntegra que tenía sus valores muy claros y que no se los jugaba por dinero. Como lo noté más relajado tras contarme su relación con el sargento Torres, que seguía sin parecerme trigo limpio, le di algo de conversación:

—¿Cómo está Marina?

—¡Súper!, ella mucho trabajo con las señoras, pasear, asearlas y limpiar casa y algo de cocina. El otro día me dejaron comer con ellas. Son muy mayores y no se enteran a veces de lo que pasa. Tienen un poco de alzhéimer, creo que no se dieron cuenta de que yo estaba ahí. Olvidan las cosas.

—Es la enfermedad que más temo al hacerme mayor. No quisiera vivir con algo así.

—¿Cómo va su novela?

—Espero entregarla en un mes, no es fácil comprender los giros que le da la autora, pero me ha gustado mucho.

—¿Y de qué trata?

—Bueno, no es sencillo de sintetizar aunque yo debería ser capaz de hacerlo… —Me sentí incómoda—. Diría que habla de las relaciones de pareja con un tono diferente, profundiza en las relaciones sexuales, pero al tiempo es un *thriller* casi policíaco porque hay un crimen pasional, o eso cree la Policía, pero se descubrirá que no lo es. —Lo estaba explicando fatal, pero no me apetecía contarle que la autora me estaba desbordando con sus detalles sexuales.

—¡Ah, es policiaca!, yo he leído en mi país a Agatha

Christie y a Simenon, y también a Borís Akunin, es georgiano, muy bueno su libro de la caída de un ángel. Me gustan las novelas negras, pero no me gusta la Policía. —Se rio y pensé que menos mal que se había quedado con la parte policíaca de la trama de la de Louis.

—Lo leí, realmente bueno Akunin, en español se titula *El ángel caído*. ¿Por qué no te gusta la Policía?

—En mi país la Policía era corrupta, ahora dicen que están arreglando, pero no sé. Antes tenías que pagarles por todo, si ponen una multa se arregla con dinero, si en aduanas te llegaba un paquete solo lo sacabas con dinero para los funcionarios.

—Oye, y este Alberto Torres, el policía que vino el otro día, ¿cómo es?

—No entiendo.

—Quiero decir que si te parece que es un buen policía.

—No sé mucho, tiene buenos contactos porque me da trabajo en muchos sitios y no me pide dinero por sus encargos. No tiene por qué hacerlo, podía buscar otros cerrajeros.

—Ya, pero a ti no te gusta tener que abrir las casas de la gente para que la desahucien.

—No siempre es ese trabajo, a veces son sitios con cosas robadas o con droga que esconden en almacén y yo abro. No sé, él dice: «Tengo orden judicial y tienes que venir a abrir a una hora», normalmente por la noche, eso permite trabajar en su casa por la mañana.

—Pero ¿la Policía no tiene sus propios cerrajeros? Además, es raro que un policía local lleve esos asuntos de drogas, tengo entendido que eso le corresponde a la Guardia Civil.

—Yo no sé. Él llama y voy, luego entra solo o con alguien y yo no miro. Me voy a casa.

—Luka, pienso que es mejor que te saques el carné de montador de Ikea. No me gusta eso que haces.

—Ya entiendo, ¡súper! Mejor Ikea, sí, pero Torres me ayudó con papeles para residencia en Ibiza...

—No le debes nada, creo que lo que haces no te llevará a nada bueno.

—Entiendo.

Sabía que Luka lo entendía, sus expresiones aniñadas no despistaban su inteligencia natural y su experiencia. Seguro que había vivido situaciones muy duras en su país, y cuando salió de él para reunirse con su familia. Luka, como yo, intuía perfectamente que lo que estaba haciendo era cuando menos sospechoso y turbio. No me gustaba el sargento Torres y me empecé a preocupar por su extraña visita.

La puesta de sol de aquella tarde fue espectacular. Nunca había visto tantos colores pintados en el cielo. Bajé a la playa para caminar un buen rato por la arena, sortear la vista de los apartamentos y concentrarme en la bola de fuego que se escondía en el mar, que acrecentaba su intensidad a cada paso que daba. Hacía fotografías con mi móvil, pero era incapaz de captar lo que veían mis ojos. Una ligera brisa peinaba el agua en calma de la bahía al tiempo que el sol se acostaba en su lecho, y se me puso un nudo en la garganta. Pensé en que todo lo bello se acaba rápido, pero no suele volver como lo hace el ocaso del día.

No era capaz de recordar puestas de sol con Marcos; me resultaba difícil rememorar algo bello y trascendental en los últimos tiempos con él. Seguramente era injusta, pero no me venía ninguna imagen parecida a la que estaba contemplando en soledad, y lo que era peor, ninguna emoción comparable.

Nos conocimos en una consulta médica, ya de por sí un lugar con poco glamur. Ambos teníamos un constipado que podía tratarse de una gripe. La sala de espera estaba abarrotada, apenas había donde sentarse; la gripe estaba causando estragos aquel invierno de hace dieciséis años. Él llegó cinco minutos más tarde y se sentó a mi lado, en la única silla disponible. No paraba de mirar su teléfono y de estornudar. Recuerdo que me aparté de él, vaya tontería, pensaba que me contaminaría con sus microbios, a mí, que ya tenía fiebre alta y no paraba de moquear.

La enfermera anunció que el médico llevaba un retraso de más de una hora. Marcos se desesperaba, lo notaba incómodo y nervioso, no recuerdo exactamente pero creo que debía tener una reunión donde lo esperaban; yo me había llevado una novela en inglés. Noté que me miraba de reojo, su pierna no paraba de moverse intranquila.

—*Sorry*, ¿estás leyendo en inglés? *Are you british?*

Me sobrevino un ataque de risa, ¿ese tipo pensaba que una española no podía leer en inglés? La risa afectó a mi garganta estropeada y me dio un ataque de tos. Al verme a punto de la asfixia, sacó de su mochila un botellín de agua. Bebí un trago con dificultad y lo expulsé sin querer sobre su camisa, de un blanco impoluto.

Creí morirme de vergüenza, pero él reaccionó bien, aunque a cambio me pidió un favor:

—Oye, ¿qué te parece si entramos juntos a la consulta? Conozco al doctor de toda la vida, es muy amigo de mi padre y estoy seguro de que no le importará. Va con mucho retraso, para él será un alivio.

—¿No lo dirás en serio? —le dije incrédula—. Los asuntos de salud son confidenciales, ¿no crees?

—Sí, claro, pero tengo una reunión a la que no puedo faltar y si espero mi turno no llegaré.

Me pareció tal su descaro que me interesé por aquel joven con barba, afeitada para que pareciera de dos días, y modales decididos. Hasta entonces mis ligues habían estado rodeados de cierto misticismo, y lo digo porque eran chicos que se movían entre ser almas cándidas o, por el contrario, se creían divinos de la muerte, cuando la verdad es que no tenían ni un ápice de sensibilidad ni de cerebro.

¿Qué vi en Marcos para dejarle pasar conmigo a la consulta? El médico nos recetó a ambos las mismas pastillas y nos recomendó unos cuantos días de cama. Y le hicimos caso: los dos acabamos encamados en casa de Marcos en cuanto la medicación nos hizo efecto.

Lo primero que descubrí en Marcos fue el sexo, tengo que reconocerlo. Suele decirse que eso dura solo un tiempo, pero en nuestro caso fueron muchos años y fue determinante para plantearnos la vida en común. Era como si nuestros sexos se hubiesen fabricado a la medida, el aroma de su piel combinado con el de la mía resultaba un perfume explosivo y sus caricias parecían programadas para encender mi pasión. No había tenido grandes experiencias amorosas, sobre todo porque algunos ligues me echaban para atrás con su falsa naturalidad y sus empalagosas disquisiciones que solo perseguían follarse a la primera que encontraran, y si yo estaba en primera línea del punto de mira de esos *francofolladores* pues a por mí que iban. Muy bebida y caliente tenía que estar para echarme en los brazos de aquellos insustanciales.

Cada día hacíamos el amor, a menudo dos veces: por la mañana al levantarnos y por la noche al acostarnos. Los dos teníamos buena disposición, no hubo nunca un «no me apetece», ni un «estoy cansado»; incluso cuando Marcos se lesionó en el hombro en el gimnasio y tuvo que operarse, ingeniamos nuevas posturas sexuales que no lo lastimaran.

Lo demás no es que no importara, es que todo venía dado por nuestra simbiosis y compenetración carnal. Íbamos a cenar con los amigos de su trabajo o salíamos con otras parejas, pero en un momento determinado ambos nos mirábamos y, como si se tratara de una alarma sincronizada en el interior de nuestros cuerpos, desaparecíamos para acariciarnos o hacer el amor.

De ahí surgió nuestro pacto de la felicidad. Nuestra unión y fidelidad dependían de algo que era muy íntimo y que no podíamos compartir con nadie. Ese pacto nos permitía mantener un equilibrio emocional estable; no recuerdo discusiones importantes ni, por descontado, peleas desagradables. Claro que nuestro pacto pasaba por ocultarnos cualquier devaneo y deslealtad en los que pudiésemos caer.

Sostengo que el sexo mantiene a una pareja unida durante el tiempo en que se practica, pero en cuanto se pierde el interés sexual todo se va a pique. No es cierto que luego quede el cariño y al final la amistad. Lo que sigue, como en la puesta de sol tan maravillosa que estaba contemplando en aquel momento, es la oscuridad de la noche.

Puede ser que el sexo me cegara lo mismo que el sol, pero sin él nada fue lo mismo entre Marcos y yo. No recuerdo cuando empezamos a dejar de practicarlo diariamente, pero se me hace una eternidad.

Cuando se fue esfumando nuestra pasión aparecieron los primeros problemas, era como si por primera vez me fijara en su carácter y en su manera de actuar, que primero se me hizo extraña y luego insoportable. No discutíamos, porque ambos no queríamos poner en riesgo nuestro pacto, pero yo era la que ponía más de mi parte para no romperlo.

Sin darme cuenta acababa transigiendo en lo fundamental; no adoptaríamos un hijo, apenas salíamos con amigos, viajábamos poco y a donde a él le apetecía y en las fechas que él decidía, solo se hablaba de su trabajo y mostraba desinterés por el mío. Descubrí a un Marcos racional, siempre calculando las probabilidades de que tal o cual cosa desagradable pudiera pasarnos. Era imposible abandonarse a la más mínima aventura. Su tiempo en la oficina se prolongaba cada vez más y mi soledad en casa también.

Por aquello del maldito pacto de la felicidad, él no me decía que no le gustaba que diera clases de Escritura, pero lo notaba ausente y desinteresado cuando le hablaba de mis alumnos o de algún proyecto editorial y él me interrumpía con sus hazañas en los negocios.

Se diría que yo vivía para la ficción y él para la realidad programada. Creo que Marcos desprecia a mis alumnos como desprecia también a mi amiga Ana, le parecen que viven en un mundo, el del arte, que es irreal e insustancial. Lo tangible son las redes de comunicación, el *Big Data*, la cuantificación de las cosas independientemente de su calificación, lo que aporta valor añadido y engorda con rapidez la cuenta corriente.

Las cosas nos iban bien económicamente, la empresa que

fundó Marcos con su socio no paraba de crecer, los contratos se multiplicaban, cambió de oficina tres veces en cinco años a unas más grandes y mejor situadas en el centro de Barcelona, y nos mudamos a un ático cerca de su último despacho, en la avenida Diagonal. Conforme él crecía, yo me hundía sin remedio.

La noche se cernía sobre la bahía, qué ganas tenía de que llegase el verano y se prolongase la luz del día. Caminé a oscuras por la playa, sin darme cuenta me había alejado mucho de la casa, la luna era un hilo sutil y solo las luces de algunos apartamentos habitados iluminaban tenuemente mi paseo de vuelta a Sa Marea.

De pronto sentí que no estaba sola. Me di la vuelta y vi una sombra que avanzaba hacia mí. Estaba a unos cincuenta metros. Se detuvo cuando me vio mirar hacia atrás y luego arrastró sus pies hasta la orilla para mirar distraídamente hacia el horizonte. Tuve la sensación de que me seguía.

Apuré los pasos con torpeza y tropecé con algunos guijarros. El sendero se estrechó al llegar a Cala Pinet y antes tenía que pasar por las rampas de los embarcaderos construidas sobre las rocas. Intenté no resbalar por las húmedas traviesas de madera forradas de algas por donde los pescadores subían las barcas; miré de nuevo hacia atrás. La sombra había desaparecido. Cuando me di la vuelta choqué contra un bulto gigante. Se me escapó un grito. El sargento Torres apareció de la nada.

—Un poco tarde para pasear, ¿no le parece? —dijo con su voz grave.

—Se hizo de noche en seguida…. —balbuceé.

Vi en lo alto de la acera un coche patrulla con la luz encendida que iluminaba el entorno de azul. Había alguien dentro de él y eso me tranquilizó.

—¿Quiere que la acompañemos a casa? —dijo Torres con amabilidad.

—No, muchas gracias, estoy muy cerca.

—Está bien, pero vaya con cuidado con las rocas que sobresalen de la arena.

Estaba tentada de preguntarle qué hacía él ahí, pero opté por seguir mi camino.

Noté su mirada clavada en mi espalda. La sombra que me perseguía ya no estaba. Procuré calmarme pensando que todo había sido fruto de mi imaginación. Estaba de los nervios.

12

Tenía que recoger a Ana en el aeropuerto. Llegaba a la una de la tarde y salí de casa a primera hora de la mañana, los ruidos de las obras me agobiaban. El cielo estaba nublado pero no se esperaba lluvia, según decía el parte de Radio Ibiza. Había decidido que quería verme antes cara a cara con la diosa Tanit.

El museo y la necrópolis de Puig des Molins abrían a las 9,30. La necrópolis está en la calle de la Vía Romana y conseguí estacionar el coche un poco más abajo, cerca de la avenida de España. Eso me permitía divisar la base de la pequeña colina donde los fenicios horadaron más de tres mil tumbas entre sus rocas. Años después los agricultores construyeron sobre ellas molinos y sembraron centenares de oliveras, según leí en Internet.

No había ningún visitante en el moderno museo, así que pagué mi entrada y vi una película que proyectaban para mí sola con la historia de los cartagineses, fundadores de la isla. Cuando acabó decidí dar un paseo por el exterior y ver los hipogeos, quería pensar que las calaveras y esqueletos que aparecen en las tumbas no eran reales, aunque los rótulos ni lo afirmaban ni lo desmentían. Todo debía ser una reproducción más o menos aproximada de cómo aparecieron los restos arqueológicos cuando los descubrió algún campesino hace cientos de años.

Era un ambiente de recogimiento y de silencio absoluto, como si hubiera entrado en una iglesia, y eso que estaba al aire libre, en medio de la ciudad, y percibía el murmullo del tráfico. En la proyección aseguraban que fue un lugar de enterramientos hasta el año 700 después de Cristo. Los inhumaban junto a figuritas y vasijas de barro. Me vino a la cabeza el funeral de mis padres. Los dos fallecieron hace siete años, con una diferencia de dos días, tras un fatal accidente de coche. Mamá recuperó la consciencia durante unas horas para decirme que si moría la enterráramos con su anillo de boda —se dio cuenta de que las enfermeras se lo habían quitado en el hospital—. «Así tendré a tu padre junto a mí», me dijo, y ni siquiera preguntó si el pobre aún vivía. Lo habíamos incinerado el día anterior.

Cuando uno ve la muerte de cerca todo vale, incluso reconciliarse con tu pareja, con la que solo tienes una hija en común y poco más. Mi madre hacía tiempo que en su dedo anular no lucía la alianza con la que se casó con mi padre. Ya no había amor entre ellos, ella estaba a punto de pedir el divorcio porque se había enamorado de su profesor de yoga y mi padre…, mi padre jamás dejó el *affaire* con su secretaria a pesar de que mi madre lo había descubierto hacía mucho tiempo. Aquella noche en la que un camión los arrolló iban a la celebración de las bodas de bronce de unos buenos amigos, supongo que quería guardar las apariencias y se puso el anillo de casada por primera vez en muchos años.

Qué extraño se me hacía ver a esos fenicios, con las mandíbulas de sus calaveras abiertas en una sonrisa exagerada y las esqueléticas extremidades separadas del cuerpo, yaciendo en el suelo o en sarcófagos de piedra de marés, junto a pequeños cuencos de arcilla de los que no quisieron desprenderse tras la muerte por si allá donde iban necesitaban comer y beber, o aún menos explicable, que lo hicieran como ofrenda a unos dioses de los que eran temerosos.

Entré en las salas del museo y fui directa en busca de la diosa que protegía a aquellos cadáveres centenarios ayudándolos en el tránsito de la vida a la muerte, protegiéndolos de los monstruos que ponían en peligro su espíritu, según había leído en un texto del director del museo. Tanit les allanaba el camino hacia el más allá. A veces me pregunto por qué seré tan incrédula, la fe es para tenerla en muy pocas cosas, pero ninguna en la que se deba temer.

La primera Tanit que vi en la vitrina era una pieza minúscula elaborada con arcilla, apenas tendría cuarenta centímetros de altura y se trataba de una figura de cuerpo entero, lucía unos pendientes que eran cabezas humanas, una gran diadema en la frente y un collar sobre su cuerpo desnudo; sus brazos extendidos, desproporcionadamente grandes, con las palmas de la mano extendidas hacia su torso, parecían querer sostener algo inexistente, quizá el alma de los difuntos.

No me impresionó excesivamente, como no lo hicieron las otras figuras de terracota que interpretaban a una Tanit desafiante y huraña, alada y con cabeza de felino, pero cuando vi el busto de la diosa de cabellos trenzados, ojos sin pupilas y una sonrisa serena, me quedé absorta. No sabía qué me transmitía con exactitud, pero me sentí entregada a su mirada hipnótica y pacífica. Creí ver a través de ella una melancólica aflicción, un sufrimiento placentero, como si las penas discurrieran resbaladizas sobre su hermoso rostro, y lo iluminara y embelleciera todo a su alrededor.

De pronto, ella me habló. Sabía que eso era imposible, pero sentí su mágica conexión. Sus palabras no se pronunciaban en un idioma conocido, pero supe interpretarlas como un bálsamo para mi tristeza. La fortaleza de Tanit me pareció inconmensurable y me vi ridícula ante mis vacilaciones. Su sonrisa ecléctica era de una expresividad inusual y me transmitía una seguridad sin límites. Me hacía fuerte frente a la adversidad, me henchía la moral como un balón de oxígeno, o quizás de helio, que era capaz de distorsionar la realidad para hacerla más inocua y llevadera.

Hubo un momento en que me pareció que estaba sufriendo alucinaciones, pero Tanit me reconvino con su mirada ciega y profunda, con su faz inocente y a la vez enigmática, y con esa dualidad espiritual que pretendía ejercer sobre mí para decirme que en la vida no se necesita de tanta ayuda como en la muerte. Durante la vida se mueren muchas cosas, todas son sustituibles, incluso aquellas que nos parecen irremplazables, solo la muerte necesita de la protección de la diosa para transitar del todo a la nada. La nada no está en la vida y, sin embargo, en la muerte lo es todo. Eso creí que me decía. ¡Dios mío, ¿qué me estaba pasando?!

Me enjugué con la mano una lágrima. Tanit intentaba consolarme con su gesto pétreo.

No sé cuánto tiempo estuve frente a aquel busto, pero desperté de mi ensimismamiento cuando alguien carraspeó detrás de mí, pensé que con la intención de que me apartara de la vitrina para dejarle espacio para contemplar la figura de la diosa.

Era un hombre de mediana edad con la barba más canosa que su bigote, que era de color oscuro, como el de su abundante cabello. Llevaba unas gafas pequeñas y discretas montadas al aire. Tenía toda la pinta de un sabio de expresión amable.

—Disculpe que la interrumpa, pero la he visto contemplar durante un buen rato el busto de Tanit y me he preguntado si es usted arqueóloga, o quizá solo una apasionada de la antropología…

—Yo… no…, no soy arqueóloga…, es solo que me gusta esta figura —balbuceé.

—Oh, disculpe entonces mi atrevimiento, no quería importunarla. Me llamo Carmelo Gual y soy arqueólogo y conservador de este museo. Creo que no he visto jamás a alguien que se detenga tanto en los detalles de las figuras de Tanit y Deméter, y por eso…

—Encantada. —Le tendí la mano—. Me llamo Nadia, soy escritora y una recién llegada a la isla.

—Buena época para eludir las multitudes en Ibiza, y no tan buena por el clima. Esta primavera está siendo de las más lluviosas y frías en la isla.

—Sí, ya lo he notado. Estoy rehabilitando una casa antigua…, a lo mejor usted me puede ayudar…

—Me temo que aunque me dedique a mantener el legado del pasado fenicio y púnico de Ibiza, no estoy muy ducho en temas de obras modernas —bromeó.

—No me refería a mi casa, disculpe. —Estaba espesa, pero pensé que el arqueólogo podría conocer al médico—. Me refiero a que la casa pertenecía al doctor Valerio Montalbán, y él era, digamos, un enamorado de la civilización antigua que pobló Ibiza, a lo mejor usted lo llegó a conocer.

—Ah, ¿Sa Marea? Sí, claro, el doctor Valerio Montalbán, una gran persona, aunque yo diría que lo que le gustaba era coleccionar ánforas y enseres ocultos en el fondo del mar. Discutimos más de una vez; en cierta manera, mi misión es preservar el patrimonio de nuestros antepasados, y él sostenía que en su casa estaban bien conservados. No me puedo quejar porque Valerio nunca hizo negocio con sus hallazgos, mientras otros cargaban *containers* con lo que extraían del fondo del mar y desaparecían de la isla. Valerio era controvertido, ¿sabe que en 1962, yo apenas tenía cuatro años, financió de su propio bolsillo una expedición de arqueólogos a Sa Conillera para rescatar un pecio romano del siglo I después de Cristo?

—Esa es la fecha en que finalizó la construcción de la casa.

—Seguramente, pero lo terrible fue que para rescatar el barco hundido en el Grum de Sal, a cincuenta metros de la isla Conillera, un fondeadero que ya utilizaban los fenicios y que se encuentra a una profundidad de veintitrés metros, los buzos arrancaron una pradera de posidonia de más de dos mil metros cuadrados que aún no se ha regenerado y que dudo que lo haga alguna vez. Las cuadernas del barco aún siguen en el fondo marino, pero no queda nada del cargamento. ¿Adónde fue a parar?

—Creo que él tenía una obsesión por encontrar un busto peculiar de Tanit —le dije para ver hasta qué punto conocía la historia de una supuesta figura de oro con un cargamento de joyas.

—¿Cómo de peculiar?

—De oro.

—Se ha especulado mucho sobre este asunto, pero si quiere saber mi parecer, creo que la mayoría de mercaderes que se establecieron en la isla no eran grandes potentados, y aunque es posible que el oro se explotara en las minas de la antigua Cartago, los hallazgos son más modestos: alguna joya de plata y muy poco oro.

—¿Quiere decir que no es posible que exista una Tanit de oro?

—Es improbable, pero en arqueología no hay nada imposible. No tenemos inventariados ni el diez por ciento de los naufragios que se produjeron en las costas ibicencas durante cientos de años de colonización fenicia, púnica y romana. Hacer una cartografía del fondo submarino cuesta mucho dinero y tiempo... Estamos en ello, pero va para largo.

—Ya, era solo curiosidad. Encontré algunos libros en la casa del médico que hablaban de la diosa y alguien comentó que estaba tras la pista de un hallazgo de gran valor.

—No tengo constancia de ello pero podría ser, nosotros somos los últimos en enterarnos. Es fácil que un submarinista aficionado se tope con pecios hundidos y nos lo oculte para quedarse con los supuestos tesoros. Incluso cuando hemos dispuesto de recursos del Ministerio de Cultura hemos sido estafados. La última vez hicimos el ridículo cuando el buque de la fundación Argos Maris, que intervino en el rescate del Prestige, fue contratado por el Consell Insular de Formentera para recuperar un pecio romano cerca de los Freus y la Guardia Civil detuvo al capitán y a media tripulación por expolio del patrimonio histórico. Nos entregaron cuatro vasijas mientras ellos vendían en el mercado negro cientos de ánforas que encontraron en el pecio. Aunque, si quiere que le diga la verdad, no me imagino una Tanit de oro macizo esperándonos en el fondo submarino.

—Entiendo, pero ha dicho que no es imposible...

—No lo es, pero Tanit era una diosa esencialmente funeraria. Se han encontrado muchas figuras de barro quemadas junto a los cuerpos incinerados de la población púnica, pero son de pura arcilla. También las utilizaban en las ofrendas de sacrificios. Se decía que los restos encontrados en Es Culleram eran humanos, pero hace poco se determinó que eran de animales. Nosotros reconstruimos la historia antes de Cristo sobre la base de los descubrimientos de ruinas y de los enseres que se recuperan en la tierra y en el mar. Todo es como un puzle al que siempre le falta alguna pieza, me temo que nunca estará acabado, pero en cuanto aparece una nueva nos obliga a reordenar buena parte de la historia.

—Entonces es posible, teóricamente, que haya un cargamento perdido en alguna parte con joyas y oro, un nuevo fragmento para su rompecabezas —insistí.

—En el puzle histórico que estamos construyendo día a día no es factible. Esta no era una ruta para los galeones que llegaban de América en la Edad Moderna cargados de tesoros; esta era una vía marítima de comercio en un asentamiento púnico que tuvo lugar varios siglos antes de Cristo. Los habitantes que poblaban la isla eran sencillos mercaderes, es posible que hubiese algunos más poderosos, pero la mayoría de los ricos vivían y morían en la antigua Cartago, en el norte de África. Le puedo dar un par de libros que lo explican bien.

—Todo teorías, por lo que veo... —Estaba pinchando en hueso y temía agotar su paciencia.

—Pero consistentes. Piense que si ya resulta difícil ponerse de acuerdo en el relato de los hechos históricos modernos, donde hay documentos escritos y restos bien conservados, en los antiguos a veces resulta imposible y la gente los rellena con leyendas y anécdotas que poco tienen que ver con la realidad. Tanit está inmersa en un mar de leyendas y, si quiere saber mi opinión, todas sin sentido.

Aquello no daba para más, quizás el arqueólogo tenía razón y yo me había montado una película increíble con las aventuras del médico, los libros y sus fichas de avistamientos de tesoros, la conversación con Merche Mayans y Sara y, por último, con la visita inesperada del sargento de Policía.

De todas maneras, antes de irme le pregunté:

—¿Sabe adónde han ido a parar las piezas que tenía en casa el doctor Montalbán?

—Sí, claro. A su muerte, sus hijos tenían órdenes de su padre de entregarlas a este museo y así lo hicieron. No están expuestas todavía, están en el almacén y las estamos inventariando, aunque va para largo. Ando muy escaso de personal y de presupuesto. Si lo desea, un día puede venir a verlas. No tiene más que llamarme.

—Pensé que las habrían vendido a algún traficante de arte. —Me quedé perpleja. No sé de dónde había sacado esa idea, recordé que Sara también lo comentó.

—Pues ya le digo que no es así. Valerio era una buena persona y cumplió con su palabra después de su fallecimiento. Aunque yo no compartiera cómo gestionaba las expediciones submarinas, era una gran persona. Sí, señora, cumplió lo acordado —insistió—. Por cierto, hay algo que no me entregaron y quizás usted pueda mirar si está por algún rincón de la casa.

—No creo, pero ¿qué es?

—Los diarios de Valerio. Quedó conmigo que cuando falleciera tendría la documentación completa que había elaborado durante años sobre sus hallazgos. Me llegaron todos menos los últimos que se referían a un hallazgo cerca de es Vedrà sobre el que estuvimos hablando.

—Pues no hay nada, solo unos libros y unas fichas…

—Sus hijos tampoco sabían nada de los últimos documentos, pero yo sé que existen. Era muy meticuloso y lo apuntaba todo. Qué extraño que haya desaparecido el último diario, ¿no cree?

—Sí que es extraño —le dije y tuve la sensación de que él no se creía que yo no supiera nada.

Me llevé un par de libros que me ofreció y que estaban en la entrada del museo. Me despedí antes con frialdad de Tanit, con la mirada fija en sus ojos vacíos, y no supe ver más que una efigie de barro cuarteado que alguien, hace más de 2500 años, había modelado con destreza artística para consolar a los que ya no necesitaban de consuelo.

Aún era pronto para ir al aeropuerto en busca de Ana y decidí callejear por la Vía Romana, bajé hasta el paseo de Vara del Rey, totalmente peatonal, y me detuve a tomar un café en Sa Brisa, un gastro-bar moderno que tenía muy buena pinta. El chef, que me vio en la barra desde la cocina, me sugirió que olvidara el café y probara unas croquetas de bullit de peix y de coliflor que estaba preparando y que las acompañara con una copa de vino de Formentera. Me pareció una buena propuesta, aunque no era aún mediodía, le hice caso y al poco sacó las croquetas colgadas de unas ramas de árbol metálicas con la copa de vino blanco. La presentación era divertida, vi que prácticamente todos los platos se servían en recipientes muy originales, desde un autobús tipo guagua colombiana hasta en cabezas de maniquí. Estaba sola en el local.

Las croquetas estaban deliciosas, el chef no me dejó pagarlas. Dijo que había venido a por un café y que abonara el precio de la consumición que había pedido. Pensé que era un lugar para volver, quizás con Ana, a la que le gustaban este tipo de experiencias extravagantes.

Caminé apenas cinco minutos hasta llegar al Portal de Ses Taules, el puente levadizo del siglo XVI por el que se entraba a la ciudad amurallada de Dalt Vila. Una pareja de ingleses adultos, seguramente jubilados, me pidieron que les sacara una foto con su cámara. Se apostaron cada uno en un extremo del portalón gigante para conseguir que la imagen recogiera toda la magnitud de la entrada medieval. Después quisieron hacerse otra abrazados en el centro del vano y disparé de nuevo el obturador. Había poca gente, algunos turistas silenciosos que deambulaban contemplando las antiguas piedras de la muralla. Los pequeños restaurantes estaban cerrados, la mayoría por vacaciones y otros solo abrían para dar cenas. Al ascender por la calle empedrada hasta el mirador de la muralla vi una galería de arte abierta y un par de tiendas de ropa y complementos. La vista a las andanas del puerto y a Botafoch desde aquella atalaya era magnífica. También se divisaba Cap Martinet y la montaña de Roca Llisa, salpicada de casitas y apartamentos. A mi derecha pude ver Formentera bajo una neblina gris. El sol se hizo un espacio en el cielo para iluminar el cabo de la Mola; el acantilado era una pared blanca brillante que parecía despegarse de la isla plana.

Olía fuerte a mar y me llegaban vaharadas de aroma a especias. Miré la hora, la gente empezaba a preparar la comida, debía volver a recoger el coche estacionado cerca del museo para ir al aeropuerto en busca de Ana.

13

Ana aterrizó puntual y alborotada. Sus aspavientos y los gritos que dio al verme en el vestíbulo del aeropuerto no pasaron desapercibidos para ninguno de los pasajeros ni para las personas que los esperaban. A mí me escandalizó más verla vestida con unos *minishorts* que apenas le cubrían las nalgas y una blusa transparente y escotada. Una vestimenta escasa para los quince grados que marcaba el termómetro.

Dejó su pequeña maleta rodante y corrió hacia mí para darme un fuerte abrazo. Era toda una carga de energía explosiva.

—¡Qué ganas tenía de verte! —gritó sin separar su mejilla de la mía.

—Estás radiante —le dije.

—Tú también estás guapísima, ¿algo más delgada? —Me miró de la cabeza a los pies mientras me cogía las manos con fuerza.

—Es posible, ya te contaré…, la casa y el trabajo no me dejan respiro para comer bien.

—Pues eso se acabó, los próximos ocho días nos vamos a poner las botas en los mejores restaurantes, no nos vamos a privar de nada. ¡Hala, venga!, tengo tantas ganas de ver ese *casoplón* que te estás construyendo…

—Está todavía en reconstrucción y será mejor que te pongas una chaqueta antes de salir porque el tiempo está un poco desapacible hoy.

Ana rebuscó en su maleta y se abrigó con una cazadora tejana. Subimos al todoterreno y conduje en dirección a casa.

—¿Quieres que pasemos por tu hotel antes? ¿Al final has cogido el Ocean Beach?

—Bueno, el caso es que lo anulé. Pensé que sería más divertido estar contigo, seguro que nos apañaremos en esa habitación provisional, ¿no te parece, cariño?

Ana me desconcertaba, habíamos quedado en que compartiríamos una habitación doble en el Ocean, de los pocos que habían abierto ya en abril.

—No sé si estaremos cómodas, la cama es grande, pero las condiciones dejan mucho que desear. Ahora están poniendo el terrazo exterior y el ruido es insoportable.

—Estupendo, recordaremos nuestros tiempos de jovencitas, cuando dormíamos en los albergues destartalados de media Europa. —Se rio feliz aunque pensé que quizás cambiaría de opinión cuando viera las condiciones en las que estaba el «albergue».

—Como quieras, pero si vemos que no estamos cómodas, nos vamos al hotel. Y cuéntame, ¿cómo te va con Ricardo y sus hijas? Ya veo que te han dado unos días de permiso para visitarme —broméé.

—Jajaja, me he escapado. Simplemente me he fugado y los he dejado plantados. ¡Que le den a él, a su ex y a sus niñatas caprichosas!

—¿Has cortado con él? ¿Se acabó?

Antes de responder me lanzó una mirada pícara mientras buscaba algo en el interior de su bolso.

—Exactamente, pero antes me he llevado el botín… —dijo tocándose la barriga.

—¿Qué quieres decir?

—¡Ana, estoy embarazada!

—¡No me lo puedo creer! —grité y a punto estuve de salirme de la carretera.

—¡Eh!, conduce despacio, que llevas a una futura mamá en tu coche.

—Genial, cómo me alegro, pero ¿de cuánto…?

—Es mi primera falta —dijo mostrándome una ecografía que sacó del bolso—. Anteayer fui al médico y me lo

confirmó. Que puedo hacer vida normal, no sé a qué se refiere, en mi caso, con eso de vida normal. Le conté que venía a Ibiza y me dijo que ningún problema.
—¿Y Ricardo?
—Ni lo sabe ni lo sabrá. No quiero que mi hijo tenga un padre que no quiere serlo, y además sería un abuelo para él. Me he dado cuenta de que estar con hombres mayores no es sinónimo de estabilidad. Ricardo ha demostrado que es un inmaduro, así que a partir de ahora los buscaré de mi edad o, aún mejor, treintañeros, que por lo menos te dan sexo cada día.
—Qué bruta eres, en tu…, tu…
—¿En mi estado? Que sea una mujer preñada puede tener hasta su aliciente para más de uno, ¿no crees? Algo así salía en una de tus novelas.
—Tendrás que leer el nuevo texto que estoy traduciendo, me sobrepasa, pero creo que tú todavía me escandalizas más.
—En serio, Nadia, yo tenía ganas de ser madre, no sé explicar exactamente por qué, pero siento la necesidad de volcarme con alguien, de saber que ese alguien tiene necesidad de mí, no es eso que se suele decir de sentirse realizada como mujer, es algo diferente, incluso que transciende a los sentimientos y llega a lo físico, quiero ver cómo se transforma mi cuerpo con alguien a quien querré y espero que me quiera.
—Te entiendo, me vas a hacer llorar…
—Perdona que te dé la vara, ya sé que para ti es doloroso no poder vivir esa experiencia, no quisiera herirte con mis instintos maternales egoístas; sabes que te quiero un montón. No hablemos más de esta pequeña pulga que llevo en mi barriga… Además, te dejaré cuidarlo, voy a ser una puta madre soltera y el bebé va a necesitar de mucho cariño y quién mejor que su tía Nadia que es sensata y siempre estará ahí para echarle una mano.
—No es eso, de verdad, ya sabes que me hubiera gustado tener un hijo, pero, fíjate, creo que ya está superado. Me apañaré con el tuyo —bromeé para quitarle transcendencia

al asunto—. Tienes razón; con una madre tan loca como tú va a necesitar que alguien le aporte un poco de sensatez.

—Así me gusta, siempre lo hemos compartido todo. Ahora me siento más tranquila con nuestro hijo en manos de dos madres, aunque sean dos solteronas, por qué tú vas a partir peras con Marcos, ¿no?

—No lo sé, me pasa algo incomprensible: no lo echo en falta y cuando pienso en él no encuentro nada que me lleve a luchar por recuperarlo. Al principio estaba dolida, rabiosa, pero ahora me preocupa mi falta de sensibilidad hacia nuestra relación. Es como si ya no me importara que se fuera al garete.

—Yo no lo veo extraño, eso es simplemente que ya no lo quieres. Se acabó, *finished*.

—No puedo creerme que sea tan fácil acabar con una relación que ha durado tanto tiempo. El problema es que no soy capaz de entenderme a mí misma, Ana. Desde que llegué a la isla me parece que no soy yo, me pasan cosas bastante extrañas….

—De las dos, tú has sido siempre la reflexiva, la que más le has dado al coco. Recuerda que te gustaba planear nuestros viajes, los museos que visitaríamos, dónde dormiríamos, comeríamos… y hasta qué haríamos si pasara tal o cual cosa. Y, si lo piensas, casi todo lo que proyectabas se cambiaba sobre la marcha. La vida es así, Nadia, nada es predecible, tampoco nuestro comportamiento. Tú has sufrido un golpe, como yo con Ricardo, quizá yo estaba más prevenida para la ruptura, pero tú ves la tuya con Marcos como algo que no cabía en tu actual manera de ser o de entender la vida.

La carretera era umbría, con pinos, oliveras y encinas en ambos márgenes. Cuando tomé el desvío hacia Cala Bou y Ana vio el mar, con el sol iluminando la entrada de la bahía, lanzó un suspiro de alegría. La notaba feliz como nunca antes la había visto. Pensé que me vendría bien tenerla conmigo unos días, quizá así se disiparían mis malos rollos.

A Ana la casa le pareció una maravilla, todo lo encontraba estupendo. Se había hecho la idea de que estaría en peores condiciones. Me acusó de ser una exagerada cuando la advertí sobre las incomodidades. Me dijo que ningún hotel podría igualar aquella vista y que la habitación que compartiríamos tenía la categoría de una suite presidencial.

Insistió en que fuéramos a comer a un buen restaurante. Caminamos una media hora hasta Can Pujol, los comentarios en Internet aseguraban que era uno de los mejores de la zona. Nos dieron una mesa en la terraza junto a la arena de la playa y con unas vistas espectaculares a la isla de Sa Conillera. Ana insistió en invitarme a una paella de bogavante, que nos sirvieron en medio de la mesa para que comiéramos directamente de ella. Pedimos solo dos copas de vino blanco y brindamos por el bebé de Ana en camino.

La mayoría de los comensales eran isleños. Solo vi una mesa de holandeses.

—Está buenísima —apreció mi amiga—, le han puesto una guindilla, que le da un gustito picante... mmm. No sé cómo no has venido antes aquí, teniéndolo tan cerca de casa.

—No me apetecía comer sola, pero le tenía echado el ojo. Empezó siendo un chiringuito que montó un pescador de aquí hace treinta años, murió hace poco y ahora lo llevan los hijos. Dicen que si el pescado que les llega no es fresco y de calidad, ese día no abren el restaurante.

—Eso tendría que hacer con mi galería de arte cuando las piezas que me llegan a exposición son puro timo. Pero hay que quedar bien con algunos marchantes que un día te venden una moto y de pronto te traen una joya.

Sonó mi móvil, lo atendí y escuché la voz cantarina de Merche Mayans:

—Hola, querida, ¿cómo va?

—Bien, estoy acabando de comer con mi amiga Ana...

—¡Ah, estupendo! Te llamo porque ya tengo mi barco en el amarre de la Marina de Formentera y he convencido a Sara para salir el viernes, hará un buen fin de semana, ¿qué tal te iría?

—Pues no sé, eso es pasado mañana y mi amiga acaba de

llegar de Barcelona, no sé… Teníamos planes…, claro que ir a Formentera me apetece un montón…

—Anímate, he quedado con algunos artistas y tenía previsto montar una cena en casa… Oye, por supuesto que puede venir tu amiga.

Ana me hacía señas frunciendo el ceño para que le dijera con quién hablaba.

—Espera un momento, Merche. —Aparté el móvil para explicarle el plan a Ana.

—Por mí, estupendo. Me parece un planazo —se apuntó Ana con entusiasmo—. Te irá bien dejar unos días la casa.

Volví a recuperar la conversación con Merche:

—Oye, pues que a mi amiga también le apetece —le dije sin mucho convencimiento.

—Genial, te llamo luego y acabamos de concretar. Os dejo acabar vuestra comida. Un beso.

Le expliqué a Ana que la había conocido a través de Sara, y cómo esta me abordó en el ferri. Apuré mi copa de vino y se me subió a la cabeza tan rápido como el oleaje que remontaba la gruesa arena a los pies del restaurante, e hizo que se me soltara la lengua. Puse al día a mi amiga de la misteriosa muerte del doctor, sus hallazgos marinos, los vínculos con el pescador Mayans, la llave del apartado postal, la visita del policía, mis obsesiones con Tanit… Ana asentía y me preguntaba detalles, intrigada como una niña a la que su abuela le cuenta un cuento sobre sus faldas.

—Pensarás que estoy loca —le dije al fin.

—Joder, Nadia, todo lo contrario. Me parece que estás viviendo una aventura increíble. Tenemos que llegar al fondo de esa historia. ¿No ves que estás a punto de descubrir un tesoro que alguien no quiere que encuentres?

—Venga ya, Ana, deja de fabular. Ya es suficiente con que sufra alucinaciones delante de un busto de barro y que hasta me corra en sueños; solo me falta que des alas a mi imaginación, todo esto no conduce a ninguna parte.

—Yo sería incapaz de vivir tranquila en La Casa de la Bahía si no perforo hasta el último metro cuadrado de jardín y remuevo sus cimientos para descubrir el misterio. Porque no te quepa duda de que ese médico, como los antiguos piratas, debió enterrar su tesoro en alguna parte de su casa.

—¡Ja!, solo hemos bebido dos copas de vino y en tu estado no te convenía ni un sorbo. ¡Ah! y se llamará La Casa *en* la Bahía, no *de la Bahía*.

—No seas tiquismiquis, ya me estás enseñando la libreta del médico y las fichas. Esta misma tarde quiero ver esa bodega oscura y profunda.

—Te he dicho que quiero olvidarme. No me traerá nada bueno, intuyo.

—Ya veremos… ¿Y si no son alucinaciones? Parte de lo que cuentas tiene una base real. Ese poli que te visita y se hace el encontradizo seguro que sabe algo. Además, creo que algunos se van de este mundo dejando un rastro imborrable… El médico parecía todo un personaje, con carácter, como para desaparecer sin dejar su impronta. Yo suelo descubrir en las obras de los artistas fallecidos nuevos mensajes que, poco antes de su muerte, estaban ocultos para mis ojos. Pienso que cuando saben que se acerca el final dejan un rastro especial en su pintura o escultura. Nada es lo mismo cuando la muerte te está acechando.

—Te estás poniendo trascendente. No creo que el médico trate de comunicarme nada. Era un coleccionista de ánforas, como tú de pinturas, que a lo mejor perseguía una quimera en forma de tesoro, lo mismo que a ti te gustaría tener un Picasso en tu galería, pero de ahí a que me esté enviando mensajes desde su tumba…

—Qué poco sensible eres a veces, no digo que te hable desde el más allá, pero lo cierto es que tu casa tiene un pasado del que no es fácil desprenderse por mucho que tires las paredes y las pintes de colores. Es como algunos lienzos de Picasso en los que años después, a través de sofisticadas técnicas, se ha descubierto que bajo el óleo de *El viejo guitarrista ciego*, por ejemplo, había pintado varias siluetas de mujeres, un par de animales y hasta un niño. A veces solo queremos ver lo que está al alcance de nuestra vista y nos perdemos el fondo.

Sentía que las palabras de Ana me hacían mella. Pocas veces la había visto tan introspectiva.

—Seguro que me falta una mirada en profundidad, con todos los jaleos en los que estoy metida, y mis pesadillas o ese éxtasis ante el busto de Tanit sean formas de escape a tanta presión y enigma…

—Pues vaya dos, esto del embarazo está alterando mis hormonas y me pone sensiblera. No quiero que te sientas mal, si quieres lo dejamos. Te prometo no bajar a la bodega ni hacer hoyos en el jardín. He venido a estar con mi amiga del alma, a pasarlo bien y a divertirme, o sea que pasamos de cosas raras, ¿vale?

—Gracias, Ana, no sé si seré capaz, pero voy a concentrarme en la casa y en entregar la novela de la australiana en quince días. Y en ti. Si nos vamos a Formentera, tendría que avanzar unas páginas esta tarde.

—Pues no se hable más, nos vamos a La Casa en la Bahía, ¿lo he dicho bien? Y yo me voy a dar una vuelta por los alrededores mientras escribes, salvo que quieras que te eche un cable con algún aspecto de tu novela. —Se rio.

—Está bien, seguro que me podrías ayudar, tú tienes más experiencia sexual que yo…

—¡Venga ya! Es imposible que lo que vuelcas en tus novelas no lleve incorporado algo de tus propias vivencias. Me das envidia, ¿sabes? Llevo cuatro años con Ricardo, bueno llevaba, y te aseguro que aunque es un hombre experimentado sexualmente, yo llevaba la iniciativa. Al principio está bien, pero a veces necesitas dejarte ir… Tú siempre me has dicho que el sexo con Marcos era especial. Pues hace tiempo que yo no vivo nada extraordinario.

—Lo mío era antes. Marcos hace tiempo que ha perdido el interés por mí, supongo que es la rutina…, y sobre todo, esa tía a la que se está tirando —dije sin odio, resignada—. A veces pienso que debe ser parecida a mí, quiero decir semejante a mí hace diez o quince años.

—No creo ni de lejos que Marcos haya encontrado a alguien como tú. Es imposible. —Ana hizo una mueca cariñosa y me acarició el brazo.

—¿Sabes? Me da igual. —Miré mi reloj, eran las seis de la tarde e hice ademán de levantarme.

Llevábamos cerca de tres horas en el restaurante y los camareros ya estaban disponiendo los manteles y cubiertos para la cena.

Volvimos paseando por la playa, atravesando Cala de Bou y Playa Bella para llegar a Cala Pinet. Las vistas marinas eran preciosas, pero el litoral había sido degradado hasta decir basta. Moles de apartamentos habían aniquilado los pinos y sabinas que en otro tiempo debían llegar hasta la arena, solo unos cuantos habían sido amnistiados para ornamentar los jardines de las edificaciones, algunas de las cuales habían sido abandonadas y yacían como gigantescos esqueletos de hormigón. La costa era un paisaje de la avaricia humana aniquilando la naturaleza.

Había visto algunas fotos de Sa Marea tomadas en los años sesenta, cuando a su alrededor solo había unas cuantas casas payesas y las laderas que daban a la bahía de Sant Antoni estaban despejadas de edificaciones. ¡Imposible recuperar aquella belleza!

El viento suave de poniente nos acariciaba la espalda y el sol se descolgaba del cielo con parsimonia calculada hacia la línea del horizonte. Caminábamos juntas sin decirnos nada. A Ana se la veía feliz y yo me sentí dichosa de tenerla conmigo. Inspiré con fuerza el aire de la bahía. Estaba donde quería estar.

14

A pesar de que Ana me había prometido que no removería en el pasado de la casa, aquella mañana se quedó en la habitación consultando las fichas y libros del médico con la excusa de que el día había amanecido frío y no le apetecía salir a dar un paseo.

Me vino bien para instalarme en mi despacho de la palapa y adelantar en la traducción de *P. O. Box 69*. Begoña me había pedido que le entregara el máximo número de páginas para que la correctora empezara a revisarlas. Tenían prisa en la editorial por publicarla a finales de junio y convertirla en el *best seller* del verano.

Me envió los archivos con algunas pruebas de cubierta que estaban barajando, la de la edición australiana no les parecía suficientemente «potente», me decía en su *e-mail*. Era un buzón de esos que se ven en los jardines de las películas estadounidenses, con un pie de metal y la caja ovalada, en la que destacaba en rojo el número 69 en su frontal; en la lengüeta que se levanta para introducir el correo aparecía el nombre de la autora. Era una cubierta simple y poco expresiva del contenido de la novela, pero había funcionado en su país. Begoña quería basarse en ella y había encargado a sus diseñadores que convirtieran la rendija del buzón en una vulva estilizada, manteniendo el número 69. Maya Louis quedaría sobreimpresionado en la cabecera. El título en español iba a ser *El correo del sexo*.

Todas las variantes que habían manejado los portadistas para esa abertura eran grotescas, pero sabía que Begoña no me había enviado las propuestas de diseño para que diera mi opinión, no la iban a tener en cuenta en cualquier caso, así es que me limité a contestarle que cualquiera de ellas me parecía adecuada al tema de la novela. Las imágenes que yo recreaba mientras traducía a la australiana eran más oníricas y sensuales, pero no me hubiera atrevido a explicárselas a un diseñador para que las plasmara. Volví sobre la escena que acababa de traducir antes de hacerle un primer envío parcial a Begoña.

Judith, la protagonista, ha hecho el amor con un policía que investiga el caso de una desaparición, quizás de un secuestro. Ella ha estudiado minuciosamente el cuerpo del inspector antes de acostarse con él y es capaz de discernir en qué partes va a emplear sus expertas caricias sexuales y aquellas en las que no pondrá un solo dedo encima, con el fin de que experimente un placer que jamás habrá sentido. Para ella es muy importante no pulsar la tecla del piano equivocada y que la melodía sexual suene perfecta y lo mantenga cautivado, dominado como un perro faldero.

La destreza sexual de Judith traspasa los poros de la piel y se adentra en la mente de sus presas, que caen rendidas a su voluntad. Es como una droga letal que inocula a sus amantes y cuyos efectos son duraderos. Será capaz de hacerle cambiar el foco de la investigación al policía tras acostarse con él.

Así, Judith se sirve de ese don para encubrir su personalidad criminal a lo largo de la trama. Solo una mujer parece poder desenmascararla, pero no por su condición femenina, pues la protagonista también domina las relaciones lésbicas hasta anular a sus amantes psíquicamente; su antagonista es una tetrapléjica que trabajó como detective y sufrió un disparo de bala en la columna vertebral. Solo el cuerpo roto de una policía, ajeno e insensible a los estímulos de sus caricias, pero que concentra en su mente una hiperestesia superior, podrá ponerla al descubierto.

«El cuerpo contra la mente —le escribí a Begoña al pie del archivo con las escenas traducidas—, lo malo es que durante mi primera lectura estuve apostando por Judith a muerte, y ahora, al ir traduciéndola, me siento como una criminal.» Acabé el correo con un emoticono de una sonrisa porque ni yo misma me reconocía en semejante mensaje.

Creía que mucha gente estaba tan loca como Maya Louis..., o como yo misma, por lo que posiblemente el libro fuera un superventas. No me imaginaba a nadie poniendo en práctica los métodos de Judith, aunque en algún momento llegué a pensar que Marcos era una especie de Judith que me había sorbido el cerebro sabiendo qué parte de mi cuerpo debía estimular. Me había entregado a él sin obtener a cambio nada más que placer, y este había resultado tan efímero...

Por el rabillo del ojo percibí que Luka se acercaba con sigilo. Se quedó parado delante de mí esperando a que levantara la vista de la pantalla.

—Buenos días, Luka, ¿quieres algo?

—No, solo una duda...

—Tú dirás.

Se quitó la gorra, se enjugó con ella el sudor de la frente y se la volvió a ajustar en la cabeza.

—He visto que Murillo ha conectado las tuberías a la alcantarilla, ¡súper!, pero mejor anular fosa séptica, ya sabe, pozo negro anterior.

—Me dijo que no hacía falta, está en la parte baja del jardín, cubierto de tierra y rocas.

—Sí, al no utilizar, no haber filtraciones a los pozos de agua dulce, pero el terreno en esa zona parece caerse.

—¿Caerse?

—Terreno blando que con lluvia produce grietas junto a la fosa en un tiempo, quizás en unos meses o un año.

—¿Tú crees?

—Bueno, yo digo, me preocupa que jardín tenga socavones en futuro.

—Lo hablaré de nuevo con Murillo, pero me garantizó que el pozo negro estaba firme y bien sellado.

—Sí, mejor, asegurar antes de poner nuevo jardín.

—Tengo que dar con un buen jardinero que sea económico. No soy capaz de encontrarlo…

—Yo puedo hacer jardín y arreglar lo de pozo negro, si tú quieres.

—¿Tú?, ¿también eres jardinero?

—Conozco gente que puede ayudar y bien de precio, tú puedes comprar tierra y plantas y yo hago como tú quieras. Más barato si compras en *garden* tú misma.

—Está bien, me lo pensaré —le dije sin mucha convicción.

No tenía duda de la buena disposición del georgiano, pero desconfiaba de que un economista pudiera ser también un buen carpintero, cerrajero y jardinero a la vez. En otro momento se lo habría consultado a Marcos, pero no me apetecía hablar con él.

—Sí, ya me dice. Vi que vino una mujer, ¿hermana?

—No, es una buena amiga. Pasará unos días aquí.

—¡Súper! Usted muy sola aquí, mejor acompañada. Policía me dice que hay robos en la zona, es mejor tomar precauciones.

—¿Aún sigues en contacto con ese policía?, ¿no ibas a dejar tu trabajo para hacer el curso de Ikea?

—Sí, pero él llama a veces y no puedo cortar cuando todavía no tengo otro trabajo.

—Ya, ¿y te ayudaría, para dejarlo, trabajar en el jardín de la casa?

—Seguro que ayudaría. Marina también dice eso.

—Me lo pensaré Luka, me lo pensaré.

—Sí, gracias.

—¿Acabó su libro de policías?

—Todavía no, pero está muy avanzado. No va solo de policías como te dije…

—A lo mejor yo puedo leer cuando acabe. Mi español no bueno, pero leer ayuda a mejorar.

—No creo que te guste. Es un libro para mujeres. Es novela romántica.

—Entiendo. A mí me gusta también cosas románticas.

—Pues espero que en tres meses o cuatro meses esté en las librerías. Seguramente cuando las obras de la casa estén ya listas.

—¡Súper! —Exhibió de nuevo su sonrisa pícara y aniñada—. Le regalaré a Marina, ella lee mejor en español que yo. Ella puede leerme tu libro.

Me ruboricé solo de pensar que el matrimonio georgiano pudiese compartir las experiencias sexuales de la novela de Maya Louis.

—Claro, será toda una experiencia —lo animé con una ironía que él no captó a buen seguro—. ¿Cómo conociste a Marina?

—Marina vivía cerca de mi barrio aunque en una casa mejor. Conocí en colegio.

—O sea que lleváis toda la vida juntos…

—Sí, muchos años. Duramos juntos porque somos diferentes. Ella de familia rica, su padre era juez y miembro de Partido Comunista, y tenían servicio doméstico en casa a escondidas. —Rio recordándolo—. En cambio, mi padre era humilde profesor de Matemáticas y mi madre ayudante de enfermería. Marina seria. A mí gustaba más salir con amigos, ir a fiestas.

—¿Y os casasteis jóvenes?

—Su padre no quería, pero cuando acabé la universidad y me ofrecieron trabajo en Hacienda él aceptó boda. Era un hombre muy duro como juez, ponía penas de cárcel… Yo tenía que vigilar para hacerle caso. —Se volvió a reír.

—Entiendo —le dije sonriendo—, y luego todo cambió con la independencia de Georgia, supongo que el padre lo pasaría mal con el nuevo régimen.

—Comunismo era mejor para Marina y su familia, creo que también para mí. Mi país en guerra en años noventa y sus padres tuvieron que marchar a Rusia…, todo muy complicado. La vida cambia mucho, ¿verdad? Marina de tener servicio a tener que servir…, pero estamos bien. Si nuestros hijos bien, nosotros también.

—Debió ser horroroso.

—Mi país bonito, la gente siempre estropea con religión e ideas que quieren imponer por violencia. Un día volveremos cuando seamos viejos, pero ahora vienen nietos en camino nacidos aquí, no sé, difícil pensar.

Luka se tocó nervioso la gorra. Se emocionaba con facilidad.

—Bien, voy a buscar a Ana, a ver si le apetece dar un paseo. No sé qué anda haciendo en la habitación, además parece que quiere salir el sol.

—Hoy no llueve y fin de semana bueno han dicho.

—Entonces a lo mejor vamos a Formentera.

—No conozco Formentera, dicen que no hay árboles como en Ibiza, es sitio bonito de playas.

—Yo tampoco he estado. Es mi primera vez.

—¡Súper!, pues vuelvo a mi trabajo, estoy acabando armarios. Cuando piense en jardín ya me dice si quiere que yo arregle fosa, mejor que no toquen Murillo y su gente.

—Me lo pensaré, Luka, me lo pensaré. —No acababa de entender tanta insistencia por un maldito pozo ciego inutilizado.

15

*H*abíamos quedado con Sara en la terminal del ferri de Ibiza, el nuestro zarpaba a media mañana del viernes. Ana estaba excitada la noche anterior, parecía una chiquilla y apenas me dejaba pensar con su parloteo.

Me preguntó varias veces si creía que debía llevar bikini en lugar de bañador de una sola pieza y qué vestidos le sentaban mejor para disimular una pequeña inflamación inexistente, pero que según ella asomaba en su barriga. Se pasó media hora frente al espejo del baño, que si se le estaba poniendo cara de pan, que si se le habían hinchado los pechos y se saldrían del top del bikini. Me senté en la cama dispuesta a hacer una lista de recordatorios para dárselos a Murillo al día siguiente.

Quería asegurarme de que el encargado de la obra cerraría bien la casa una vez acabaran su jornada. Habían colocado todas las ventanas y las puertas exteriores, aunque faltaba la corredera de la entrada principal. Murillo había encontrado un herrero que pasaría a tomar medidas el viernes por la tarde. El pintor había estampado varias muestras de pintura sobre la fachada y anoté los tonos que me gustaban. Ese fin de semana empezarían a darle una primera capa, finalmente sería de color blanco perla y le pondría un toque azulón al alféizar de algunos ventanales que contrastaría con la luminosidad de las paredes.

Apunté también que no hurgaran en la fosa séptica del jardín, tal y como me había advertido Luka, y que debían limpiar el aljibe que recogía las aguas pluviales de las cubiertas; las raíces de los árboles habían penetrado a través de las paredes de cemento cuarteándolas y apenas se veía el fondo del depósito.

Llevaba dos días sin saber nada de Marcos. La última vez que hablé con él fue para decirle que Ana había llegado y que nos iríamos a Formentera a pasar el fin de semana. No sabía si estaba disgustado aunque lo disimuló. Aun así, lo noté anodino y bajo de forma, como si mis planes no le incumbieran.

A veces quería pensar que cuando estaba en brazos de la otra debía tener algún sentimiento de culpabilidad, otras creía que ya daba por descontado que todo se había acabado entre nosotros y que solo era cuestión de formalizar nuestra separación. Pero igual que me sorprendía yo misma por mi falta de amor propio ante su miserable comportamiento, tampoco era capaz de exigirle que actuara con la naturalidad que en otro tiempo hubiera esperado de él. Intuía que no le hacía gracia que Ana estuviera conmigo «comiéndome el coco con sus fabulaciones», como solía decirme, pero habría decidido tragarse sus reproches. ¡Qué menos!

Al menos, yo sabía que no había llevado a esa mujer a nuestra casa. Celeste, con la que hablaba casi a diario, me confirmó que Marcos no había dormido en ella más allá de tres noches en los últimos quince días. A pesar de que no tenía tareas de limpieza pendientes, le pedí que se pasara cada día; yo necesitaba controlar de alguna manera la situación. A la pobre Celeste la tenía desorientada: le encargaba que volviera a ordenar los armarios y que fregara el suelo que no había pisado nadie.

Tuve la tentación de enviarle un mensaje a Marcos, pero lo dejé correr. Ana se tumbó en la cama a mi lado.

—¿Soy muy pesada, verdad? —me preguntó haciendo falsos pucheros.

—No, solo es que quiero dejar algunas cosas atadas antes de irnos y tengo que concentrarme.

—Es que noto sensaciones raras por dentro. No sé si ha sido buena idea esto del embarazo —gimoteó.

—Ven aquí. —La abracé—. Todo irá bien, es lo que deseabas, solo que tus hormonas se están adaptando a la nueva situación. Serás una buena mami, yo te ayudaré, no tienes por qué preocuparte.

—¿Tú crees?

—Por supuesto. Es lógico que estés más sensible y que te sientas diferente, pero irás acostumbrándote en cuanto pasen las primeras semanas. Ya verás.

—Menos mal que te tengo a ti. —Me besó en la mejilla.

A la mañana siguiente, cuando bajamos a desayunar a la palapa, antes de salir hacia el ferri, llegó inoportunamente Mauricio. El herrero artista descargó de su *pick-up* la escultura cubierta con una sábana. No quería que la viera hasta que estuviera colocada sobre la roca del jardín que había escogido. Ana me miró intrigada.

—Y este, ¿quién demonios es?

—Es largo de explicar, le encargué una escultura.

—¡Ajá! ¿Y no me has consultado? Ya veo que no me tienes en muy buena consideración, te recuerdo que soy galerista.

—Es un compromiso, lo siento, sabes que te consultaría estas cosas. Tenemos los mismos gustos.

—Es broma, aunque ya sé que tu marido debe guardar en un armario bajo llave las litografías de Antonio Saura que os regalé para vuestra boda, y a ti tampoco te hicieron mucha gracia, ¿verdad?

—Eres tonta, me encantaron. Mauricio es un herrero y un artista y me dejó colgada con el portón de la entrada, y a cambio le pedí que me hiciera una escultura que encajara en el jardín. Tiene un almacén lleno de ellas, trabaja el hierro y el acero…, a mí me gustó.

—Estoy expectante por ver lo que esconde tras esa sábana.

Ambas observábamos intrigadas desde la palapa cómo taladraba la roca y esperábamos un gesto suyo invitándonos a acercarnos. Era una extraña ceremonia inaugural que se me antojaba eterna, sobre todo porque en media hora teníamos que salir hacia el puerto de Ibiza.

Por fin Mauricio se colocó con los brazos cruzados delante de un bulto irregular, aún cubierto.

—Ya podéis venir —dijo con solemnidad.

Llegamos hasta cerca de la valla de siempreverdes junto al mar. Los rayos de sol iluminaban la roca como si pusieran el foco sobre el actor listo para declamar en una obra de teatro.

—Nadia, ya puedes descubrirla. Espero que sea de tu agrado. —Mauricio se restregó los ojos bajo sus gafas oscuras.

Ana parecía entusiasmada por compartir la solemnidad de aquel sencillo acto.

Tiré de la sábana y allí apareció, firme, despuntando sobre aquella antigua piedra el ancla arqueada que miraba hacia el cielo y se recortaba contra el horizonte marino con sus brazos hercúleos abiertos a la bahía. Tuve una sensación de libertad y de sólida afirmación, como si intuyera que en la casa de mis sueños arraigaba una nueva etapa de mi vida. Quise disimular mi emoción, pero al mirar a Ana y verla también conmovida, se me escapó una lágrima.

—Es…, es… maravillosa —dijo Ana dándome tiempo a reponerme.

—Sí, gracias, Mauricio, es muy bella —acerté a decir y lo abracé.

—Bueno, me alegro de que te guste, era lo que habíamos pensado, ¿no es cierto?

—Ha sido cosa tuya, pero es verdad que la siento como mía.

—¡Oh ¡Eso es el súmmum para un artista!, que su obra la sienta como propia quien la adquiere, que se sienta tan identificado con ella como el que la crea. Enhorabuena, Mauricio, has conseguido impactar en el corazón de mi amiga, y en el mío también —dijo Ana.

—Pues me alegro. Le pondré ácido para que vaya oxidándose, en unos días adquirirá su color definitivo, más oscuro. Y ahora tengo que irme, estoy preparando una exposición con más artistas en mi taller. Por cierto, me encantaría que pudieseis pasaros. Será la noche del primer sábado de julio. Es por eso de la luna llena, y porque para entonces me llegarán los focos para iluminar las obras. —Sonrió y se restregó de nuevo los ojos.

—Allí estaré. Mi amiga no sé si podrá, pero yo te aseguro que iré. No me gustaría perdérmelo por nada del mundo.

—Pues allí nos vemos.

Mauricio impregnó con el ácido la escultura, que humeó unos momentos, luego se dio media vuelta, subió a su pickup y arrancó el motor. De pronto corrí hacia él.

—Espera espera…. Falta algo…

Ana me miraba atónita con los brazos en jarras.

—¿Sí? —se extrañó Mauricio y desconectó el ruidoso motor de la camioneta—. ¿Qué es?

—¿Qué nombre tiene la escultura?

Miró a un lado de la ventanilla y luego al otro. Por fin dijo:

—¿Qué te parece *Disculpa*?

Arrancó y se alejó a toda velocidad de la casa.

16

Recogimos a Sara en su finca y dejamos mi todoterreno en la estación marítima de Ibiza. Merche nos esperaría con su coche en Formentera para movernos por la isla. El trayecto en el ferri duró poco más de cuarenta minutos, tiempo suficiente para que Sara y Ana hicieran buenas migas. No pararon de hablar sobre arte, yo iba callada, con la vista fija en el horizonte para no marearme. Había mar de fondo y el barco se balanceaba acompasadamente a pesar de la gran velocidad a la que se desplazaba. Tenía la sensación de estar sentada sobre un colchón de agua.

Cuando atravesamos Es Freus, un pequeño estrecho de aguas poco profundas entre islotes ibicencos y la costa de Formentera, el ferri aminoró la velocidad sobre las olas rompientes. Vi a nuestra izquierda la isla de S'Espalmador, estábamos a pocas millas del puerto de la Savina, según dijo Sara, y le contó a Ana historias sobre los pecios que podía haber allí.

Entonces me di cuenta de que mi amiga había estudiado a conciencia los documentos del doctor Montalbán y seguramente no me había comentado nada para no incomodarme, pero a Sara le estaba dando muestras de que sabía unas cuantas cosas sobre aquellos naufragios antiguos.

Abrí la ventanilla para respirar aire fresco, pero a pesar del ruido del motor y del de las olas que desalojaba el barco, oí que Sara le decía que estaba convencida de que Valerio había encontrado algo valioso y que eso le había creado algún problema, mencionando como de pasada pero en ese contexto el extraño accidente que acabó con su vida.

Solo me faltaba que alguien alimentara la imaginación de Ana, predispuesta a llegar al fondo de un descubrimiento que le parecía una emocionante aventura. Me senté unos cuantos asientos más adelante buscando el aire que entraba desde la proa. Afortunadamente arribamos enseguida al puerto de la Savina y ellas dos interrumpieron la charla.

Merche nos esperaba con su furgoneta frente a la cafetería Amarre 32, a pocos metros de la estación marítima de la Savina, junto a la Capitanía del puerto y frente al amarre del mismo número. Había pocos clientes a la una de la tarde. Merche no nos dejó tomar siquiera un café, dijo que mejor lo hiciéramos en Sant Francesc, en el bar del centro donde se reunían los locales.

Salimos las cuatro hacia el pueblo. Merche estaba contenta por tenernos en su isla, imaginé que su rutina en Formentera no debía ser muy social, aunque enseguida comprobaría lo equivocada que estaba.

El bar estaba situado en una plaza peatonal frente a una sala de exposiciones y la iglesia del pueblo. Los edificios, jalbegados, desprendían un brillo especial cuando aparecía el sol entre las nubes. Nos sentamos en una de las pocas mesas libres de la terraza y pedimos unos cafés.

Merche hablaba en voz baja y nos señalaba discretamente, con la mirada a algunos de los personajes que estaban en las mesas o pululaban por la plaza.

—Mirad, aquel del sombrero blanco que pasea a su perrito es descendiente de Napoleón, tiene casa en la isla y es un personaje curioso, todo un caballero. Imagino que vive de la herencia de los Bonaparte —bisbiseó—. El que tiene solo un brazo es Peter el manco, un inglés que dicen que se salvó de ir a la cárcel cuando conducía una lancha rápida repleta de cocaína en Algeciras. Los abordó la Guardia Civil y detuvieron a todos sus colegas menos a él, que se tiró en marcha y la hélice de su motora le seccionó el brazo. Peter consiguió escapar nadando con un solo brazo más de una milla hasta la playa. Es un ligón incorregible, tenía un velero precioso de madera que dejó fondeado en L'Estany Pudent y un temporal lo estampó contra la costa, dicen que estaba en el cine con una chica y pasó de ir a ver cómo de seguro estaba su barco. Parece que ahorró mucho dinero de sus alijos anteriores y se retiró en la isla. Eso le permite vivir con holgura. —Se rio y continuó explorando las mesas—. El de la cazadora negra que está con Peter es Nando, un artista cotizado, trabaja como nadie el bronce y otros metales. Solo que ahora está en una fase carencial, dice él. No le interesa nada y ha dejado de crear hasta que encuentre una buena motivación.

Tanto Nando como Peter se dieron cuenta de que los mirábamos. Ambos saludaron y Merche les hizo una señal para que se acercaran.

—Había pensado que podríamos comer en casa de Carlos. A mis amigas les gustaría ver algunas obras de arte en vuestro taller —dijo dirigiéndose a Nando.

No tenía ni idea del plan que Merche había hecho para ese fin de semana, pero estaba dispuesta a abandonarme a lo que organizara. Ana parecía encontrarse en su salsa. Noté que Nando y ella se miraban. Era un hombre atractivo, de unos cincuenta años, calculé. Tenía tatuado el brazo derecho con un extraño símbolo de la paz en el que se enroscaba una serpiente.

—Me temo que no será posible, Carlos tiene la pájara y hoy no está de muy buen humor. Iré a verlo en un rato, a ver cómo sigue, pero ya sabes que es mejor no molestarlo cuando se pone tonto.

—Vaya, pues me chafas mi programa. Le dije que llevaríamos vino y postres y me dijo que seríamos bienvenidas.

—Ya, pero cuando te lo dijo no se había colocado. A lo mejor se le pasa en unas horas... —replicó Nando.

—Claro, pues nada..., comeremos por aquí y por la tarde iremos al mercadillo —dijo contrariada Merche.

—¿Qué has organizado? ¿No íbamos a salir en tu velero? Yo ya me he mentalizado —intervino Sara.

—Saldremos a navegar mañana por la mañana, hoy pensaba ir al taller, por la noche cenaremos algo en casa. Nando, ¿te apuntas?

El artista se quedó parado, miró con disimulo a Ana y al parecer encontró la respuesta en la cara embobada de mi amiga.

—Bueno, si no es problema...

—Pues no se hable más. A las nueve en casa.

Nos despedimos de Peter el manco y de Nando y caminamos hasta un restaurante cercano, S´Abeurada de Can Simonet, decía en un rótulo con una planta de posidonia. Merche, que no paraba de saludar por la calle a todo el que se cruzaba, nos dijo que en el sótano tenían una destilería de licores elaborados con hierbas de la isla, no tenía autorización para abrirla al público, pero al final de la comida nos invitarían a unos chupitos.

Pidió dos platos de huevos rotos con patatas y gambas, unas ensaimadas con foie deliciosas y un vino tinto de Formentera que se me antojó muy caro. No tenía ni idea de que hubiera viñedos en una isla que parecía tan árida.

—Apenas cultivan poco más de una hectárea cerca del cabo de Barbaria, aunque mucha uva la compran en los viñedos de la Mola —confirmó Merche—. El suelo es arenoso y calcáreo y las viñas están sometidas a mucho estrés por el clima. Es un milagro de vino.

—¿El cabo de Barbaria? —preguntó Ana—, ¿dónde queda?, ¿ese no es el de la película de *Lucía y el sexo*?

—El mismo del cartel de la película con Paz Vega. Tiene unas maravillosas puestas de sol y está más cerca de África que de Barcelona. Dicen que se llama así porque llegaron los bereberes del norte africano. Mis abuelos lo conocieron con pinos y sabinas, ahora es uno de los paisajes más desérticos de las Baleares.

—Me gustaría ir, ¿es posible? —dijo Ana.

—Aquí todo está muy cerca. Pasaremos por debajo de él con el barco. Si tenemos suerte, veremos un bonito atardecer mañana, salvo que queráis esperar a que Carlos esté en forma para recibirnos.

—Nada de esperar a un hombre, sigamos con nuestro plan —decidió Ana por las cuatro.

—¿Cómo es que conoces a este tipo de gente? —le pregunté porque me había hecho a la idea de que una farmacéutica, casada con un colega y con recursos heredados de la flota pesquera del padre, no se relacionaría con bohemios y artistas en general.

—No te molestes con Nadia —intervino Ana—, mi amiga es un poco clásica y ha visto poco mundo.

—Merche tiene su pasado *hippie* —dijo Sara riendo.

—Algo de eso hay. Durante mi juventud anduve tonteando con el hachís y alguna rayita de coca, eso aquí era tan normal como lo es ahora. Conocí a Carlos hace muchos años, es un artista genial y compartí con él su casa-taller cuando me dio por la artesanía. Me escapaba de casa de mis padres y él me enseñaba a trabajar el hierro o la madera. Carlos tiene una casa alquilada en el centro de la isla, está hecha una ruina y la comparte con otros artistas a los que les deja un espacio de terreno para que instalen ahí su taller. Vive de las obras que vende. Me hubiera gustado que lo conocierais, pero Nando tiene razón, cuando toma alguna sustancia está intratable.

—¿Y qué te hizo cambiar de vida? —pregunté.

—Supongo que el día en que mi padre se enteró de que andaba por esa finca y me sacó de ella a rastras tirándome de la coleta. No fue solo por eso. Mi padre pasaba mucho tiempo fuera de casa faenando con los barcos, y mi madre sufría depresiones y tenía otro tipo de ausencias. Nunca se adaptó a la vida aquí, ella era de Barcelona. Me enviaron a estudiar Farmacia y allí me enamoré de Fernando. Yo vivía con mis tíos en el barrio de Sarriá, pero los fines de semana y durante las vacaciones, siempre les hacía una visita a Carlos y sus amigos. Para mí son entrañables y he conservado la amistad.

—Debe resultar duro vivir en tan pocos kilómetros cuadrados —dije.

—¡Qué va!, pienso que es más difícil vivir en Barcelona. El aislamiento no depende del lugar, sino de la persona. Mi madre tenía una actitud negativa con todo en la vida, le habría resultado tan difícil vivir en Nueva York como en

Formentera. A mí me cuesta más reunirme con mis amigos de la universidad cuando voy a Barcelona, siempre están ocupados o tienen que coger un tren desde muy lejos, que quedar con los de aquí. Ya has visto que del bar al restaurante me he encontrado con muchos de ellos, y si quiero que vengan a cenar esta noche a mi casa, no tienen excusa, aquí sabemos lo que hace cada cual.

—Visto así, a lo mejor tienes razón, pero mezclarte con gente que toma drogas… —insistí.

—Yo no los juzgo, ¿no vendemos en la farmacia drogas mi marido y yo? ¿Son acaso más inocuas que las sustancias que ellos se meten?

—Lo dices en broma, ¿no? —se extrañó Sara.

—No, Sara, la verdad es que lo digo en serio. Lo que yo vendo, el Estado lo da por legal pero tiene efectos incontrolables sobre nuestro organismo.

—Yo pienso igual —apuntó Ana—, creo que cuando nos sentimos mal o tenemos una enfermedad es como consecuencia de algo emocional, de un cambio al que sometemos a nuestro organismo. Yo lo noto cuando hago un viaje largo y pillo unas anginas o se me revuelve el estómago, y no creo que por ello haya que empezar a atiborrarse de pastillas.

—Parece que voy en contra de mi propio negocio, pero es así. Hay un consumo muy alto de medicamentos y muchas veces es innecesario. Los extranjeros vienen a nuestra farmacia a buscar ibuprofenos de 600 miligramos porque en su país solo hay de 200 o 400, como si una dosis menor no fuera suficiente para combatir una inflamación o un dolor de cabeza. Se llevan decenas de cajas… Creo que eso es más dañino que lo que se pueda meter Carlos, lástima que cuando se coloca no hay quien hable con él.

La conversación durante la comida transcurrió bajo la batuta de Merche, que nos contó más chascarrillos y costumbres locales. Nos dijo que eran muy acogedores con los turistas y que no solían quejarse mucho por la invasión que sufrían en los meses de verano. Sabían valorar lo que aportaban los visitantes y creía que, gracias a ellos, se había podido construir hacía diez años un hospital. «Los formenterenses valoran que hoy en día se pueda nacer y morir en la isla, antes los partos se atendían en Ibiza y si tenías algo grave tenían que evacuarte en helicóptero a Mallorca o en avión a Barcelona.» También comentó que, por mucha relación de amistad que ella y su marido tuvieran con gente que vivía en la isla desde hacía muchos años, las familias «de Formentera de toda la vida» no solían invitarlos a los actos que consideraban más íntimos, como bodas y comuniones. Eran tradicionales y en cierta manera reservados.

Con los postres nos trajeron una botella de licor de hierbas, una cubitera con hielo y cuatro vasos. Brindamos con el líquido verdoso y dulzón. Yo le aparté de la boca el vaso a Ana y ella dio un pequeño sorbo y lo dejó sobre la mesa a regañadientes.

—¿Estará Fernando en casa para cenar? —preguntó Sara.

—No, este fin de semana está en Madrid, en un congreso de unos laboratorios, bueno, no sé si es un congreso o una partida de golf, quizás ambas cosas. Estaremos nosotras solas, puedo reunir a unos cuantos hombres interesantes...

—Miedo me das —dijo Sara.

—Es toda una proeza conseguir hombres en la isla, ¿sabíais que en Formentera hay más mujeres que hombres?

—¿Por qué emigran más ellas o es que viven más? —aventuré con curiosidad.

—Pues no, parece que viene de lejos, unos dicen que desde la guerra de Cuba, donde fueron muchos formenterenses a combatir y no regresaron. Otros creen que de la época de los piratas que traficaban con esclavos. El caso es que muchas mujeres de aquí no encuentran pareja.

—Porque además los hombres de aquí, como en todas partes, no se comprometen, prefieren un polvo y a por otra —dijo Sara y todas nos reímos.

—Sí, eso es un problema. Tengo amigas que andan desesperadas —confirmó Merche.

—Son tontas, con lo bien que se vive sin estar atada a una pareja, pero cada una quiere lo que no tiene —sentenció

Sara—. Lo anormal es un matrimonio como el tuyo con Fernando, que va para dieciocho años. —Se volvió hacia mí—. ¿Cuántos años llevas casada, Nadia?

—Va a hacer quince…, pero no sé si los vamos a cumplir. —Me miraron sorprendidas, claro.

—Sí, en quince años pasan muchas cosas y no es el mejor momento para ella. Los hombres o son unos capullos o se comportan como capullos, ¿no es verdad? —Ana salió en mi auxilio con poca fortuna.

—Vaya, siento que estés en medio de una crisis —dijo Merche y noté que quería indagar en ello.

—No quiero hablar de ello, he venido a pasarlo bien y a olvidar los problemas por unos días —zanjé.

—Está bien, no hablemos de nuestros hombres, ni siquiera de los ex. Ya hace tiempo que pasé de sus infidelidades y de sus traumas. Espero que los que nos presentes sean atractivos, es lo único que me interesa de ellos, su físico —bromeó Sara.

—Creo que mis amigos no os defraudarán, son encantadores —contestó Merche.

—Basta con que no sean tan solo un puñado de músculos con ojos y que tengan algo en el cerebro —soltó Ana.

—Creo que a Nando le has gustado y tiene bien amueblado el coco, aunque a veces se le desordene, pero eso parece consustancial a su capacidad creativa. También tiene fama de tener bien amuebladas otras partes de su cuerpo —dijo Merche guiñándole un ojo a Ana.

Y mi amiga se sonrojó como la colegiala que no era. Hacía un rato que me sentía incómoda rajando de vulgaridades sobre el sexo masculino, frivolizando así sobre los hombres, quizás porque era incapaz de borrar la imagen de Marcos en la cama con otra mujer y porque esa conversación era un *déjà vu* que había descrito decenas de veces en mis traducciones de novelas románticas baratas. Pero en lugar de cambiar de tercio, subí el tono de la conversación.

—Y a vosotras, ¿en qué parte de vuestro cuerpo sentís más placer cuando la acaricia un hombre?

Sara y Merche me miraron como si fuera un bicho raro, Ana se tapó la boca con la mano para disimular la risita.

—No entiendo —dijo Sara.

—Es fácil, ¿dónde debe tocarte un hombre para que experimentes el máximo placer? —volví a preguntar.

—No sé... a qué... viene... —titubeó Merche.

—Pues a que a mí me parece fundamental que tu pareja tenga la suficiente sensibilidad e intuición para conducirte al orgasmo sin que te incomode con tocamientos desagradables. Creo que ese es el sostén de una relación duradera.

Ana volvió a salir al rescate:

—Nadia es novelista y está traduciendo una novela erótica, creo que está algo influenciada por su trabajo...

—No es solo eso —la interrumpí—. Si estamos hablando de hombres, creo que el sexo no se puede tratar desde una óptica reduccionista, no vale con decir que un tío la tiene larga, o unos bíceps y unos abdominales de escándalo, ni siquiera que su cerebro está bien amueblado. Creo que es vital que sus atributos, sean los que sean, los aplique a conseguir el máximo placer para su pareja, incluidas aquellas cualidades intelectuales que te hacen sentir bien a su lado. Me niego a tratar al hombre como un objeto, porque tampoco quiero que él me trate como tal.

Me salió el discursito del alma, sin reparar en que estaba ante dos mujeres a las que apenas conocía y con las que iba a pasar todo el fin de semana en un barco.

Sara me miraba atónita, con una sonrisa nerviosa y muda. Merche dio un trago de licor de hierbas y me aplaudió con tres sonoras palmadas. Ana estaba a punto de explotar en una carcajada.

—Joder, Nadia —intervino por fin Sara—, nos has dejado sin habla, pero tienes razón en parte. A veces nos comportamos con el mismo simplismo que el de muchos hombres a los que criticamos por ello, sin reparar en que nosotras tenemos nuestras propias carencias y frustraciones. Pero ¿no crees que exageras al poner tanto sexo en la balanza de una relación?

—No lo creo, y si no, dime: ¿por qué hay tanta infidelidad en los matrimonios?, ¿tú crees que si las parejas funcionaran bien en la cama tendrían que ir a buscar sexo a otra parte? —Debí elevar demasiado la voz porque Ana me tiró del brazo, aunque sabía que se estaba divirtiendo y que había renunciado a sacarme de aquel berenjenal para ver hasta dónde llegaba.

—Que levante la mano aquella que, aunque haya flirteado con otro, siga pensando que merece la pena seguir con su pareja —propuso Merche—. Creo que puede pasar en algún momento de la relación, pero a veces es solo una aventura, un devaneo insustancial que incluso puede reforzar tu amor hacia tu pareja. No veo que eso tenga que significar una ruptura a pesar de que el sexo no sea lo que era antes.

—No habéis respondido a mi pregunta —insistí.

—Me temo que necesitaría otro trago de estas hierbas clandestinas —dijo Ana y me miró suplicante para recabar inútilmente mi aquiescencia.

—A mí no me importa hablar de ello —dijo Sara—, pero no sabría decirte a qué época se remonta un hombre que me haya encendido tanto en la cama como para perder la cabeza. Posiblemente desde la universidad no recuerdo un amante excepcional.

—Yo no me casé con Fernando porque fuera un experto en el sexo. Creo que hemos ido adquiriendo la compenetración con el tiempo, por lo menos ahora ya sabe que odio que me mordisquee las orejas —dijo Merche.

—¿Ves?, a mí que me chupen las orejas me da placer —planteó Ana—, pero me da mucho más que me succionen con suavidad los pezones. Creo que mi primer novio fue lo primero que hizo antes de besarme en la boca. Era un botarate y andaba tan salido que se lanzó sobre mi escote como una fiera, no lo aparté porque el muy salvaje lo hizo de maravilla con mis pechos, pero se corrió antes de poder penetrarme. Era un mal amante y, sin embargo, me descubrió una zona erógena que hoy sigue siendo fundamental para excitarme, pero ni loca me hubiera casado con él. No creo que tu teoría del sexo como pegamento de una pareja sea muy consistente. Y ahora que he respondido, ¿le puedo dar un sorbo al chupito?

—Tú verás, pero no deberías —le dije seria.

—Venga, Nadia, no seas aguafiestas, solo un sorbito —imploró.

—¿Por qué no puedes beber? —preguntó Sara.

—Puedo beber con moderación, estoy embarazada —dijo Ana con naturalidad.

—Vaya, ¡enhorabuena!, ponle un par de cubitos de hielo para que esté más suave y brindemos por ello —dijo Sara.

—Sí, ¡felicidades! —Merche chocó su vaso contra los nuestros.

—Allá tú, pero las primeras semanas son las más delicadas —volví a la carga.

—Es verdad, yo tengo un niño, que ya tiene dieciséis y es más alto que su padre. El principio del embarazo fue complicado y me recomendaron reposo, pero cada naturaleza es un mundo. ¿Tienes hijos? —me preguntó Merche.

—No puedo tenerlos —dije secamente.

—Este que viene en camino será de las dos. Digamos que voy a ser madre soltera —se explayó Ana.

Merche y Sara se miraron desconcertadas, imaginé que pensarían que estaban ante dos mujeres estrambóticas, la una hablando con procacidad de las relaciones sexuales y la otra compartiendo la maternidad con su amiga. No valía la pena seguir por aquellos derroteros, Merche era una buena anfitriona y se sentía incómoda. Tenía un pasado *hippie* y unos amigos excéntricos, pero imaginé que los mantenía para amenizar su plácida vida en una farmacia de pueblo a dos pasos del mar por los cuatro costados.

Sara me parecía más cosmopolita, abierta a nuevas ideas, con seguridad su pasado en la radio y su asesoría de moda femenina le aportaron suficientes tablas como para no sentirse molesta con nosotras.

En el fondo, la que estaba fuera de juego era yo y a lo mejor no quería reconocerlo. Quizás ellas eran felices a su manera y, en cambio, yo no pasaba por mi mejor momento. Merche tenía una familia anclada en Formentera, su barco que le daba la libertad y sus amigos artistas que le ofrecían el contrapunto singular a su vida formal. Sara disfrutaba con su Aloe, su huerto ecológico y sus asesorías de moda sintiéndose dueña de sí misma y a lo mejor era cierto que la decisión de no volver a poner un hombre en su vida era una opción libre con la que se sentía satisfecha.

Y Ana..., mi querida Ana, siempre estaba alegre y radiante, los malos tragos con sus parejas le duraban poco tiempo, era decidida y un poco alocada, el arte le penetraba por los poros hasta invadirla de emociones encontradas. Pensaba con la misma rapidez y desorden con la que a un artista le viene a la mente la obra que va a crear. Me preocupaba su embarazo, pero sobre todo que no me la imaginaba con un bebé emergiendo en el centro de su excéntrica vida.

¿Y yo? ¿Qué hacía allí? Estaba perdida, construyendo la casa de mis ilusiones al tiempo que estas se desmoronaban a marcha forzada. Viviendo en un mundo de ficción que no me dejaba pensar con cordura. ¿Me estaba convirtiendo, como la protagonista de la novela de Maya Louis, en una obsesa del sexo? Tenía que dejar de implicarlas en ese juego diabólico del placer y la fidelidad que formaba parte solo de mi paranoia.

Me serví un poco más de licor. Un joven sordomudo dejó unas figuritas de yeso sobre las mesas del restaurante junto a un cartoncillo en el que pedía la voluntad. Cuando llegó a la nuestra sacó de su bolsa un pequeño busto de apenas ocho centímetros de la diosa Tanit y lo colocó delante de mí. Ana me empujó con el codo y puso debajo del cartón un billete de cinco euros que el sordomudo cazó al vuelo.

Observé la diminuta figura de escayola: era una burda imitación de la que había visto en el museo. Ana la cogió y la mostró en alto como un trofeo.

—Te la regalo —me dijo—, seguro que te dará inspiración y quién sabe si hasta te puede conceder todos tus deseos, los sexuales incluidos.

Las cuatro nos reímos y yo empecé a relajarme.

17

Cuando nos disponíamos a ir al mercadillo, Merche recibió una llamada de Nando: Carlos estaba mucho mejor y aceptaba recibirnos en su casa a media tarde. Teníamos tiempo para pasar por la finca de nuestra anfitriona, dejar las mochilas en las habitaciones y comprar unas botellas de vino. Merche pensó que sería buena idea también llevar unas empanadas de cordero que había cocinado a primera hora de la mañana para la cena y un flaó, aunque no sabía si acabaríamos cenando en casa de Carlos, nada era previsible con él.

La casa de Merche era sencilla pero muy espaciosa, con vistas a un mar un poco alejado, orientada al sur y a tres kilómetros escasos de la playa de Migjorn. Tenía un jardín rocoso con algunas sabinas y pinos que daban sombra a los laterales y a la parte trasera del edificio. La piscina rectangular, no muy grande, frente a un porche de piedra cuyos durmientes eran de madera de sabina oscura, como los de mi casa, en contraste con el blanco impoluto de parte de la fachada.

En el interior se respiraba un frescor que aliviaba el ambiente ya bastante pegajoso por la humedad primaveral. Supuse que los gruesos muros de piedra seca debían mantenerla a raya. El salón, adornado con jarrones con flores naturales, cuadros con fotografías antiguas en blanco y negro de la isla y muebles rústicos que se notaba que eran piezas exclusivas, era muy acogedor y hasta bucólico. Admiré algunos cuadros de barcos y de acantilados de Formentera.

En una estantería de cristal al lado de la chimenea, entre

filas desordenadas con marcos de fotografías, vi varias de un hombre sonriente, con barba blanca y tez morena.

—Joan Mayans, mi padre —me dijo Merche como si me lo presentara—. Era muy guapo, ¿no te parece?

—Sí que era atractivo.

—Un marinero de cascarón duro y de corazón tierno. Murió mientras faenaba en uno de sus barcos. No tenía necesidad de hacerlo, porque tenía una buena tripulación, pero aquel día quiso salir a tirar las redes y se enganchó con un cable, con tan mala fortuna que lo arrastró por la popa y se golpeó en la cabeza fatalmente.

—Vaya, lo siento. Me contaste que falleció poco después que el doctor Montalbán.

—Una semana después, hace ya tres años. Mira, en esta foto está con su amigo Valerio.

Ambos amigos fallecidos a causa de un accidente y con diferencia de pocos días. ¿Era solo fruto de una fatal casualidad? No me atreví a preguntarle semejante cosa a Merche.

En el piso superior cada una de las cuatro habitaciones disponía de su baño y recibía el nombre del viento que soplaba del punto cardinal hacia donde estaban orientadas. Ana y yo compartiríamos la del sur (*migjorn*) y Sara se instaló en la de *ponent*, en el ala oeste.

Cuando nos quedamos a solas Ana se sentó sobre la cama y me dijo en voz baja:

—Merche es de fiar, pero Sara tiene un no sé qué que me hace pensar que oculta algo, ¿no te parece?

—No lo había pensado. Tampoco las conozco tanto como para…

—Llámale sexto sentido, pero hay algo oscuro en Sara, creo que no es transparente.

—¿Y qué iba a esconder? Fue locutora de radio, tiene su propio negocio que le va viento en popa. Es una mujer de bandera. No le veo ninguna doblez, son cosas tuyas.

—A lo mejor son mis hormonas revolucionadas en el

sentido equivocado. No me hagas caso. Tengo ganas de conocer a ese Carlos, los tipos raros y especiales son los que más te aportan.

—Ya, como ese Nando. No puedes ir poniendo cara de colgada ante el primer tipo que te presentan. Parecías una cría embobada cuando se sentó a nuestra mesa.

—Está bueno, ¿verdad? —Se rio—. Tranquila, que no voy a perder la cabeza por unos músculos bien puestos.

—Haz lo que te venga en gana, eres mayorcita, aunque a veces no lo parezcas.

—Mira quién habla, la que nos ha escandalizado con sus preguntitas sobre dónde te gusta que te toque un hombre para llegar al clímax. Creo que estás un poco necesitada de sexo real, cariño, todo lo que vives es pura ficción. Tus novelas y tus sueños no son suficientes para equilibrar tus emociones.

—Ya, ¿crees que vivo en un mundo irreal, como dice Marcos?

—Marcos es un capullo, solo te digo que deberías airearte, dejar de amargarte porque te sientas engañada.

—No creo que lo que dije en la comida sea porque me sienta frustrada. Pero a lo mejor me tenía que haber disculpado, es cierto que estoy un poco desorientada. Todo lo que me está pasando es nuevo, y no bueno del todo. Yo confiaba en Marcos, teníamos un acuerdo…

—Eso dura lo que dura. No tienes que darle más vueltas. Tú no tienes culpa alguna. Mírame a mí, no siento ningún remordimiento por haber dejado a Ricardo, no valía la pena seguir; las parejas funcionan mientras hay chispa entre ellas, cuando se acaba hay que buscarla en otra parte y punto. La vida no es una novela romántica en la que tienes que sufrir constantemente para reconquistar amores imposibles.

—¿Piensas que quiero reconquistar a Marcos? Creo que ya no es posible, no me apetece. Lo tengo superado —afirmé categóricamente a pesar de que seguía inmersa en una niebla inquietante.

—Déjate llevar, entonces.

—Entendido. Te haré caso —le dije para que dejara de insistir.

—Así me gusta. Anda, vamos a disfrazarnos de *hippies* para nuestros curiosos anfitriones.

—No he traído casi ropa. Creo que no me cambiaré, iré con esto. —No me apetecía quitarme la falda y ponerme los pantalones cortos que reservaba para nuestra salida en barco.

—Así estás mona. Te dejaré una diadema de flores para que te recojas el pelo, será solo un detalle, ¿no has visto cómo va Sara de arreglada con su vestido escotado y maquillada como si fuera a un baile de gala?

—Ella se dedica a la cosmética y a la moda. Debe tener cientos de vestidos como ese. Parece que le has cogido manía, y bien que estabais cuchicheando durante todo el trayecto del ferri, ¿crees que no os oía? No paró de hablarte del médico y de sus barcos hundidos, ¿qué te dijo?

—Nada importante que no me hubieras contado tú, pero creo que ella sabe algo…, algo que no quiere sacar a la luz, por ahora. Cuando habla de Valerio lo hace de una manera especial, incluso me pareció que en algún momento se emocionaba. Debía de quererle mucho, ¿puede ser que estuvieran liados?

—No lo había pensado. Me dijo que se conocieron a través de la familia de Merche. El médico enviudó al poco de instalarse en la isla, pero no sé más.

—Sara está convencida de que su muerte no fue un accidente. De eso está segura —dijo Ana mientras se probaba una minifalda ajustada frente al espejo del baño—. Estuve leyendo las anotaciones en las fichas de Valerio. Hay una en concreto que me parece misteriosa. Habla de un diario de a bordo que contendría la información sobre un descubrimiento excepcional…

—El conservador del museo también echa en falta su último diario, pero habíamos quedado en que no volveríamos sobre ese tema.

—Ya, lo sé, pero ¿sabes cómo lo llama, a ese diario?

—Ni idea.

—«El diario de Tanit», y debió escribirlo hace menos de tres años, porque la ficha es la más reciente.

—Sus diarios están en el museo —le dije—, aunque es cierto que falta ese, pero no le veo la importancia...

—Pues hay más —me interrumpió Ana con cara de misterio—. ¿Sabes adónde creo que envió ese diario el doctor Valerio?

—No lo sé, pero estoy segura de que me lo vas a decir.

—La ficha donde están anotadas unas coordenadas ininteligibles para mí, dice: «Remitido a AP 49». Ese es el apartado postal que abría tu llave de la bodega, ¿no es cierto? Alguien debió recoger ese diario del médico en el apartado postal de Correos al que fuiste.

Ana hurgó en su mochila, sacó envuelta en una bolsa transparente la ficha y me la puso frente a mis narices.

—¿Te has traído la ficha? Jolín, Ana, esto te está alterando más que a mí. Lo mejor será que lo comentemos con Merche y con Sara, ellas a lo mejor saben quién puede tener ese famoso diario y qué contiene.

—¿Estás loca? No digas nada todavía, tenemos que averiguarlo por nosotras mismas. Si resulta que Valerio en su diario cuenta dónde se encuentra un hallazgo extraordinario y alguien fue capaz de matar por ello, es mejor ser discretas. No quiero preocuparte, pero tenemos que actuar con mucha precaución.

Me estaba volviendo a poner igual de nerviosa que aquel atardecer en el que regresaba a casa, noté que alguien me seguía y al momento surgió de la oscuridad el sargento Torres. Ese incidente no se lo pensaba contar a Ana, ni pizca de ganas de que la liara con la Policía Local. ¿Era posible que alguien creyera que yo sabía dónde se hallaba un supuesto tesoro escondido?

Afortunadamente Merche Mayans llamó a la puerta de la habitación. Carlos nos estaba esperando.

18

*L*a casa de Carlos estaba en el centro exacto de Formentera, a escasos diez minutos en coche de la de los Mayans. Dejamos el asfalto para tomar caminos de tierra que se adentraban en la zona más agreste de la isla. Me sorprendió ver pocas edificaciones, casi todas sencillas granjas y casas payesas dispersas entre matorrales y secos pedregales, donde apenas daban sombra algunas sabinas aisladas. El atardecer levantó una brisa que se llevó las nubes matinales. Me abrigué con una chaqueta de lana.

Cuando Merche apagó el motor, pude apreciar mejor que la casa tenía forma de cubo, de un color tierra desvaído, con una chimenea ennegrecida que echaba humo desde la azotea. Además de la casa, había una especie de corral y varios chamizos con el tejadillo de uralita.

—Son los talleres de los artistas realquilados. Y aquí vive Rocío, una exnovia de Carlos —explicó Merche señalando el corral, que a modo de puerta tenía una cortina de flores raídas y descoloridas por el sol. En el interior oímos cantar a una mujer sobre unos acordes de flamenco-house—. Se llevan bien, pero ella prefiere tener su intimidad y no compartir la casa.

Entramos en la vivienda, que estaba en penumbra, iluminada por una bombilla de pocos vatios y unas pocas velas dispuestas en hileras sobre el suelo de baldosas rústicas. Parecía un santuario. Hasta el salón llegaban murmullos de conversación y risas y olía a una mezcla de hierbas aromáticas y hachís que se me antojó mareante.

Sentados en dos sillones y un sofá, tres hombres nos recibieron fumando. Reconocí a Nando, que se levantó para recibirnos, los otros dos se limitaron a saludarnos con la mano. Merche se acercó al que estaba en el sofá, se agachó para darle dos besos en las mejillas y se sentó a su lado.

—Este es el famoso Carlos del que os he hablado. Estas son mis amigas Nadia y Ana, a Sara ya la conoces —le dijo al artista apalancado en el sofá, que asintió con un gesto cansino.

Carlos, de edad indefinida, con la barba descuidada y el pelo cano largo y ensortijado, lanzó un tronco a la chimenea, que estaba encendida a poco más de un metro de él y el fuego se reavivó. Pareció que esa era su peculiar manera de darnos la bienvenida. O seguía colocado o no le apetecía mucho nuestra visita, quizás ambas cosas.

—Él es Sebastián —nos dijo Nando a Ana y a mí.

Merche y Sara parecían conocer al hombre atlético y bien parecido que se levantó con timidez del sillón y nos ofreció asiento junto al fuego. Ana se las apañó para ponerse al lado de Nando, mientras Sara y yo ocupamos sendas butacas antiguas, con la tapicería raída, frente al sofá donde Merche, cariñosa, se agarró al brazo de Carlos y este esbozó una sonrisa. Yo estaba al lado de Sebastián, que me pareció muy atractivo. Al reflejo de la lumbre, me fijé en cómo le brillaban sus ojos azules.

—¿Qué tal, Sebastián? —se interesó Merche—. Hace tiempo que no nos veíamos, tienes buen aspecto, da envidia tu moreno invernal, ¿no te parece, Sara?

Sara desvió la mirada hacia el fuego. La notaba tensa con aquel hombre o quizás las sospechas de Ana sobre ella empezaran a calar en mí.

—Tienes una casa interesante —le dijo Ana a Carlos, recorriendo con la vista el techo de vigas de sabina y los cuadros y esculturas, amontonadas sin orden ni concierto.

—No es mi casa —replicó Carlos tajante.

—Tienes un buen acuerdo de alquiler, pero es tu casa —le reconvino Merche.

—Es la casa de todos los que se respetan entre sí —sentenció nuestro anfitrión y Merche asintió con un gesto. Se notaba que andaba con tiento para no incomodar a su amigo.

—He traído empanadas y flaó y mis amigas han comprado vino, pero solo por si os apetece que cenemos aquí. A Nadia le gustaría ver algunas obras vuestras, se ha comprado una casa y podríais aconsejarle algún mural o un cuadro grande.

—De entrada, podríamos tomar una botella de ese vino —masculló Carlos—. Después veremos qué podemos hacer para dejar una huella artística en tu casa —añadió mirándome de soslayo.

Abrimos una botella. Nando dijo que iba a por copas a la cocina y Ana se levantó como un resorte para acompañarlo. Mi mirada se cruzó con la de Sebastián y noté que escudriñaba todo mi cuerpo. Me sentí desnuda y me subió un sofoco que fui incapaz de controlar. Era absurdo: me sentía atraída por aquel hombre que ni siquiera había dicho una palabra y no sabía quién era. Sus ojos ejercían un poder de persuasión que me invitaban a abandonarme en sus brazos. «Contrólate —me dije—. El don de la Judith de Maya Louis no es más que pura ficción.»

Sara entrelazaba nerviosa los dedos de las manos y rehuía a Sebastián. Finalmente se puso en pie y se paseó por el salón contemplando de forma distraída las esculturas dispersas. La mayoría eran de motivos marinos que combinaban madera y metal.

—Esta del faro sobre la montaña y el mar con los peces de hojalata es preciosa —dijo dirigiéndose a Carlos y este hizo caso omiso del comentario.

—Sebastián consigue casi todos los materiales —dijo Nando, que volvía con las copas seguido de cerca por Ana—. Los saca del fondo del mar, donde yacen muertos, y aquí los devolvemos a la vida en forma de obras de arte.

—¿Practicas el submarinismo? —le pregunté a Sebastián.

—Sí, suelo trabajar para el Instituto Balear de Arqueología Marítima y a veces me encuentro restos de naufragios que no tienen valor, y tanto Carlos como Nando los emplean en sus obras.

—Ya ves, algunos dicen que trabajamos con basura marina y encima cobramos por ello, pero todos los materiales tienen una nueva vida en una obra de arte. Es una especie de resurrección mágica —dijo Carlos, que pareció revivir en cuanto Nando le llenó la copa de vino.

—¿Y qué tipo de trabajos lleváis a cabo en ese Instituto? —pregunté con sincera curiosidad.

—Prospecciones submarinas en pecios, luego los hallazgos son catalogados por los arqueólogos y acaban en museos o apilados en almacenes. Es una manera de conocer a nuestros antepasados, su forma de vida, y también de entender cómo hemos llegado hasta aquí.

—Debe ser muy interesante —dijo Ana.

—No es una tarea fácil, el mar aún esconde muchos secretos. Están ahí, esperándonos, pero disponemos de pocos recursos para sacarlos a flote —se lamentó Sebastián.

—Si por él fuera, Sebastián viviría bajo el agua mejor que sobre la tierra. Piensa que en la oscuridad del fondo marino todo guarda un equilibrio que nadie puede alterar —intervino Nando.

—No es cierto, estamos alterando el ecosistema marino a marchas forzadas. No os podéis imaginar los destrozos que hacemos con los vertidos de los emisarios, con las anclas que arrancan la posidonia y con la basura que lanzamos al agua. De momento, aún podemos bañarnos en esta agua cristalina que se ve a ras de la superficie, pero si bajas a quince o veinte metros de profundidad el panorama es desolador. La fauna marina se enreda en los desperdicios, los yates de lujo arrancan la posidonia y las redes de los pescadores de arrastre modifican continuamente la orografía del fondo del mar. Si no hacemos algo para evitarlo, en unos años las playas paradisíacas de Formentera pueden ser una quimera y el agua transparente estará contaminada, porque si desaparece la posidonia nos quedamos sin su efecto depurador.

Sebastián describía ese ataque múltiple al medio ambiente sin alterarse, con delicadeza pero también con preocupación. Observé sus manos fuertes curtidas por el salitre del mar y me las imaginé acariciando mi cuerpo.

—¿Qué hace la posidonia para aclarar el agua?

—Tiene varias funciones —me contestó con una sonrisa que le acentuó los hoyuelos—. Una es que actúa como un arrecife en el mar para que la arena de la playa se mantenga limpia y constante; la otra es que la planta almacena grandes cantidades de dióxido de carbono que capta de la atmósfera y libera el oxígeno que mantiene el agua transparente. Durante siglos, los sedimentos que acumulan las plantas se han quedado entre sus hojas; si se extinguen las posidonias, pueden quedar liberados en forma de ese gas nocivo.

—Es decir, que la planta hace de filtro de la suciedad, que sin ella llegaría a las playas —dije.

—Algo así, es como si el agua que bebemos no fuera depurada de bacterias y sedimentos. Nos acabaría produciendo un buen dolor de barriga, cuando no una enfermedad intestinal grave o quizás la muerte.

—No nos pongamos trascendentes —dijo Carlos—. Es una suerte que los escultores que trabajamos con materiales de deshechos marinos contribuyamos, como la posidonia, a limpiar las aguas.

El ambiente se iba distendiendo conforme el anfitrión parecía despejarse y tomaba parte en la conversación. A la segunda copa de vino aceptó de buen grado que cenáramos juntos. Ana y Nando parecían congeniar en demasía. Él la cogió de la mano y se la llevó fuera con intención de enseñarle su taller antes de que oscureciera. Yo hice ademán de seguirlos, pero Carlos y Merche me retuvieron con la excusa de mostrarme unas esculturas que podrían encajar con el estilo de mi nueva casa.

Sospeché que querían dejar sola a mi amiga con Nando, pero a Ana no parecía importarle, sino todo lo contrario. Me lanzó una mirada pícara para que no fuera tras ella, así es que todos los demás, menos Sara, que se refugió en la cocina para preparar la cena, pasamos a una habitación grande. En sus paredes desconchadas estaban expuestos cuatro murales con maderas pintadas en diferentes tonos de azul sobre las que se superponían otras de color ocre imitando a las montañas, y tenían incrustados en metal faros, peces, veleros y constelaciones de estrellas de hojalata. Una docena de esculturas representaban el fondo marino con la posidonia de color verde intenso pintado sobre las cerdas de un viejo cepillo o escoba. Me parecieron originales y fascinantes las obras de Carlos.

Acordamos que haría un mural especial para el comedor de La Casa en la Bahía; necesitaba tomar medidas de la superficie de la pared. Aunque había un problema: el artista no quería moverse de Formentera.

Sebastián, que vivía en Ibiza buena parte de la semana, se ofreció para visitar mi casa, enviarle las mediciones y tomar algunas fotografías para que Carlos se hiciera una composición de lugar. Yo no tenía prisa, porque las paredes de La Casa en la Bahía no estarían pintadas hasta dentro de unos días.

Carlos y Merche se fueron con Sara a la cocina con la excusa de calentar las empanadas de cordero y ayudarla con la cena. Me quedé a solas con Sebastián.

Turbada como una chiquilla encelada hasta la médula, quería dejar de mirar sus ojos, que me nublaban la mente. Se me acercó y mi respiración se volvió entrecortada, los latidos de mi corazón traspasaban mi pecho y mis mejillas se encendieron: pura excitación. Él se dio cuenta y me besó apasionadamente, o quizás fueron mis labios temblorosos los que buscaron los suyos, y una lengua dulzona entró en mi boca y mis pechos erguidos se comprimieron contra su torso cuando sus brazos me apretaron contra él. Sus manos buscaban mi espalda y mi sexo bajo el vestido, en un arrebato de pasión y desenfreno que me rindió a su voluntad. ¡Dios mío! No recordaba tanta excitación descontrolada, tanto placer a cada caricia que aquel hombre aplicaba con pericia sobre mi cuerpo. Deseaba que no tuviera fin.

No sé cómo consiguió que mis braguitas se deslizaran por mis piernas hasta los tobillos, pero noté su sexo tantear el mío. Me llevó en volandas contra la puerta de la habitación y me penetró. Tuve un orgasmo nada más hacerlo, y luego otro cuando él se corrió dentro de mí. Se quedó mirándome fijamente mientras acariciaba mi pelo.

—Eres preciosa —susurró.

Fuera se oía el trasiego de platos y copas. Sara gritó que la cena estaba lista. Sebastián me hizo un gesto para que saliéramos. Antes me besó. Hubiera vuelto a hacer el amor con él.

Ana y Nando regresaron del taller. Ella había cogido frío y preguntó por un baño. Fuimos juntas. Cuando estuvimos a solas me confesó que había hecho el amor con Nando y que Merche no exageraba con el tamaño de su pene. Yo no le conté nada de lo mío con Sebastián. Se puso a llorar como una niña, yo no sabía qué le pasaba, me dijo que no me preocupara y me hizo salir del baño.

19

El día amaneció con el cielo raso. Merche dijo que apenas teníamos cinco nudos de viento y tendríamos que navegar a motor por lo menos hasta el mediodía, en que se preveía que entrara algo de este. Íbamos a tener una navegación muy tranquila.

No madrugamos mucho, aunque la cena en casa de Carlos no se alargó y nos fuimos pronto porque Ana no parecía encontrase bien. Fue un par de veces al baño porque se sentía mareada y tenía náuseas, aunque ella no le dio importancia. Apenas cenó, pero fumó cigarrillos de hachís liados por Nando. No tenía muy buena cara y le sugerí que nos quedáramos en tierra, pero quiso subirse al barco de Merche y contemplar Formentera desde el mar.

Yo solo pensaba en Sebastián y en cuándo volvería a verlo. Quedamos en que se pasaría por mi casa en unos días para hacer las mediciones y fotografías que le tenía que enviar a Carlos para componer el mural.

Navegábamos costeando a poca velocidad en dirección a Cala Saona desde el puerto de la Savina, teníamos previsto llegar en una hora y el mar, de un color azul cielo con tonos esmeralda, estaba encalmado. A poca profundidad se veía cristalino el fondo de arena blanca moteado por la posidonia. Ana y yo nos tumbamos en la proa del velero, mientras que Sara se sentó en la popa, en el banco de babor, junto a Merche, que timoneaba la embarcación.

El aire olía a salitre y los rayos de sol empezaban a calentar como para desprenderme de parte de la ropa que llevaba puesta. Me quité el anorak y los pantalones y me quedé en camiseta de manga corta y con la braguita del bikini. Sara nos recomendó ponernos la crema solar de aloe que había traído. Ana no parecía tener calor, estaba medio adormilada y le puse crema en la cara. Me quedé preocupada porque le noté la frente fría como un témpano.

—Cariño, ¿qué te pasa? —le dije acariciándola.

—Nada, solo que tengo un poco de frío. No te preocupes, ya se me pasará.

—Deberíamos volver, no tienes buena cara y estás tiritando. —La cubrí con mi anorak.

—No, de verdad, déjame dormir un poco y verás cómo estoy mejor en un rato.

Al momento cerró los ojos y respiró acompasadamente. De todas formas no me quedé tranquila y fui, agarrándome a la barandilla, hasta la popa. Sara tenía ligado un cabo a la cintura que la sujetaba al candelero del barco a pesar de que el mar estaba plano como una piscina. Supuse que no había vencido su miedo y prefería tomar precauciones. Merche estaba de pie y al verme conectó el piloto automático. En el horizonte apenas se veía algún barco; en la costa las gaviotas graznaban alborotadas sobre los pequeños acantilados a nuestro paso.

—Es Punta Negra. —Merche señaló un saliente rocoso a cincuenta metros—. Estamos a poco más de una milla de Cala Saona. Creo que nos podemos dar un baño si no os importa que el agua este fría.

—El caso es que Ana no se encuentra bien y en su estado no sé si lo prudente sería volver a puerto —sugerí.

—¡Vaya! ¿Qué le pasa? Ayer parecía estar perfectamente. Quizás el vino y los porros no resultaron ser una buena combinación —dijo Sara.

—¿Está mareada? —preguntó Merche.

—Tiene frío, y es un poco raro. Ahora se ha quedado dormida.

—Seguro que no es nada importante. Creo que además tuvo alguna que otra experiencia con Nando... —Merche se rio restándole importancia—. Sexo, alcohol y porros juntos suelen ser explosivos, pero se le pasará si duerme un poco. No vamos a tener viento y no nos moveremos mucho más. En cuanto lleguemos a Saona, decidimos si continuamos hasta el Cap de Barbaria, la vista es imponente bajo el macizo de rocas, el faro es una pasada.

—No sé. Me gustaría que le echaras un vistazo a Ana. Tiene la frente helada y está pálida y con ojeras.

—Está bien —dijo sin mucho convencimiento—. Sara, quédate al timón, ya sabes cómo funciona. —Y manipuló la palanca del motor para aminorar la marcha.

Ana estaba despierta y ahora se retorcía con fuertes dolores en el vientre. Me asusté mucho y, por la cara que puso Merche, creo que ella también se alarmó al verla gemir de dolor. Le retiró mi anorak y dejó al descubierto un reguero de sangre que había quedado remansada entre sus piernas.

—¡Oh, Dios mío!, tenemos que pedir ayuda. Tiene una hemorragia vaginal. Vuelve a taparla y quédate con ella —me ordenó Merche.

Corrió hasta el puesto de mando para pedir ayuda por radio. Aumentó la velocidad al máximo.

—No te preocupes, Ana, Anita…, te pondrás bien, seguro. Ya vamos, cariño —le dije acariciándole la cara y el pelo.

Ana tenía espasmos y contraía sus rodillas contra el vientre haciéndose un ovillo. Desde la popa oí a Sara gritar:

—Vamos a Cala Saona, Merche ha llamado a la Cruz Roja y la recogerán en una zódiac para llevarla en ambulancia al hospital. Estaremos en menos de veinte minutos. Por favor, aguanta, Ana. Todo irá bien.

Ana cogió con fuerza mi mano.

—He perdido al bebé, Nadia, lo he perdido… —dijo sollozando.

—No es verdad, cariño. Estarás bien en cuanto te vean en el hospital. Yo iré contigo.

Aquellos veinte minutos me parecieron una eternidad. Cuando llegamos a Cala Saona ni siquiera fondeamos para no perder tiempo. Una balsa de la Cruz Roja con dos enfermeros se acercó y se amarró a nuestro costado. Bajaron a Ana hasta la embarcación de salvamento y yo me subí con ella.

En la playa nos esperaban unos camilleros que la llevaron hasta la ambulancia. A bordo dejamos a Merche y a Sara, que dijeron que nos veríamos en Urgencias. A mi amiga le pusieron una vía en la muñeca y poco antes de llegar al hospital de Formentera le remitió el dolor.

Con las prisas me había dejado mi teléfono móvil y el bolso con el dinero en el barco de Merche, ni siquiera podía sacar un café de la máquina expendedora. Llevaba algo más de dos horas en la sala de espera, salí a fumar varias veces y cada vez que entraba preguntaba si había alguna novedad. Nada. La responsable de Admisiones era muy amable, me aseguró que habían avisado a una obstetra y que me llamaría en cuanto el médico de guardia pudiera hablar conmigo. Intentó tranquilizarme ofreciéndome una revista del corazón para que la hojeara, pero pasé todas las páginas sin ni siquiera fijarme en las fotografías. Había pocos pacientes aquel sábado a primera hora de la tarde: una mujer con un bebé lloriqueando en sus brazos, un matrimonio de ancianos y una joven que no paraba de estornudar.

Imaginé que en verano la sala de urgencias estaría llena a rebosar de extranjeros accidentados en la playa o en la carretera y con comas etílicos.

Les agradecía a todos ellos, sé que suena absurdo, que hubiesen venido a gastar su dinero a la isla y que ello hubiera permitido construir ese hospital que ahora posibilitaba atender a mi amiga. De pronto vi a Sebastián entrar decidido y dirigirse al mostrador de Admisiones. Grité su nombre desde mi asiento.

—Hola, Nadia. —Me besó en los labios y no me lo esperaba—. Merche me ha llamado, no quería que estuvieras sola. Ellas están llegando a puerto y vendrán en un rato.

—Me alegro tanto de que estés aquí. Ana está muy malita, lo sé. La culpa es mía por no cuidarla, venir a Formentera no ha sido una buena idea.

—No te culpes, estas cosas pasan. Me dijo Sara que tu amiga está embarazada. —Me abrazó.

—Ana es como mi hermana, vino a Ibiza solo para estar conmigo, siempre hemos estado muy unidas, no quiero que le pase nada.

—No le va a pasar nada, verás como todo se arregla.

—Tiene muchas ilusiones puestas en su bebé.

—Hay que esperar a ver qué dicen los médicos. Es fuerte y joven. Ayer se lo pasó bien, creo, pero quizás en su estado no debería haber fumado hachís…

—Y yo no se lo impedí. Está pasando por una ruptura de pareja y me pareció que no estaba mal que se evadiera un poco.

—Mira, Nadia, no sé si debería decirte esto, pero Nando no le conviene a tu amiga. Es de los que tiene decenas de aventuras y ninguna es seria. Es un buen tipo, pero alardea de sus conquistas como quien presume de un trofeo.

—Ya, ¿y tú?

—¿Yo?, ¿qué quieres decir?

—¿Que si también has puesto un nuevo trofeo en tu estantería?

—Creo que lo nuestro de ayer estuvo muy bien. Me gustas y quisiera conocerte más. No creo que haya nada malo en ello.

—¿Tienes pareja?

—No, no tengo novia, ¿y tú?

—Acabo de salir de una larga relación.

—Estupendo, ambos somos libres para conocernos sin ataduras ni complejos. Creo que lo de ayer fue genial, hacía tiempo que no me atraía nadie de esa manera.

—A mí me pasó lo mismo, perdí la cabeza.

—Perdiste la cabeza por un submarinista. Por alguien que ni siquiera tiene los pies en la tierra, porque se pasa media vida sumergido en el agua. —Rio.

—Supongo que lo convencional es conocer a alguien antes de tener sexo con él.

—Sí, eso es lo que suele pasar. ¿Conoces a una chica y a los pocos minutos estás haciendo el amor con ella? No, no me suele suceder, pero me pareciste irresistible y creí ver en ti la misma atracción.

—Fue así, pero no te engañes, soy muy convencional, no me gusta la promiscuidad y no acepto los engaños en una relación.

—Vaya, ¿ahora tenemos una relación? Esto sí que va rápido, ¿para cuándo la boda? —bromeó.

—Quiero que me entiendas, me gustas, hoy solo pensaba en ti, pero no te lo creas como para pensar que, porque lo de ayer fuera fenomenal, ya estoy en tu red.

—No, claro que no. Nuestra relación es por ahora puramente comercial, voy a hacer de intermediario en la venta de una obra de arte para tu casa. —Volvió a reírse—. Por cierto, ¿dónde vives?

—En Cala Pinet, la casa se llamaba Sa Marea.

—¿Estás bromeando? ¿La casa del doctor Valerio?

—¿Lo conociste?

—¿Que si lo conocí? He hecho decenas de inmersiones junto a ese lobo de mar, ambos vivimos muchas aventuras, era una buena persona, un tipo genial que se apasionaba con los rescates marinos, pero también por la historia. No he tratado con nadie tan culto como él. Conozco su casa, ahora la tuya, perfectamente. He pasado horas en ella planeando cómo abordar el rescate de un pecio cargado de vasijas y ánforas.

De nuevo aparecía Valerio Montalbán en mi vida. No había manera de despegarme del pasado de mi casa. Iba a preguntarle por ese supuesto descubrimiento de valor incalculable que decían que tenía que ver con la Dama de Ibiza, la diosa Tanit, cuando sonó mi nombre por el altavoz del hospital.

Corrí hasta el mostrador, la chica me señaló la puerta de urgencias. Entré corriendo, sin ni siquiera despedirme de

Sebastián, y me topé con dos médicos, un hombre y una mujer jóvenes.

—¿Eres Nadia?, ¿la amiga de Ana? —preguntó ella.

—Sí, ¿cómo está?

—Soy la doctora Serrat, está bien, descansando en la habitación, puedes verla si no la alteras.

—¿Y el bebé?

—Ha tenido un aborto natural.

—¿Natural?

—Cuando ingresó, el embarazo ya se había interrumpido. Esto suele pasar en los primeros meses de gestación. Le hemos practicado un legrado de las paredes del útero. Si todo va bien, mañana por la mañana le daremos el alta.

—¿Así de sencillo? ¿Le han hecho un legrado y se va para casa sin su bebé? —dije alterada.

—Oiga —dijo el médico con aire adusto—, lo que necesita su amiga es que la ayuden a superarlo, cálmese. Sé que es duro de aceptar, pero siempre hay un porcentaje de abortos en los primeros meses de embarazo, como le ha dicho la doctora; además, si se toman determinadas sustancias, el porcentaje aumenta.

—¿Qué sustancias?

—Los análisis de su amiga dieron positivo en hachís, que no es determinante, pero puede haber influido en la interrupción del embarazo. Debería cuidarse.

—Pero podrá tener… —No me salían las palabras.

—¿Si podrá tener hijos?, claro que sí. No le vemos ningún problema —dijo la doctora Serrat—, tiene que descansar las próximas horas y no hacer esfuerzos. Puede pasar la noche aquí, hay camas libres, pero podría irse por su propio pie en unas horas. Le hemos puesto una leve anestesia general y es mejor que se quede en observación hasta mañana por la mañana. No tiene por qué haber complicaciones. Ahora está adormilada, pero puedes pasar a verla.

Ana estaba tumbada de costado con la vista fija en la ventana. No me oyó entrar. Me puse delante de ella y apenas pestañeó. Le cogí la mano y se le escapó una lágrima, yo hacía esfuerzos por contener las mías.

—Lo he perdido —sollozó—. Nadia, hemos perdido a nuestro bebé.

—¡Shhh!, tranquila, cariño. Tienes que descansar, ha sido mala suerte, pero todo irá bien…

—Nada va bien, oí que el médico decía que ha sido por mi culpa.

—No es cierto, ha sido un aborto natural. Lo he hablado con ellos y dicen que a veces pasa en los primeros meses…

—No me engañes, sé que ayer no me comporté bien. Lo llevaré encima toda mi vida. No tenía derecho a poner en riesgo a mi bebé…, y tú me advertiste, no debí beber, ni fumar hachís, ni tener sexo… ¿No ves que he sido una loca? —gimoteó.

—Nada de eso ha influido, yo…, yo siento que quizás no era el mejor momento para que vinieras a verme y lo de ayer nos sobrepasó a las dos. La culpa es mía, he sido una egoísta.

—No es verdad. Quería verte, quería estar a tu lado, yo también te necesitaba. Era feliz por mi embarazo, o quería serlo, ya no lo sé. Pero en el fondo no te oculto que cuando me enteré, tuve muchas dudas de seguir con él adelante, tenía miedo de no saber estar a la altura de cuidar bien a un hijo. Ahora ya no lo sabré. ¿Crees que cuando se tienen dudas en las cosas importantes estas salen mal? Yo creo que sí.

—Eres estupenda, y el día que tengas un hijo sabrás cuidarlo y educarlo de maravilla. Un día serás una buena madre. Esto no se acaba aquí, seguro.

—No quiero volver a intentarlo. No seré madre nunca más, no quiero serlo —dijo enrabietada con la cara llena de lágrimas.

—Ahora no es el momento de hablar de ello, tienes que ponerte fuerte. Mañana saldrás del hospital y yo te cuidaré. Iremos al mejor hotel de Ibiza y nos tratarán como a reinas —le dije para animarla.

—Os he fastidiado a ti y a tus amigas el fin de semana..., tenía ilusión por ver tu casa, salir en barco, conocer la isla... y lo he echado todo a perder.

—No digas tonterías, tendremos mucho tiempo para hacer todas esas cosas.

—Eres la mejor, Nadia, ¿lo sabes? Te mereces ser feliz por encima de todo, y te quiero...

—Yo también te quiero, Ana, pero no quiero verte así de triste, soy consciente de lo que ha pasado y me duele en el alma, yo también tenía muchas ilusiones puestas en tu bebé, pero eres fuerte y lo vas a superar, lo vamos a superar. Siempre hemos estado juntas, hemos vivido muchas cosas..., no te dejaré sola.

Ana cerró los ojos, parecía que la anestesia le producía somnolencia. Al cabo de un rato, los abrió de golpe, guardó unos segundos de silencio y me dijo:

—No siempre te lo he contado todo... Tengo que decirte algo, Nadia. Ven, siéntate a mi lado. —Me hizo un hueco en el borde de la cama.

—Deberías dormir.

—No, hay algo..., no sé si me podrás perdonar.

—Nada de lo que hagas o digas me haría enfadarme contigo. Lo sabes —le dije serena pero extrañada.

—Sabes lo que opino sobre Marcos y que pienso que tu matrimonio no tiene sentido...

—¿Ahora me vas a hablar de Marcos? Sí, sé lo que piensas y, además, ya te dije que después de lo que ha pasado llevabas toda la razón. Para mí se acabó.

—Bueno..., yo sigo pensando lo mismo, pero hay algo que deberías saber.

—¿Qué?

—Que Marcos no te engaña con otra.

—¿Qué estás diciendo?, ¿cómo sabes...?

—Cuando me lo contaste, hice unas averiguaciones y antes de venir a verte hablé con él. Me hizo prometer que no te lo diría...

—¿Hablaste con él? —Entonces sí que no entendía nada.

—Marcos estaba enfermo, parece que los médicos cogieron su enfermedad a tiempo y está curado. Solo ha sido un buen susto. La noche que te marchaste a Ibiza, ingresó en el hospital para someterse a un tratamiento, por eso no durmió en casa. No duerme en ella desde hace más de un mes.

La cabeza me daba vueltas, sentí que me faltaba el aire y fui hasta la ventana. La abrí para inspirar profundamente. Estaba oscureciendo; unas luces débiles asomaban a lo lejos y el viento me trajo un olor agrio a gleba y a forraje de los campos cercanos.

—Él no quería que te preocuparas —me dijo Ana y no volví la vista.

—Que no me preocupara, claro —repetí.

—Es vuestro maldito pacto de la felicidad, me dijo, ¡joder! Lo siento, Nadia, lo llevaba dentro y te lo quería decir, pero él me dijo que te lo contaría cuando estuviese curado del todo. Está mejor, ¿sabes? Salió en pocos días del hospital y prefirió ir a dormir a casa de su madre, mientras se recuperaba. Me dijo que era una infección de riñón que se complicó. Yo lo vi bien, te lo juro…, ya iba a la oficina. Se tiene que hacer controles, pero está bien. No quería verte sufrir, me insistió, y te veía tan ilusionada con la casa…

—Joder, Ana, no puede ser verdad, dime que todo esto es una broma de mal gusto. ¿Marcos no me ha dicho que estaba enfermo y me ha dejado creer que me era infiel? ¡Dios santo! Qué hemos hecho, qué he hecho… Es absurdo, no tiene sentido, ¿no te das cuenta?

—Lo que importa es que está bien, míralo de ese modo. Si te hubiera pasado a ti, ¿se lo habrías contado?

No fui capaz de responderle. Esto corroboraba que nuestro pacto de felicidad era un acuerdo absurdo y disparatado. Me sentí fatal, porque mi respuesta era que si hubiese sabido que yo tenía una grave enfermedad, se lo habría contado, incluso seguramente le habría hablado del flirteo con otro hombre. Se lo habría dicho todo, porque ya no me importaba preocuparlo o que se sintiera mal. Habría roto nuestro pacto. Habría acabado de un plumazo con el engaño y la hipocresía entre nosotros, con ese cómodo analgésico para disimular nuestro distanciamiento. Ya no tenía sentido nada de mi pasado con Marcos; en cambio, él era fiel a ese trato y eso significaba que me seguía queriendo. Era yo la que me había desenamorado. ¿Qué tipo de mujer era, tan horrible que ni siquiera me apetecía llamarlo para preguntarle cómo se encontraba? Y si me hubiera contado lo de su enfermedad, ¿qué habría hecho yo por ayudarlo a superarla?

Me sentía ruin y sucia. Había sido yo la que había quebrado su confianza y en el fondo habría querido que fuera Marcos quien lo hubiera hecho yéndose con otra mujer.

20

Casi una semana después del accidentado viaje a Formentera, Ana ya se encontraba bien. No quiso que reserváramos un hotel y seguimos en la precaria habitación de mi casa en reformas. Ninguna de las dos mencionamos su aborto, aunque la notaba más callada e introvertida de lo habitual. Por las mañanas, temprano, solíamos dar una caminata por la playa hasta el paseo marítimo de Sant Antoni, que estaba asfaltado; comprábamos fruta y verdura en un supermercado ecológico y pescado en S´Algar, cerca del Club Náutico, una pescadería que suministraba a los restaurantes de la zona y que solía tener pescado fresco de la isla. Ni a Ana ni a mí nos gustaba la carne, aunque algún día recurrimos al pollo a l´ast en un sitio de comida preparada. La cocina de la casa no había llegado todavía, por lo que solíamos preparar el pescado en la barbacoa con leña, y si hacía buen tiempo, comíamos al aire libre en la palapa. Ana se ocupaba de ello, mientras yo seguía con la traducción de *El correo del sexo*, de Maya Louis. Por las noches íbamos a algún restaurante o simplemente nos preparábamos alguna ensalada y un poco de fruta.

La luz del sol de mediados de mayo había trepado varios metros sobre el cielo, asomándose por los ventanales e iluminando de manera especial todas las estancias de la casa. Apenas quedaba un mes para el verano y lo avisaban en silencio las efímeras amapolas cubriendo los campos de rojo intenso bajo las ramas reverdecidas de los olivos y algarrobos; los pájaros lo anunciaban cantarines entre las ramas de los pinos y las sabinas del jardín. Las lagartijas se desperezaban de su letargo y corrían perdidas por doquier y se adherían a las paredes inmóviles.

Las obras de La Casa en la Bahía iban a buen ritmo. Las baldosas del exterior del Doble Cocción ya estaban colocadas y el interior de la planta baja, casi acabado. Murillo había dado instrucciones a uno de los albañiles para alicatar los baños con los azulejos que yo había escogido y una primera mano de pintura blanca cubría la fachada ocre.

Había decidido guardarle el secreto a Marcos. Él seguía sin contarme nada y yo no le preguntaba. Si estaba enfermo, lo disimulaba con el buen humor que exhibía por teléfono. Vendría a finales de mes, poco después de que Ana, que había decidido prolongar unos días su estancia, regresara a Barcelona.

Sebastián me llamó para anunciarme que se pasaría el sábado para lo del mural. Ana enseguida hizo planes para dejarnos a solas. Me dijo que quería ir a Ibiza y que le prestara el coche. Pasaría el día visitando la ciudad y volvería tarde. La verdad es que no había día que no pensara en él ni noche en la que no me excitara recordando sus caricias.

Creo que hasta mejoré varios párrafos de la novela de Maya Louis, estimulada por mi encuentro sexual con Sebastián. Frases que se quedaban hundidas entre lo anodino y lo trivial adquirían una morbosa intensidad. El submarinista desconocido había estimulado nuevas sensaciones en mí. Escribía con desenfreno, sustituía palabras y las aclimataba a mi nuevo escenario sentimental. No reparaba en que podía estar desvirtuando la obra de la australiana, al contrario, me creía en posesión de su creatividad, y en lugar de reproducir lo que ella escribía literalmente en inglés, yo lo sublimaba en español recreando mi estado de excitación. Quienes defienden que los traductores tenemos el estatus de autores encontrarían en ese trabajo mío un excelente argumento.

Le envié nuevas páginas a Begoña para que adelantara la edición de la novela. Las debió leer de un tirón, porque al cabo de una hora ya tenía un correo de ella:

«Tía, se te ha ido la olla, pero me encanta. Sigue así, le

estás dando una fuerza tremenda. [...] No vamos a tocar una sola línea de lo que has enviado. [...] ¿Para cuándo las últimas cincuenta páginas?».

El entusiasmo de mi editora me sonrojó, no por su halago sino porque quizás había desnudado hasta el extremo mis sentimientos.

Murillo vino a verme a la palapa para decirme que todos los desagües estaban conectados y que en tres o cuatro días estarían colocados los sanitarios y lavamanos de los baños. Se le notaba satisfecho antes de su merecido descanso del fin de semana. Luka no había aparecido en toda la semana y le pregunté por él.

—No lo he visto —me dijo—. Supongo que acabó de tapar la antigua fosa séptica el pasado fin de semana y ya no ha vuelto, porque cuando llegamos el lunes la tierra había sido removida. Usted me dijo que él se ocuparía.

—Pero ¿sabes si está bien? ¿No os ha dicho nada sobre cuándo volverá?

—No, señora, él no depende de nosotros.

—¿Cómo? Es un refuerzo de vuestra constructora...

—Disculpe, señora, pero no es así. Llegó a la casa pocos días antes que usted. Creía que lo había contratado usted para adecentar su habitación y reparar la carpintería antigua que no se va a sustituir. Eso es lo que Luka nos dijo, por eso tampoco me extrañó que se fueran a desayunar juntos y que me diera instrucciones para que no tocáramos la fosa, porque lo haría él. —Murillo estaba desconcertado.

—Debe ser un malentendido. Me dijo que lo habíais empleado vosotros temporalmente.

—Entonces, si no lo ha contratado usted, ¿para quién trabaja? ¿Quién le paga? —me preguntó.

—Y... ¿quién es Luka? —le devolví la pregunta aún más preocupada.

—No lo sé. Como encargado, soy responsable de la seguridad de la obra y de la gente que trabaja en ella. Esto es muy extraño. Si usted no sabe nada, lo mejor será que no vuelva a entrar sin su consentimiento.

Me quedé helada. ¿Luka había aparecido como un fantasma en mi casa y luego se había esfumado? ¿Quién era y qué hacía aquí? La confianza que había mostrado conmigo contándome su vida... ¿Qué intenciones tenía aquel georgiano afable y siempre dispuesto a echar una mano en todo?

Entonces me vino a la cabeza su encuentro con el sargento Torres. La forma en que se saludaron efusivamente, la extraña historia de su colaboración en los desahucios y en otros locales de los que Luka abría la cerradura y le pedían que se marchara. Torres había controlado mis movimientos, al menos en dos ocasiones, sin justificación oficial alguna. No me apetecía tener trato con ese policía, demasiados indicios de corrupción para merecer la más mínima confianza. Pero, a pesar de todo, decidí que hablaría con él.

Atardecía. Ana había salido a pasear por la playa y, a su vuelta, se me acercó cariñosa. Me vio pensativa.

—¿Algo va mal? —Me abrazó por la espalda.

—¿Aún conservas la ficha del último avistamiento del médico? —le pregunté.

—Sí, claro, está en mi mochila.

—Ve a buscarla, por favor.

—Creía que no querías saber nada de eso...

—Tráemela, necesito ver una cosa.

Tenía una corazonada. Ana volvió en un santiamén a la palapa con la ficha.

—Léeme esos números, creo que son coordenadas GPS, léeme en voz alta hasta el último decimal.

—Claro, pero ¿qué estamos buscando?

—No lo sé seguro..., pero creo que un pozo, una fosa.

Abrí en mi móvil una aplicación de mapas y tecleé los números que me cantaba Ana intrigada. Enseguida apareció mi casa a vista de satélite. Amplié la imagen y las dos distinguimos un inconfundible icono rojo señalizando un punto en el jardín.

Caminé en dirección a las coordenadas con decisión. Ana me seguía perpleja a poca distancia. A cinco metros de *Disculpa*, la escultura de Mauricio, vi la tierra removida, justo donde estaba el acceso a la fosa séptica. Alguien había cavado un agujero y luego lo había tapado.

—Luka —dije en voz alta.

—¿Qué?, ¿Luka es el georgiano economista que es un manitas?, ¿se puede saber qué está pasando? —preguntó ansiosa Ana.

—No estoy segura, pero creo que aquí ha estado enterrado el tesoro de nuestro querido doctor. Y que Luka se lo ha llevado.

Añadí algunos detalles sobre el georgiano, su relación con el policía y su interés por nivelar la tierra alrededor de la fosa. Al principio me escuchaba incrédula, pero a mi amiga la acumulación de datos sospechosos no la sumía en la parálisis; al contrario, las circunstancias complicadas sacaban lo mejor de ella. Y Ana necesitaba un chute de problemas ajenos para evadirse de los propios. En un santiamén tenía todo el plan organizado.

Iríamos a ver a ese sargento Torres, o mejor a su superior, averiguaríamos quién era Luka y por qué se había colado en mi casa bajo el pretexto de reparar vigas desvencijadas. Quizá era un enviado de alguien que conocía dónde había escondido el doctor Montalbán su hallazgo.

—A partir de ahora —siguió Ana, como una locomotora— tomaremos precauciones, contrataremos una alarma para la casa con el fin de evitar intrusos y daremos instrucciones a Murillo para que ponga alambradas en los accesos a la finca, desde la calle y desde el mar, hasta que estén acabados los cerramientos.

—Hay algo que no me cuadra —le dije interrumpiendo sus planes, de los que yo ya había empezado incluso a tomar nota en mi libreta—. Luka fue quien me dio la caja que contenía los libros y las fichas, ¿tú crees que alguien que proyecta llevarse un supuesto tesoro te entrega los planos de su ubicación?

—Sí, es extraño, pero lo cierto es que hay un diario desaparecido, puede que te entregara una parte pero no todo, y en cualquier caso, ha cavado en el lugar exacto en el que el médico describió que se encontraba su último hallazgo. Te lo dije: los piratas entierran sus tesoros, no me hiciste caso y lo tenías delante de tus narices. Ahora viene un georgiano, que a saber si es de Georgia o de dónde, y se lo lleva.

—No sabemos si aquí había enterrado algo de valor.

—¿Perdona?, acabas de decir que aquí estaba el tesoro...

—El supuesto tesoro, he dicho. Es una suposición porque las coordenadas están apuntadas en esa ficha, pero Valerio también escribió que el diario de a bordo de su última aventura fue enviado al apartado de correo 49 y no ha aparecido. Creo que Luka es una buena persona..., no sé, estoy confundida, puede haberme engañado pero ese hombre se ha portado bien conmigo.

—Te engañó diciéndote que estaba contratado por Murillo, te engatusó con unas ensaimadas. Vamos, Nadia, no deberías fiarte de los contrabandistas ni de los manitas que entran en tu casa sin permiso.

—¿Por qué crees que estuvo trabajando aquí si nadie le pagaba? ¿Pulió la sabina y arregló la puerta y las ventanas solo para tener acceso a un pozo ciego? ¿Cómo podía saber que ahí habría algo de valor? Porque se le veía necesitado de dinero. Tendrías que haber visto el cochambroso coche que tiene y su mujer cuida de unas ancianas...

—Pero te insistió en que nadie tocara ese pozo, ahí es donde estaba su recompensa. De alguna manera, lo sabía.

—Creo que sé distinguir entre alguien que me engaña de quien es sincero.

—¿Seguro? ¿Por eso no creíste a Marcos?

—No tiene nada que ver, no me rayes más con eso.

—Vale vale, no te enfades. Reconocer los errores es bueno, pero a veces me enerva que seas tan inocente. Ponte en lo peor y acertarás. Ese Luka ha sido muy inteligente, se ha ganado tu confianza y ha aprovechado que estaba solo este fin de semana para excavar en el lugar donde el médico había enterrado su tesoro.

—Estoy convencida de que Luka volverá y esto tendrá una explicación.

—Yo no lo creo. Tenemos que averiguar dónde está y encontrar el maldito diario del médico. Aunque estoy convencida de que tu georgiano se ha hecho ya con las joyas y el busto de oro de Tanit.

—No sabemos si lo que había enterrado en el jardín era una Tanit de oro. Un arqueólogo del museo de Ibiza me dijo que era imposible que hubiera llegado una pieza de ese valor a la isla.

—Y si hubiera aparecido algo muy valioso, ¿crees que ese arqueólogo te lo habría dicho? Aquí están jugando muchos intereses... Carga bien las pilas mañana con Sebastián, porque nos ponemos en marcha.

21

Sebastián llegó a mediodía del sábado. Murillo y su gente se habían marchado a Barcelona el viernes por la tarde para disfrutar con sus familias el primer fin de semana libre desde que habían llegado a la isla y regresarían el lunes a primera hora. Ana había salido temprano con mi todoterreno, así es que estábamos completamente solos en la casa.

Llevaba una camiseta blanca ceñida que acentuaba su musculatura y resaltaba el azul de sus ojos. Me estremecí solo de verlo, era incapaz de contener mi agitación, y a él le debió suceder lo mismo porque me besó y abrazó intensamente ya en el jardín.

Le cogí de la mano y lo guie por las escaleras hasta la habitación. Apenas nos dimos respiro. Soltó su mochila en la puerta, lo empujé hacia la cama y nos desnudamos atropelladamente. Me poseyó con ímpetu y sin apenas dejar un resquicio de mi cuerpo sin caricias, yo me dejaba llevar extasiada. Luego hicimos el amor con lentitud, aprendiendo de nuestros cuerpos, explorando cada centímetro y descubriendo un lenguaje sexual que me condujo al orgasmo varias veces.

Éramos un sincretismo de placer, de simbiosis sin cálculo, desbordados y abandonados de una forma tan natural que me hacía feliz. Estaba sometida hasta la médula, entregada a sus deseos sexuales, que también eran los míos. Parecía conocerlo de toda la vida, me sentía segura en sus brazos y estaba convencida de que a él le pasaba lo mismo. No quería que aquello fuera un encuentro sexual sin más, estaba enganchada a Sebastián como a una adicción física, y me sentía conectada con sus sentimientos. Me había enamorado de él.

Recorrimos juntos la casa. Sebastián se sorprendía de los cambios que veía. Echó de menos la biblioteca donde había pasado algunas jornadas de trabajo con Valerio, ahora transformada en un dormitorio con su baño en la planta baja. Le encantó cómo había resuelto el salón, ampliándolo al anexionar un antiguo porche. Tomó varias fotografías de los espacios donde creíamos que mejor encajaría el mural de Carlos y medimos las proporciones.

Abrimos una botella de vino que había dejado al fresco de la bodega y nos la servimos con unos *snacks* en la palapa. Los rayos de sol penetraban en el mar, que adquiría tonos de verde esmeralda en la superficie, y desnudaba el fondo rocoso tapizado de algas dejando espacios para la arena irisada. Sebastián contemplaba la bahía como si la descubriera por primera vez.

—Es preciosa. Parece resistir bien tanta edificación y tanto barco —dijo meditabundo.

—Sí, a mí también me lo parece.

—Esa era la boya de Valerio, donde solía amarrar el barco.

A escasos metros del embarcadero de la casa había una boya solitaria de color naranja con forma de cono que cabeceaba con la leve ondulación del agua.

—No lo sabía. Cuéntame cómo era Valerio.

—No seré muy objetivo, el doctor era especial, era mi hermano mayor más que un amigo. Él fue quien alimentó mi pasión por el mar. Yo había estudiado algo de arqueología en Madrid y los veranos solía pasarlos en casa de un amigo en Ibiza. Un día fuimos a una charla sobre prospecciones submarinas y en la mesa de ponentes estaba Valerio. No era un mero aficionado, discutía apasionadamente con los historiadores. Creía que en el fondo del mar estaba la verdadera historia de la isla. Le dije que quería formar parte de su equipo de rescate de pecios. Entonces me invitó aquí por primera vez y me enseñó decenas de ánforas, vasijas y anclas que tenía catalogadas por fechas, y hasta había recreado, alrededor de cada objeto, una historia cotidiana de su uso. Aventuraba quién podría ser su ancestral propietario. —Sonrió al recordarlo—. Imagínate, decía cosas como: «Esta vasija de arcilla y arena del siglo v antes de Cristo, pintada con figuras geométricas, se empleaba para conservar el grado de humedad de las semillas y pertenecía a un agricultor que no llegó a recibirla, porque el destino hizo que el barco fletado por un mercader de Cartago acabara hundido por un temporal en la costa».

—Increíble. Suena apasionante, no me extraña que te contagiaras —dije.

—Yo creo que algunas cosas se las inventaba, pero no le llevé nunca la contraria, sabía de lo que hablaba. Me enseñó a distinguir una ánfora romana de una griega o cartaginesa. Yo las reconocía por los libros, pero aquí, en esta casa, las toqué con mis propias manos.

—¿Y su obsesión por Tanit? ¿Qué me dices de eso?

—¿Cómo lo sabes?

—Bueno, en la casa quedó algún libro del médico y Merche y Sara me contaron...

—Sí, claro, el padre de Merche nos acompañaba en las inmersiones. Valerio decía que tenía un rincón especial en esta casa para colocar a la diosa el día que la encontrara. Creía que si no le reservaba ese espacio, a lo mejor jamás aparecía. Solía decirme que lo mismo le había pasado en la vida: siempre hay que dejar un hueco en el corazón para que lo mejor que te haya sucedido pueda repetirse aun cuando parezca imposible. Si te cierras en banda, seguro que nunca volverás a recrear un acontecimiento feliz. Valerio había querido mucho a su mujer y, sin embargo, cuando ella falleció fue consciente de que no quería renunciar a los buenos momentos que tuvo con ella, de lo contrario seguir viviendo no le valía la pena.

—Todo un filósofo el médico. ¿Volvió a enamorarse?

—Era muy discreto, pero estoy seguro de que había una mujer…, ya sabes que los submarinistas tenemos algo especial que nos hace irresistibles.

—No seas tonto… —Le acaricié el pelo.

—Tuvo una vida dura. La muerte de su esposa y la de dos de sus cuatro hijos lo marcó, pero lo sobrellevaba dándoles cariño a los otros dos y a sus nietos. Es lo que te digo, era una persona alegre, seguro que sufrió muchas adversidades, pero su corazón era muy grande, y a cada contratiempo abría un espacio en él para volver a ser feliz.

—¿Y cómo es que creía que existe una diosa Tanit cubierta de oro y de joyas?

Sebastián dio un sorbo de la copa de vino. Volvió la vista hacia la boya huérfana como si imaginara, amarrado en ella, el barco que tantas veces fondeó en ese lugar.

—Tenía una teoría que llegó a documentar, pero nadie la quiso validar.

—¿Qué teoría?

—Según Valerio, algunos barcos cartagineses que llegaron a Ibiza provenían del golfo de Guinea, tras recalar en las playas del norte de África para realizar un «comercio silencioso». Una especie de negocio invisible que había descrito Herodoto y que consistía en intercambiar mercancías cartaginesas por oro de los indígenas. Según parece, fenicios y griegos llegaban con sus barcos hasta la playa donde depositaban los bienes, regresaban a las naves y realizaban señales de humo para avisar a los indígenas de su arribada, y estos dejaban oro y otros metales en la arena como pago de la mercancía. Ni unos ni otros tocaban los productos del intercambio hasta que consideraban que el precio de la transacción era el justo. Si los fenicios creían que era insuficiente, esperaban al día siguiente hasta que los indígenas depositaban más oro sobre la orilla del mar. Ya ves, no cruzaban ni una sola palabra, de todas maneras no iban a entenderse en sus idiomas. Valerio lo investigó y concluyó que el oro llegó con Tanit en un barco de un potentado mercader que recaló en el norte de África para intercambiarlo seguramente por el *garum* cartaginés.

—Ya, el garo, una salmuera de vísceras de pescado que los romanos usaban como condimento. ¿Y dices que Valerio se basó en lo que escribió Herodoto en el siglo v antes de Cristo?

—Esa era su teoría. También recurrió a otros documentos de metalistas históricos, esto de la antropología y la arqueología tiene cientos de especialistas. Desgraciadamente, no supe más de su investigación, al poco tiempo Valerio murió a causa de una desafortunada caída.

—O lo mataron.

—No lo sé. Hubo una investigación y no se abrió ningún caso... —dijo pensativo.

—Creo que Valerio encontró a su Tanit. Lo debió escribir en un diario que no aparece. Están todos en el museo de Ibiza, menos el último, en el que relata su descubrimiento.

—Vaya, veo que has estado indagando. Cuéntame lo que sabes.

—Pues sé que hasta hace poco posiblemente había algo escondido en mi jardín. —Le señalé el punto donde habían cavado—. Alguien cavó hace poco en ese pozo. Y sé también que tengo un llavín de un apartado postal al que Valerio enviaba documentación, posiblemente comprometedora, pero esa maldita caja de Correos no se abre porque han cambiado la cerradura.

Sebastián puso cara de sorpresa y aportó lo que él conocía:

—Eso de ahí es un antiguo pozo ciego que se inutilizó hace mucho tiempo. Si miras bien, debe haber una trampilla. Valerio lo selló con hormigón e hizo un receptáculo donde guardaba algunos enseres que utilizábamos para el rescate de pecios. Lo cubría de tierra para que no lo descubrieran. Había ganzúas, poleas y muchas herramientas. Quien haya cavado para abrir la trampilla y se haya llevado los utensilios, solo recibirá un precio de chatarra por ellos, salvo que piense emplearlos en una recuperación en el fondo del mar.

Sebastián se levantó sin decir nada. Fue directo a la casa,

cogió una pala de las que utilizaban los trabajadores de Murillo y se dirigió al punto donde estaba el pozo. Fui tras él. Excavó apenas treinta centímetros hasta que dio con algo metálico. Allí había una trampilla de hierro oxidada. Hizo palanca para levantarla y apareció el habitáculo de hormigón que había descrito, una especie de zulo de apenas tres metros cuadrados. Estaba vacío.

—¿Ves?, no hay nada. Pero ¿quién tendría interés en esos cacharros y para qué?

—Creo que fue un tal Luka, que estuvo en mi casa unos días…

—¿Luka?, ¿el jardinero de Valerio? ¿Ha vuelto?

—No sabía que era el jardinero de la casa —dije sorprendida.

—Luka vivía en la pequeña habitación que hay en el lado este porque se encargaba de chapuzas diversas, pero se marchó cuando falleció Valerio. Dicen que fue él quien lo encontró tendido en su habitación cuando se golpeó en la cabeza. ¿Qué demonios hacía en esta casa ahora?

—Eso me pregunto yo. Pensaba que estaba trabajando para la constructora.

—¿Quieres decir que Luka estuvo trabajando aquí estos días?, ¿seguro que hablamos de la misma persona, un georgiano amable e inteligente?

—Sí, el mismo. Insistió en que le dijera al encargado que no tocara la fosa, que él la arreglaría porque podía producirse algún falso asentamiento en el jardín.

—Pues lo que hizo es llevarse el material de rescate. Solo que no me imagino a Luka utilizándolo, le tenía pánico al mar.

—Entonces, ¿para qué crees que lo querría?

—No tengo ni idea. Para venderlo o… —se interrumpió—. O quizás para dárselo a alguien que sí sabe cómo utilizarlo. Dime, ¿cómo supiste dónde estaba el zulo?

—Por la ficha de coordenadas GPS, en los documentos donde también estaba escrito el apartado postal.

—Pues entonces no me cabe duda de que alguien va en

busca del último hallazgo de Valerio Montalbán. Ven, vamos a sentarnos..., tengo que contarte algo.

Me cogió por el hombro y me condujo hasta la palapa. Nos sentamos mirando a la bahía. Me tomó de la mano.

—Nadia, el último día que salió a navegar Valerio, pocas horas antes de su accidente, yo tenía que ir enrolado en su barco. Tenía preparadas las bombonas de oxígeno y todo el equipo de buceo cuando recibí una llamada diciéndome que la inmersión se aplazaba, que no viniera a Sa Marea porque no íbamos a zarpar. No sabía el lugar exacto, solo que era un pecio que estaba cerca del islote de Es Vedrà, pero no tenía idea de la localización porque Valerio la llevaba en secreto. Habíamos preparado la salida con meticulosidad, solo me dijo que el hallazgo estaba a más de 30 metros de profundidad y que el rescate se tenía que hacer con mucho cuidado, pues el pecio estaba en un acantilado de difícil acceso, según habían calculado con la sonda Valerio y su amigo Joan Mayans. Ellos eran los únicos que conocían la localización.

—¿Y por qué anularon la salida?

—El caso es que no la suspendieron. Más tarde supe que habían zarpado sin mí. Pero eso es otra historia que no vale la pena contar. Es mejor olvidarlo.

—¿Y cómo lo supiste?, ¿olvidarlo? Venga, Sebastián, me estás intrigando, cuéntamelo todo —le imploré.

—Lo supe por un amigo que fondea en la bahía, ahí. —Señaló un velero solitario con el casco oscuro, a veinte metros de la boya naranja de Valerio—. Lo *chartea* a los turistas en verano. Él me dijo que Valerio y Joan Mayans habían salido en dirección a Es Vedrà hacia el mediodía. Cuando ya oscurecía, Valerio regresó solo con su barco al embarcadero y Luka lo ayudó a amarrar los cabos. A mi amigo le extrañó que Mayans no regresara en el velero con él, seguramente debió quedarse en algún punto de la costa, eso ya no lo sé. Esa fue la última noche de Valerio, al día siguiente murió en el hospital.

—¿Y por qué no quisieron que salieras con ellos?

—Nunca lo supe.

—¿Crees que iban a buscar algo que no querían que supieses?
—Es posible, pero ya no lo sabré jamás. Ni siquiera me llamaron ellos para anular la salida.
—¿Quién lo hizo?
—Sara. Ella me llamó para decirme que no íbamos a zarpar.
—¿Sara?, ¿Sara Neira?, ¿qué pinta ella en todo esto?
—Sara era ese rincón del corazón que Valerio había guardado para ser feliz después de la muerte de su mujer. Eran amantes. No sé si he hecho bien en contártelo, porque ellos lo llevaban con mucha discreción y tú eres su amiga..., y si no te lo ha dicho, te ruego que guardes el secreto.
—¿Y Merche lo sabía?, ¿ella sabía que su amiga Sara era la amante del amigo de su padre? —Estaba aturdida, como si habláramos de personas a las que no conociera de nada, involucradas en una especie de culebrón. Aunque, en realidad, apenas las conocía.
—Nunca se lo he preguntado.
Me asaltaron de golpe las sospechas de Ana sobre el secreto oscuro que escondía Sara. Yo fui incapaz de creerla, pero ahora pensaba que quizás el encuentro en el ferri de Barcelona no fue casual, como tampoco su interés en que la visitara en su finca, ni el viaje a Formentera con Merche. Había visto las ánforas en su cobertizo..., ¿qué quería Sara de mí?
—Hay algo muy extraño en todo esto, Sebastián.
—¿En que fueran amantes?
—No, en que Joan Mayans muriera una semana después que Valerio, que también sufriera un accidente cuando faenaba con su barco, ¿no crees que es mucha casualidad tanto golpe fortuito y mortal? ¿No piensas que alguien quiso deshacerse de ellos por alguna razón?

22

Las dependencias de la Policía Local de Sant Josep eran lo más parecido a un chalé ibicenco, con sus paredes blancas, ventanas abovedadas en el primer piso y las palmeras que ajardinaban la entrada.

Bajo el porche, el sargento Alberto Torres estaba dando las últimas caladas a un cigarrillo. Cuando nos vio llegar a Ana y a mí, se le dibujó una sonrisa socarrona. Tuve la sensación de que me esperaba hacía tiempo.

—Buenos días. ¿De nuevo viene a por un paquete de Correos? —me preguntó.

—Venimos a verle a usted —le dije muy seria para no darle pie a más bromas.

—Ah, ya veo. ¿Y esta señorita?

—Es mi amiga Ana, está pasando unos días en mi casa.

—¿Todo bien en Sa Marea?, ¿ya colocó el portón?

—Estoy en ello, pero sí, todo bien.

—¿Y a qué se debe la visita? —Aplastó la colilla en un gran cenicero circular que contenía arena.

—¿Podemos pasar?

—Claro, por supuesto. Mejor subamos al primer piso. Hay un despacho libre. —El sargento Torres no dejaba de sonreír.

Nos acomodamos en un despacho que daba a la fachada trasera del ayuntamiento. En el reloj de la iglesia sonaron cuatro cuartos seguidos de dos campanadas.

—Me gustaría saber dónde está Luka —dije de sopetón.

—¿Luka?, ¿su jardinero?, ¿se ha perdido?, ¿ha venido a verme para que lo encuentre?

Me fastidió su batería de preguntas burlonas. Pero mi amiga debía tener más ganas aún de borrarle esa sonrisa estúpida de la cara porque se desató como un vendaval:

—Oiga, esto va en serio. Mi amiga ha tenido trabajando en su casa a alguien que no ha contratado y de repente ha desaparecido y parece que se ha llevado algo que estaba enterrado en el jardín y puede que eso esté conectado con el posible asesinato de Valerio Montalbán y el de su amigo Joan Mayans, no creo que sea para tomarlo a broma, si a usted no le interesa quizás podemos hablar con su superior, o mejor ir a denunciarlo a la Guardia Civil.

Para variar, Ana no había medido lo que decía, y yo no sabía dónde meterme. El carialegre sargento Torres mudó su gesto y a mí me pareció suficiente victoria como para intentar disculpar a mi amiga, ¿en plan poli bueno y poli malo, pero desde el otro lado de la mesa?

—Mi amiga es un poco fantasiosa, solo quiero saber dónde se ha metido Luka. Es cierto que apareció en la obra sin ser contratado. He averiguado que estaba al servicio del anterior propietario. Se fue hace más de una semana y no ha vuelto. Vi que ustedes dos se saludaban en mi casa y me contó que hacía algunos trabajos para la Policía.

—Es una persona adulta; si ha cometido un delito y usted lo denuncia, lo buscaremos, pero no puedo emitir una orden de busca y captura para un empleado que ha dejado su trabajo a medias. En ese caso, tendríamos que detener a media isla.

—Muy gracioso. Seguro que no le interesa que aparezca el georgiano por si cuenta los tejemanejes que se trae con usted —explotó Ana y yo pensé que había sido mala idea haberle pedido que me acompañara.

—¿Tejemanejes?

—Ana está un poco nerviosa, sargento. —La pellizqué en el brazo para que se callara—. Pero convendrá conmigo en que es raro que el empleado del doctor Valerio se presente en la misma casa y esté trabajando en ella durante más de un mes sin que nadie lo haya llamado. He estado con un extraño, me ha llevado a desayunar, lo subí en mi coche y hasta me contó su vida para ganarse mi confianza…

—No parece peligroso, pero sí que es extraño. Su amiga ha hablado de que se ha llevado algo del jardín y ha dicho que puede tener relación con dos asesinatos. Eso sí que me parece grave. ¿Me lo cuentan con calma?

—Creo que eran herramientas que el doctor utilizaba para hacer prospecciones submarinas y que tenía guardadas en un pequeño almacén subterráneo —le dije escuetamente.

—¡Ajá!, ¿está segura de que no eran herramientas para trabajar en el jardín? El tal Luka las debía guardar allí. Durante muchos años sirvió a Valerio Montalbán y se cuidaba de toda la casa. Me preocupa más lo que dice su amiga sobre unos asesinatos.

—Bueno…, eso solo es una sospecha. Valerio y su amigo Joan murieron con unos días de diferencia y ambos se dedicaban a rescatar hallazgos en el fondo del mar.

El sargento Torres me miraba incrédulo, a mí, que parecía la más cuerda de las dos.

—Oigan, señoras, si lo único que tienen es la sospecha de que un jardinero, al que usted ha permitido trabajar en su casa, ha recogido sus herramientas y se ha largado y que eso tiene que ver con los accidentes del doctor Montalbán y del pescadero Mayans, no podemos seguir avanzando mucho. Tengo trabajo y no puedo perder el tiempo si no me aportan algo más sólido.

—¿Qué tal de sólido es que Luka trabaje para usted? —le pregunté a bocajarro.

El policía entonces puso una nueva cara: la habitual de pocos amigos. Lo noté incómodo y contrariado.

—No sé qué le ha contado el jardinero, pero en este municipio contratamos a decenas de industriales que nos facilita el Ayuntamiento para realizar nuestros servicios. Luka es uno de ellos.

—Quizás tengamos que hablar con su superior para contarle que lo ha utilizado para abrir almacenes por la noche con Dios sabe qué tipo de mercancías robadas y que usted lo chantajea con sus papeles de Extranjería. —Estaba resuelta a poner todas las cartas sobre la mesa, a pesar de que seguía sin fiarme del sargento Torres.

—¿Ahora me está acusando de extorsión y de robo? Sí, tiene razón, lo más conveniente será que hable con mi superior o que me denuncie a la Guardia Civil. O quizás quiera escuchar mi versión antes de que haga el ridículo y la acusen de falsa denuncia.

—Adelante, pero sé de lo que hablo.

—Muy bien, Nadia y Ana, escuchen y después decidan. —Se retrepó en la silla y exhaló un bufido—. A Luka lo conozco dese hace tiempo, es una buena persona, lo mismo que su mujer Marina, ella cuida de mi madre y de mi tía, las pobres tienen demencia senil y viven en una casa cerca del centro del pueblo. Yo le pago el sueldo a Marina. Es cierto que ayudé al matrimonio georgiano para que se sacaran los papeles de residencia en la isla, con mi cargo no puedo contratar a alguien que no esté residiendo legalmente. Todo se hizo por los cauces habituales, ellos tienen problemas con nuestro idioma y yo les dije cómo tenían que realizar los trámites. Soy un policía honrado, aunque ustedes no lo crean.

—Marina es la cuidadora... —balbuceé.

—De mi madre y de mi tía, lleva cuatro años con ellas. Cuando falleció el doctor Montalbán, Luka fue despedido. Marina me contó que los hijos de Valerio no podían pagarle para que siguiera manteniendo la casa y la pusieron en venta. Me dio pena y lo apuntamos en la lista del personal que hace pequeños servicios para la Policía. También le pedí a un amigo, que es corredor de seguros, que le diera algunas faenas como reparar tuberías o cambiar paños de cerraduras cuando se produce algún robo. Cuando vi a Luka en su casa no me extrañó, él suele moverse bien por la isla buscando trabajo y me dijo que usted lo había empleado temporalmente.

Quizás estuviera metiendo la pata hasta el fondo y el sargento Torres estaba contando la verdad y yo me había dejado llevar por unos comentarios de Luka que había malinterpretado y unas sospechas infundadas... Pero yo sabía que no había contratado a Luka, y el encargado de mi obra tampoco lo había hecho. Así que o bien Luka le mintió al sargento Torres, lo cual seguía sin tener explicación, o el policía nos estaba mintiendo a la cara. Al menos, había logrado algo inusual: Ana me miraba boquiabierta.

—¿Y su visita a mi casa?, no me negará que fue extraña, con la excusa de la licencia de obras y las quejas de un vecino, cuando lo cierto es que usted me había seguido desde la oficina de Correos, su cuñado le contó que quería abrir una caja del apartado postal, luego me espió también durante mi paseo por la playa...

—Es cierto que fui a verla con esa excusa porque a mi cuñado le extrañó bastante su comportamiento y porque no es de recibo que una desconocida aparezca queriendo abrir el apartado postal que perteneció a Valerio.

—¿Y eso no es seguirme y controlar mis pasos?

—Mírelo como quiera, es parte de mi trabajo. Yo fui el agente que encontró herido de muerte a Valerio en la mañana del 24 de agosto de hace tres años, recuerdo la fecha porque es la de los fuegos artificiales de Sant Bartomeu en la bahía. Estaba patrullando por los alrededores de su casa. A las cinco de la mañana acababa mi turno y había dejado a mi compañero en su casa de Cala Bou, muy cerca de Sa Marea, cuando Luka llamó a la Policía. Me acerqué a ver qué pasaba y me dijo que había oído una discusión seguida de un fuerte ruido en la habitación de su jefe. Cuando subió, se lo encontró en el suelo con un golpe en la cabeza. Llamé a una ambulancia para que lo llevara al hospital de Can Misses y comprobé que en los alrededores no había nadie sospechoso. Valerio estaba inconsciente, más tarde pareció recuperarse y hablé con él; me dijo que había resbalado en el escalón de su dormitorio. Fue un accidente.

—Pero ¿Luka insistió en que había oído una discusión?

—El médico dijo que estaba solo. La última llamada en su móvil era de la noche anterior a su amigo Joan Mayans, no había nada sospechoso, aun así abrí una investigación, hablé con el pescadero, que me contó que habían estado juntos todo el día haciendo submarinismo en Es Vedrá y que a media tarde Valerio se fue solo con su barco hasta Sa Marea y a él le recogió uno de los suyos, que faenaba cerca, para llevarlo a la Savina en Formentera. Siempre me quedó la duda de qué hacían ese día sumergidos en los acantilados. No pude sacar nada en claro de mi conversación con Mayans, a los pocos días falleció también en un accidente pescando con su barco.

—¿Y no le pareció una extraña coincidencia?

—Claro que me pareció raro. Pero ambos eran unos personajes especiales que llevaban en secreto sus hallazgos, unos lobos de mar solitarios. A mí tampoco me parece normal hacerse a la mar solo, luego pasa lo que pasa.

—¿Mayans iba solo en su barco?

—Sí, lo encontraron a la deriva a dos millas de Cap de Barbaria, en Formentera. Había salido a recoger unas nansas con langostas y se dio un golpe en la cabeza al resbalar en la bañera de popa. —Completado su relato, el sargento Torres pasó a la ofensiva—: Ahora ¿puede responderme usted a esta sencilla pregunta? ¿Por qué quiso abrir el apartado postal de Valerio Montalbán?

—Porque encontré una libreta en la que indicaba dónde estaba esa llave y tuve la corazonada de que era de su apartado de correo en el pueblo. Así de simple.

—Vamos a sincerarnos del todo. Por alguna razón que desconozco, Valerio utilizaba la oficina de Correos en el sentido contrario del que lo hace cualquier persona. En lugar de recibir cartas de terceros, era él quien se las enviaba a sí mismo. Creo que lo usaba como caja de seguridad para guardar algunos documentos que quería poner a buen recaudo. Eso es lo que le parece también a mi cuñado. Tenía dos juegos de llaves de la caja, pero solo él estaba autorizado a usarla. Dos días después de su fallecimiento alguien pasó por la oficina para abrir la caja. Mi cuñado no trabajó ese día y su ayudante, que estaba en la trastienda, solo recuerda haber visto de refilón a una mujer cuando recogía un sobre del apartado postal. Su descripción no nos condujo a nadie en concreto. Iba elegantemente vestida y llevaba gafas de sol, la cabeza cubierta con un pañuelo y grandes tacones que disimulaban su altura..., en fin, el empleado no reconoció a nadie que le sonara del pueblo o sus alrededores y fue imposible identificarla.

»Cuando usted fue a intentar abrirla, a Julián, mi cuñado, le faltó tiempo para contármelo. La casualidad hizo que usted pasara por delante de estas dependencias corriendo hacia su vehículo. Mi cuñado, que había salido detrás de usted, me gritó: «Es ella, ella es la que ha intentado abrir el apartado de Montalbán». Me quedé con su matrícula y pedí a Tráfico el nombre de su propietario. Sus datos estaban en la licencia de obras que me condujo hasta Sa Marea.

—¡Joder! —exclamó Ana.

—Yo creía que me estaba siguiendo con otros fines... —dije.

—Si hubiera hecho caso a mi cuñado, la habría tenido que interrogar en las dependencias policiales —dijo Torres recuperando su sonrisa—. Él creyó que usted podía ser la mujer que se llevó el sobre hace tres años.

—Pero si me investigó, es que todavía sospecha de que lo que le sucedió al médico no fue un accidente.

—El caso está cerrado, pero tengo que reconocer que las malditas habladurías y conjeturas sobre lo que llegaron a descubrir aquellos dos aventureros submarinistas me vuelven a la cabeza de vez en cuando. Sobre todo, cuando vienen dos mujeres como ustedes para recordármelo. Creo que lo mejor será buscar a Luka y saber qué hacía en su casa y qué se llevó de ella, si lo hizo.

Marcó en su móvil el teléfono de Luka y dejó un mensaje en su buzón.

—Es normal que no conteste a la primera, no lo oye, siempre lo acompaña el ruido de alguna herramienta, pero me ocuparé de encontrarlo. Lo tengo fácil, porque Marina está localizada, en casa de mi madre. En cuanto salga esta tarde les haré una visita, si es que no he dado antes con él.

—Muchas gracias, sargento Torres, y disculpe que hayamos sido tan bruscas y maleducadas con usted. Pero tiene que entender mi inquietud. Hace unos días, cuando anochecía y me lo encontré paseando por la playa, tuve la sensación de que alguien me seguía.

—Y no quiso que la acompañara porque no se fiaba de mí. Ahora espero que lo haga. Le dejo mi teléfono móvil y si me da el suyo la avisaré en cuanto localice a Luka y nos lo explique todo.

Intercambiamos los números de teléfono y me fui más tranquila, aunque apenas me duró el sosiego; fuera, en la plaza del ayuntamiento, mientras subíamos al coche, Ana me soltó a bocajarro:

—Mientras ese policía describía a esa mujer elegante con tacones altos, gafas de sol y pañuelo en la cabeza, imaginé que se trataba de Sara, ¿tú qué crees?

—Que también podría ser Merche, ella debía conocer los planes de Valerio, por su padre.

—Ya, pero la amante secreta siempre es la culpable —sentenció mi amiga.

—No me hace ninguna gracia, Ana. Y ni se te ocurra decirlo delante de nadie. Le prometí a Sebastián que guardaría el secreto.

—Pero ¿y si tiene que ver con la muerte de Valerio?, ¿sería bueno contarle nuestras sospechas a ese policía? Al final, parece que ha resultado ser un buen tipo que hizo su trabajo hasta donde fue capaz de llegar. Pero yo no lo quitaría de la lista de implicados en todo este embrollo.

—¿Lista de implicados? ¿Nuestras sospechas? Serán tus sospechas, Ana, y deja de darle vueltas a todo. Seguro que habrá una explicación sencilla. Anda, vamos a comer a Can Pujol, esta vez me toca invitar a mí.

23

El sargento Torres me llamó al día siguiente para decirme que Luka se había marchado de la isla. Según le había contado Marina, estaría un tiempo en Valencia, donde un amigo le había encontrado un trabajo de chapista en un taller de coches. Le había dejado su teléfono móvil a su mujer y no estaba localizable. De todas maneras, Torres haría alguna comprobación. Marina no sabía nada de las herramientas que su marido supuestamente se había llevado de mi jardín.

Me extrañaba que Luka no se hubiese despedido de mí, incluso al saber que se había marchado el domingo que estuve en Formentera porque empezaba a trabajar el lunes. Pensaba que teníamos la suficiente confianza como para que me hubiera llamado o dejado una nota. Y seguía un poco dolida por que me hubiera incluido en la mentira con que encubrió su presencia en mi casa ante el sargento Torres; podía haberse inventado otro contratante y no dejarme en evidencia ante la Policía.

Los siguientes días en La Casa en la Bahía fueron frenéticos. Las instalaciones de electricidad y fontanería avanzaban muy deprisa, aunque tenía que estar encima de Goyo y de sus operarios para asegurarme de que colocaban los enchufes, interruptores, grifos y sanitarios en los lugares adecuados. Eso me impedía concentrarme en la traducción de las últimas páginas de *El correo del sexo* que Begoña me urgía entregar.

Llegaron los muebles de cocina y parte de los electrodomésticos al mismo tiempo. Los pintores, albañiles y carpinteros se estorbaban entre sí, y tenía que mediar en cada bronca que se producía entre los diferentes gremios. Un día el jefe de los pintores me amenazó con dejar la casa hasta que no hubiesen acabado los albañiles en el interior. El hombre me argumentaba que a cada cambio de interruptor que yo le pedía a Goyo, le acompañaba una regata en la pared, que ya tenía una primera mano de pintura, y de nuevo tenían que enmasillarla y repintarla. Y si no, eran los carpinteros los que, al ajustar los muebles de cocina, organizaban un estropicio. Tuve que emplearme a fondo para imponerme, y estaba de los nervios.

La puerta corredera de la entrada ya funcionaba con el automatismo de los motores y los azulejos de la piscina que faltaban ya habían sido repuestos. Empezaba el buen tiempo, los días eran soleados y había que llenarla de agua para que no se cuarteara el vaso.

Me sentía mal porque había abandonado a Ana, la pobrecita paseaba sola por la playa, leía un libro a mi lado sin distraerme de mi tarea en el ordenador, hacía la compra, preparaba la comida y, cuando ya se habían marchado todos los trabajadores de la casa, se iba andando hasta un pub cercano y traía dos mojitos que nos tomábamos viendo la puesta de sol en la palapa. Ana no estaba bien, se lo notaba en sus silencios prolongados y en su ensimismamiento. Seguíamos eludiendo hablar sobre lo que había sucedido en Formentera y eso me preocupaba.

Alguna noche cogíamos un barquito de pasajeros que, tras la interrupción del invierno, había reanudado el servicio desde Cala Pinet, a cincuenta metros de casa, hasta Sant Antoni, dábamos un paseo por el centro y cenábamos en Es Verro, en la plaza de la Iglesia, donde además de ofrecer unas excelentes tapas ibicencas preparaban un pulpo gallego exquisito.

Volvíamos a casa andando por el paseo marítimo que se interrumpía en la playa y continuábamos el camino descalzas por la arena, porque «la patera», como llamaba Ana al barquito de pasajeros, no tenía servicio nocturno.

La isla a mediados de mayo parecía cobrar una nueva vida, bien diferente a la de hacía tan solo un mes. Los bares abrían hasta la madrugada, la música electrónica del *beach club* del hotel Ocean, rebosante de jovencitas inglesas que iban semidesnudas con gasas transparentes sobre el pecho sin sujetador o con un diminuto bikini, nos acompañaba con sus acordes por el paseo marítimo. Las bolsas de plástico que cubrían los rótulos luminosos hasta hacía poco habían desaparecido y descubrían un sinfín de estridentes neones y luces psicodélicas.

Los DJ de la discoteca Es Paradís competían, al otro lado de la orilla, con los del Mambo y el Café del Mar. Un artilugio horrible al que llamaban Slingshot, una especie de atracción vertical que tenía una altura de veinte metros desde donde la gente se catapultaba hacia el vacío como en un tirachinas, exhibía unas luces verdes y rojas tan horteras que denigraban el paisaje y contagiaban a la bahía unos reflejos caleidoscópicos artificiales.

A lo largo del paseo unos tipos ofrecían a los jóvenes globos para inhalar por cinco euros el *gas de la risa*, un chute de óxido de nitrógeno que servía para que se colocaran en unos segundos, por si el alcohol que llevaban encima no fuera suficiente. Una noche, un grupo de ruidosas y descocadas inglesas que celebraban una despedida de soltera, vestidas solo con ropa interior y aireando sus carnes blancas, probaron el gas y acabaron zambulléndose en la bahía con litronas que, seguramente, habían adquirido en alguno de los muchos supermercados abiertos hasta altas horas de la madrugada y que no solían preguntar por la edad de sus clientes. La Policía tuvo que socorrer a un par de ellas que estuvieron a punto de ahogarse.

La Ibiza de los alrededores de La Casa en la Bahía se había despertado de pronto y con una cara desconocida para mí. Tuve la sensación de que vivía en un pequeño reducto, como el de Astérix en su aldea de la Galia, solo que en lugar de estar rodeada por los campamentos de centuriones romanos, aquí eran los turistas desenfrenados que poblaban los locales de avituallamiento de alcohol y de música enlatada quienes me asediaban.

En contraste con ese ambiente, aún podíamos encontrar restaurantes con encanto y rincones para tomar una copa en los que hablar sin que nos estallaran los tímpanos. Todo este panorama era un peaje ineludible a cambio de disfrutar de la reactivación de servicios y negocios que me sacaran del letargo primaveral en el que se había sumido mi entorno. Y en el fondo, quién era yo para criticar a esos visitantes que parecían haber venido a la isla para liberarse de alguna oscura represión sufrida en su país, cuando yo misma estaba experimentando una especie de liberación, una metamorfosis lenta pero inexorable.

Un atardecer, mientras saboreábamos nuestro mojito, Ana me dijo que había decidido regresar a Barcelona.

—Tú lo tienes todo controlado aquí, yo no puedo echarte una mano en nada y debes acabar la novela o en tu editorial se van a impacientar. Además, Jorge me reclama en la galería. La temporada no marcha del todo bien y sé que yo le puedo dar un empujón.

—¡Oh!, pero si te ibas la próxima semana, ¿no puedes alargarlo unos días? —Me invadió la tristeza: cuando media Europa llegaba a la isla, mi mejor amiga tenía que irse.

—Esto es muy guay, las puestas de sol, la playa... Hoy me he dado un baño mientras escribías, el agua está fría, pero es tan transparente... Me lo he pasado fenomenal, de verdad, pero es hora de que regrese.

—Lo entiendo, pero me da pena, estos días no te he hecho mucho caso.

—Oye, que no es eso. Ya ves que estoy bien, y entre nosotras no hacen falta disculpas. He estado pensando mucho en lo que pasó con mi bebé. Alejarme de Ricardo y de mi entorno me ha ayudado a tomar decisiones. Me siento con las pilas recargadas, mucho más fuerte para afrontar una nueva etapa, quién sabe si también sentimental.

—Oh, Ana, tómatelo con un poco de calma...

—¿Qué calma ni qué calma? Necesito emociones, si no

me amustio. ¿No te conté que hay un pintor joven que está colado por mí? Es tímido, pero me envía mensajitos cada día.

—No vas a cambiar nunca.

—Sí que voy a cambiar, Nadia, claro que lo haré. Lo que me ha pasado no lo olvidaré nunca. No me ha dejado huella aquí. —Se puso la mano sobre su vientre—. Pero sí aquí. —Y se tocó la sien con el índice.

—¿Seguro que estás bien? —La abracé.

—Perfectamente. Estaría mejor si tuviera un submarinista como el tuyo que te pone a cien. ¿Por qué has dejado de verlo?

—Tenía unos asuntos que resolver en Formentera, pero hablo con él a diario. Esta semana estará en Ibiza y hemos quedado en ir a cenar. Te confieso que no dejo de pensar en él y que, por otra parte, me aterroriza que vaya a venir Marcos, no sé cómo afrontarlo. Ana, creo que me he enamorado de Sebastián, siento algo parecido a lo que sentí al principio con mi marido. Vaya, no sé lo que estoy diciendo.

—Te entiendo. Es un papelón. Pero mi consejo es que vayas al grano, los hombres como Marcos, fríos y calculadores, prefieren un «He dejado de quererte y no podemos seguir juntos» a un «Estoy confusa, no sé lo que me pasa, quizá será mejor que nos demos un tiempo». Debes hablarle en su propio lenguaje de bites y algoritmos que no piensan y que solo ejecutan órdenes.

—¿Tú crees? Pero... está enfermo. Me sentiría ruin. No sé si me lo llegaría a perdonar.

—Te dije que Marcos ya está bien, incluso ha viajado varias veces a Londres, según me dijo. La otra opción es que sigas a distancia con tu marido, lo veas un par de días en Ibiza, finjas que no ha pasado nada y cuando te cuente que ha superado una enfermedad, le das todo tu apoyo y para cuando regrese a Barcelona seguirás aquí con tu amante. *Carpe diem*, esa es otra posibilidad. Aunque no te veo a ti llevando una doble vida. Eres..., eres..., como el agua de la bahía: demasiado transparente.

—Tienes razón, no seré capaz de hacerle eso a Marcos, pero ahora sé que mi desamor por él es irreversible. Sebastián ha conseguido que no tenga dudas y, sin embargo, a veces creo que es una locura, que no debo precipitarme. Solo lo pienso unos segundos, porque mis sentimientos más íntimos están con él, y mi cuerpo y mi mente tienen necesidad de estar a su lado. Me ha cautivado como a una jovencita.

—No es malo que vivas un enamoramiento, pero apenas lo conoces de dos polvos. —Me tapó la boca con la mano adivinando que iba a protestar—. Escúchame: lo que pasa es que Sebastián es la antítesis de Marcos: tiene pinta de ser un tipo sencillo, desprendido de lo material, preocupado por las plantas esas que aclaran el agua, por la vida de los peces y hasta por la historia de los ancestros ibicencos. Hasta su cuerpo, ya de por sí atlético, se ha musculado de manera natural nadando entre las rocas y buceando en los abismos marinos, mientras que Marcos se lo trabaja en un gimnasio para ricachones. Son el día y la noche.

Carpe diem, te haré caso, por una vez. No quiero comerme más el coco, lo que sea será. Estoy bien con Sebastián, pero no es seguro que vaya a haber algo sólido entre nosotros.

—Te iré llamando y para agosto espero volver, no quiero perderme los fuegos de la bahía por nada del mundo. ¡Ah!, y ve poniéndome al tanto si aparece Luka, y sobre todo la Dama de Oro de Ibiza. —Rio—. También he estado pensando en ello y creo que tenías razón, nos hemos dejado llevar por una leyenda sin sentido.

—Sí, eso es lo que opino yo también.

—No te lo conté para que no me dieras la bulla con el tema, pero el día que quedaste con Sebastián fui a ver las ofrendas a Tanit en el santuario púnico de Es Culleram y también hice una visita al museo de Puig des Molins del que me hablaste. Me entrevisté con uno de los conservadores y con un alemán que está clasificando el material que donó Valerio. Ambos me convencieron de que era imposible que existiera un cargamento de oro y joyas hundido en la zona. En poco tiempo tienen intención de exponer los hallazgos del doctor Montalbán, valdrá la pena visitar la exposición. El médico tenía una importante colección de cerámica de Manises, además de las ánforas y vasijas romanas y púnicas, pero ni una sola joya, aunque conservaba cosas de gran valor, como una reproducción de la Dama de Elche que, según el estudioso alemán, puede tener relación con la diosa Tanit. En fin, salí de allí muy confusa, porque las representaciones de deidades fúnebres tienen un tremendo parecido.

—Ni que lo digas, aunque yo sentí que Tanit era distinta a todas. ¿Mera sugestión? También entiendo que no me contaras tu visita turística, he estado abducida para terminar con Maya Louis.

—Bueno, quería llegar por mí misma al convencimiento de que no había ningún misterio preocupante en tu casa. Me sentía culpable de haber alimentado tu imaginación.

—¿Y estás segura de que no lo hay?

—A ver, Nadia, muchos accidentes mortales generan sospechas, incluso auténticas teorías de la conspiración. Y es normal que nos dejáramos impresionar por uno que, concretamente, sucedió en la misma casa que has comprado y reformado para disfrutar a tope en ella. De lo que estoy segura es de que no tienes nada de qué preocuparte. No creo que Luka desenterrara de tu pozo ciego ningún tesoro. Apuesto a que Sebastián tiene razón, se debió llevar las herramientas del jardín y, quizás, algún material de buceo de su antiguo empleador.

—¿Y qué hay acerca del diario que no aparece?

—El alemán me dijo que no le daba excesiva importancia, pero que es una pena que el último hallazgo de Valerio no esté documentado.

—Ya, pero sigo sin entender qué hacía Luka en mi casa, cuál era su interés.

—Posiblemente solo quería ayudar desinteresadamente hasta que encontró un trabajo..., me dijiste que era un hombre afable y generoso. Querría ver bien rehabilitada la casa en la que sirvió. Hay gente así de desprendida.

—Lo dices para tranquilizarme, lo sé. Esa no es tu manera de ver el mundo, Ana, por favor.

—Lo digo para que no te hagas malos rollos, las dos necesitamos un poco de sosiego, ¿no crees?

—Viniendo de ti me sorprende, pero entiendo por lo que has pasado y tienes razón, nos merecemos una tregua.

24

Dejé a última hora de la tarde a Ana en el aeropuerto. La despedida fue bien diferente a su alborotada llegada a la isla. Nos abrazamos sin poder reprimir las lágrimas. La Ana que se alejaba con su maleta por las escaleras mecánicas de la terminal viajaba con el semblante melancólico que la acompañó desde que volvimos de Formentera.

Me hubiera gustado retenerla pero supe que era una actitud egoísta por mi parte. Quise pensar que el regreso a la actividad, afrontando el bache por el que pasaba su galería, le haría recuperar pronto su espíritu alegre y decidido.

El duro revés que sufrió Ana me hizo reflexionar sobre lo confortables que habían sido nuestras vidas hasta ese momento; no habíamos tenido aún que enfrentarnos a una desgracia o a una pérdida que nos marcara para siempre. Su bebé fallido, mi matrimonio frustrado. Es verdad que mis padres fallecieron a la vez en un accidente y fue un golpe duro para mí, algo irremediable, pero mi memoria ha retenido en primer plano los buenos recuerdos y ha relegado al fondo de la pantalla los últimos años de discusiones y reproches entre ellos. Definitivamente, tanto Ana como yo tenemos que reconstruir el sosiego, la capacidad de disfrutar de nuestras respectivas vidas.

Es como si hasta hace poco yo hubiera estado recorriendo un camino que sabía de antemano adónde me conduciría, y de repente me encontrara con un obstáculo, un árbol caído en medio de la senda, y no se me hubiera ocurrido rodearlo y seguir adelante, sino que hubiera optado por tomar otra dirección, un sendero que desconocía y que a lo mejor acabaría llevándome al mismo destino.

Pero quizás estuviera en un error, tenía serias dudas sobre si había elegido el rumbo correcto, y por primera vez no había nadie a mi lado para que me orientara. Andaba sola, ya no iba de la mano de Marcos, no quería seguir andando a su lado, necesitaba descubrir por mí misma la senda. Posiblemente me condujera a otro destino. Y eso siempre da vértigo, sobre todo cuando tu origen y tu viaje son apacibles a más no poder.

No sé de dónde me llegó la capacidad para ser valiente: incluso cuando el camino se estrechaba hasta que parecía desaparecer, creí firmemente en que encontraría una salida, por angosta que fuera, si me convencía a mí misma de que la dirección que había elegido era la que más me convenía. Me apetecía equivocarme, quería asumir el riesgo de perderme en busca de otra vida. Imitar en eso a Ana, que hacía tiempo que andaba sola buscando su camino. Ahora me tocaba a mí.

Dejé de contar las veces que me repetía «*Carpe diem, carpe diem, carpe diem*», una y otra vez, mi nuevo mantra. Deseaba vivir el momento y no pensar demasiado en el mañana. El mañana era ese en el que vería a Marcos y no sabía cómo reaccionaría yo misma, el instante que me llevaría a los brazos de Sebastián presa de una excitación irrefrenable. Ansiaba mirar aquellos ojos azules que me hipnotizaban; sus caricias, que me embebían de placer; sus susurros, que me excitaban, y el roce de su piel que erotizaba cada parte de mi cuerpo.

Conduje ya de noche de vuelta a casa, la luna llena se alzaba lentamente sobre la calmada bahía. Dormiría sola después de varias semanas bien acompañada por Ana y, ocasionalmente, por Sebastián. Esa noche quería enviar las últimas páginas de *El correo del sexo*, de Maya Louis, así que me mentalicé para trabajar hasta bien entrada la madrugada.

Ya instalada en mi mesa frente a la ventana del dormitorio, contemplaba las bamboleantes luces blancas de los veleros fondeados en las boyas y el paisaje caleidoscópico del bullicioso Sant Antoni. Interrumpía el silencio el soniquete de la música que traía la débil brisa del norte desde la otra orilla de la bahía. Abrí el ordenador, intenté concentrarme, pero me distraía con la luna trepando por el cielo e iluminando con sus reflejos el agua junto al embarcadero. A pocos metros me pareció ver brillar la baliza solitaria de Valerio. No debía pensar más en el médico, tenía que acabar de corregir las últimas treinta páginas de la novela.

El final de Maya Louis es abierto, entendí que le quería dar continuidad a Judith en una segunda novela. La protagonista ha escapado de la Policía y las lectoras se sentirán cómodas con el triunfo de una heroína sexual que ha sido capaz de derrotar a los hombres, aunque haya secuestrado y asesinado a uno, pero quizás Rose, la exdetective minusválida queda demasiado bien parada. Es muy inteligente y sagaz, sabe que Judith volverá a matar valiéndose de su capacidad de seducción, conoce su arma secreta y está convencida de que la volverá a emplear para vengarse de quienes en el pasado actuaron con violencia machista contra las mujeres.

Ambas se respetan y hasta se admiran, pero Rose tiene la obligación de detenerla y Judith tiene que seguir en libertad para continuar su labor justiciera. El desenlace es una carta que Judith se envía a sí misma al apartado 69 de una oficina postal de Melbourne, sabedora de que la agente Rose seguirá la pista y ordenará abrir el cajetín de Correos. En la carta cuenta su pasado en el colegio, donde un día fue violada al salir de clase, y cómo su mejor amiga murió a manos de un novio que la maltrataba, pero también explica cómo supo que tenía el don de utilizar su sexo para doblegar la voluntad de los hombres.

En un sobre pequeño que contiene una nota para Rose le dice: «No es verdad que seas insensible de por vida a pesar de tu discapacidad. Yo lo fui durante mucho tiempo, cuando mi cuerpo y mi mente se paralizaron durante años después de ser violada, pero si quieres saber la verdad, solo la descubrirás el día que decidas utilizar tu mente para el placer y el sexo, ese día seguro que nos volveremos a encontrar en algún lugar de Australia».

Solo me quedaba editar unos cuantos párrafos y se la enviaría a Begoña. Miré el reloj, eran las dos de la madrugada y las luces en la bahía seguían incombustibles. No tenía sueño, me excité pensando en que pronto vería a Sebastián.

Contemplaba de nuevo ensimismada el mar cuando de pronto vi que del velero de casco oscuro salía una pequeña neumática en dirección al embarcadero con alguien a bordo que llevaba una linterna. Debía de ser el patrón que alquilaba su barco, del que me habló Sebastián. Sentí curiosidad y salí de mi habitación, encendí la luz de la escalera y bajé los peldaños, todavía cubiertos de cartones protectores hasta la planta baja. Se me erizó el vello cuando los ojos del santo del mosaico encastado en el descansillo parecieron seguir mis pasos una vez más. Crucé el salón y abrí los ventanales para salir al jardín. Me iluminaba con el móvil para cruzar hasta la palapa aunque me di cuenta de que era innecesario porque las baldosas del Doble Cocción clareaban con la luz de la luna hasta el punto de indicarme el camino con claridad. Noté la humedad de la noche en todo el cuerpo, llevaba solo la camisa de dormir y apenas me cubría los muslos.

Espié desde la palapa al hombre que amarraba con pericia una zódiac en el pequeño noray del embarcadero frente a mi casa. Su linterna iluminaba una cara barbuda y un cabello oscuro largo y rizado. Sacó de la embarcación unas bolsas de plástico negras, saludó con el brazo a alguien que se había quedado en el velero, una mujer. Eso me tranquilizó, no era un tipo solitario, alguien lo esperaba en el barco. Desembarcó con agilidad y caminó con las bolsas hasta la playa para tirarlas en unos contenedores de basura, luego regresó hasta el muelle. Seguía absurdamente agazapada para que no me viera, pero entonces se me cayó el teléfono al suelo y se iluminó en medio de la noche. El hombre se volvió hacia mí y me hizo un gesto con la mano que yo le devolví tímidamente. Vi cómo se encaminaba hacia la verja de la entrada.

—Buenas noches, ¿no puedes dormir? —me preguntó con una sonrisa.

—Hola, estaba trabajando, oí el ruido de tu barca y bajé a ver...

—Soy Luis, el patrón del Alma. —Señaló el velero de casco oscuro—. Siento si te he molestado, pero mi novia insistió en que sacara la basura, no podía esperar a mañana. ¿No te importa que utilice el embarcadero? El anterior propietario era muy celoso de su amarre, aunque yo no dejo la auxiliar más de una o dos horas en él.

—Soy Nadia, y por supuesto que no me molesta. Además, nosotros no tenemos barco.

—Ya. He visto que estás haciendo una buena rehabilitación. Mi novia ha tomado algunas fotos de la casa desde el barco, si te interesan te las puedo enviar a tu teléfono.

—La verdad..., estaría bien, desde aquí no tengo esa perspectiva. ¿Vives en el barco?

—Solo desde hace unas semanas y hasta finales de setiembre. Suelo alquilarlo a turistas a partir de junio. Los llevo de paseo por la isla.

—Sí, lo sabía, me lo comentó Sebastián, me dijo que sois amigos.

—¿Sebastián, el submarinista? Hace tiempo que no lo veo, yo diría que somos conocidos. Aquí nos conocemos todos, pero de ahí a ser amigos va un trecho. Valerio, el anterior propietario de la casa, estaba más en línea de lo que puede ser un amigo, si necesitaba algo me lo proporcionaba, y si él quería que le echara una mano, sabía que me tenía fondeado a veinte metros de su barco.

—A lo mejor le entendí mal, me dijo que viste a Valerio el día antes de su accidente, cuando regresaba con su barco al anochecer.

—Sí, es cierto. Lo vi salir con su amigo, creo que se llamaba Mayans, y lo vi regresar solo cuando el sol ya se había puesto, también estaba Sebastián.

—No, creo que te confundes, ese día Sebastián no salió a navegar con ellos.

—No se embarcó, pero anduvo por la playa cuando Valerio regresó y amarró su barco. El médico parecía estar de mal humor porque le oí discutir con él. Lo recuerdo perfectamente. Creo que fue la última vez que lo vi.

Me estremecí de frío y de inquietud porque la versión de Sebastián no cuadraba con esta información, pero no quería regresar a la casa y dejar a Luis al otro lado de la verja. Él lo notó.

—Me parece que te vas a resfriar si no te pones algo encima —me dijo, y vi que fijaba su mirada en mis piernas desnudas.

—Sí, hay mucha humedad, voy a buscar algo de abrigo. ¿Quieres pasar y tomar algo? Me gustaría hablar contigo.

Miró hacia el velero, la sombra de su novia se iluminó con la lumbre de un cigarrillo y me pareció que se disparaba el flash de una cámara.

—Es un poco tarde, ¿no crees? Y Alicia está esperando…

—Ve a buscarla, os invito a una copa —le dije casi emitiendo una orden que me sorprendió a mí misma.

—Está bien, la llamaré.

—Voy a buscar la llave del candado de la verja y a ponerme una bata.

Cuando regresé con una botella de vino y tres copas, Luis seguía en la puerta con el teléfono en la oreja.

—No le apetece venir, está cansada y mañana quiere salir a navegar. Yo me tomaré una copa para no rechazar tu hospitalidad, pero tengo que volver pronto al barco.

—De acuerdo. —Le abrí la verja y los goznes chirriaron como el alarido de un animal herido.

Le acerqué una silla y encendí la bombilla que pendía del sombrero de la palapa. Luis olía a limpio, seguramente se había dado una ducha antes de salir del barco, su tez era morena y sus ojos oscuros como el casco del velero.

—Te está quedando bonita la casa, las baldosas de Valerio ya estaban enmohecidas y cubiertas de salitre. Las casas no están preparadas para resistir las inclemencias del mar, es curioso pero un barco, por frágil que sea, es mucho más consistente. Deberían construirlas en los astilleros y durarían mucho más. —Rio.

—¿Conoces la casa?

—Tuve la suerte de ser uno de los tantos a los que Valerio invitó a probar sus guisos y su bodega. Al fin y al cabo, éramos vecinos, aunque yo viviera en un cascarón sobre el agua y él en esta mansión.

—Cuéntame, por favor, qué pasó el día en que lo viste por última vez.

—Bueno, de eso hace tres años..., yo me enteré de su mortal accidente cuando los hijos vinieron a llevarse el barco para venderlo en el puerto de Ibiza. Ya te dije que la última vez que navegó llegó solo y Sebastián le quiso ayudar a amarrar, pero el médico parecía muy enfadado con él y no le dejó. Lo recuerdo porque bajé con mi zódiac al embarcadero y Sebastián volvió a recriminarme que tuviera fondeado mi velero encima de la posidonia. Estaba muy nervioso. Era un pesado, le dije que estaba sujeto a un muerto ecológico de más de quinientos quilos y que no arrastraría ni un solo centímetro de esas plantas. Por el contrario, el de Valerio tuvo que reforzarlo con más peso porque garreaba varios metros.

—Entonces, Sebastián y Valerio se vieron esa noche...

—Es lo que te he dicho. Cuando Valerio sujetó los cabos a la boya volvió con la auxiliar al embarcadero, discutieron y el médico entró en la casa por esta misma puerta que me acabas de abrir tú. Ya no volví a verlo más, ni a él ni a Sebastián.

—¿Sabes a qué se dedicaba Valerio?

—¿Te refieres a lo del rescate de pecios? Por supuesto, todo el mundo lo sabía aquí. Le he visto descargar centenares de ánforas, pero según me decía obtenía permisos para hacer los rescates. No creo que hiciera nada ilegal. Era un caballero.

—¿Y esa noche también descargó ánforas o algo que te llamara la atención?

—Oye, no sé qué es lo que estás buscando ni por qué me haces tantas preguntas, sé que había rumores sobre que andaba tras un supuesto tesoro, pero yo no vi que descargara nada del barco esa noche. No vi brillar oro ni diamantes, ni siquiera una esmeralda. —Se carcajeó.

—Ya, es solo que Sebastián me dijo que ese día le anularon la salida que tenía programada con ellos y sin embargo, el médico salió a navegar. Algo no encaja.

—No sé qué relación tienes con ese submarinista, es un buen tipo que está obsesionado por mantener limpio el mar, cree que todos los que navegamos por las islas somos un hatajo de depredadores de la naturaleza que no paramos de contaminarla. Tú has visto que he ido a tirar mis desperdicios y para vivir fondeado tengo que utilizar energía eólica y desalar agua marina para lavar los platos y ducharme. No verás un solo envase de plástico alrededor del casco del Alma, y en cuanto salgo de la bahía despliego las velas para no consumir gasoil. Si pudiera plantar posidonias lo haría, no verás en mi ancla ni resto de ellas porque siempre fondeo en roca o en arena.

—No es eso, pero ¿tienes idea de por qué no quisieron Valerio y Mayans que los acompañara Sebastián esa noche?

—A lo mejor tenían pensado fondear sobre una plataforma marina de posidonia y no querían tener malos rollos con él. —Volvió a reír con ganas.

—¿Y entonces por qué los esperó hasta que regresaron? —me pregunté en voz alta.

Luis se encogió de hombros y le dio un buen trago a la copa de vino.

—Es muy tarde, me voy a dormir. Ha sido un placer conocerte, vecina. Ya sabes dónde me tienes. Dame tu correo y te enviaré las fotos de la casa desde el mar.

Le di la dirección de mi *mail*, abrió la verja de hierro, caminó presto hasta el amarre y soltó el cabo de la barca auxiliar del Alma. Lo vi alejarse desde la palapa con el ronroneo de su pequeño motor fueraborda.

25

De nuevo las noches se convirtieron en una pesadilla, en cuanto conciliaba el sueño se me aparecía la diosa Tanit, pero ya no estaba oculta en el fondo del mar. Me hablaba desde una especie de púlpito, engreída y con voz severa, en un idioma incomprensible que creía saber descifrar mientras dormía, pero al despertarme había olvidado sus mensajes casi por completo. Solo tenía retazos incongruentes que anoté en un cuaderno para interpretarlos, en una variante de traducción onírica que no descifraba ni recurriendo a mis viejos conocimientos freudianos.

Intuía que me imploraba que la buscara, porque se sentía triste y desolada al no poder cumplir con su papel en la tierra. Era como si la diosa estuviera cautiva en algún lugar del que no podía escapar y me reclamara que la liberara. Una noche soñé que Valerio la necesitaba para que lo ayudara a completar su tránsito de la vida a la muerte. Sé que no tenía ninguna lógica, el médico había fallecido hacía tres años y parecía estar aún en un lugar de tránsito, pendiente de la expiación de sus pecados a cargo de la diosa.

También se me aparecía una mujer sin rostro, alguien que retenía a Valerio en su recuerdo y que parecía la responsable de que él no pudiera abandonar en paz el mundo de los vivos.

Desde el encuentro con Luis, me preguntaba qué hacía Sebastián en Sa Marea la noche de la muerte del médico. Tenía demasiado tiempo para pensar, las obras en la casa estaban muy adelantadas, las visitas del aparejador eran semanales y se circunscribían solo a los remates de las instalaciones de fontanería y electricidad, a la pintura del exterior y a la colocación de los electrodomésticos en la cocina.

La novela de Maya Louis iba camino de la imprenta, estábamos a finales de mayo y en La Casa en la Bahía llevábamos un adelanto de dos semanas sobre el calendario previsto para la terminación de la obra. Los pintores estaban más relajados al ver que los albañiles ya no los incordiaban con sus remiendos, y algunos muebles de los dormitorios y el salón empezaban a llegar antes de lo acordado.

Los días eran soleados y sin apenas viento, por lo que aprovechaba para darme un baño en la bahía cada mañana. Al principio nadaba desnuda desde el amarre frente a la casa, pero tenía la sensación de que los hombres de Murillo me espiaban agazapados tras los siempreverdes y decidí ponerme un bikini y caminar hasta Cala Pinet para zambullirme desde la arena de la playa.

Algunas mañanas coincidía con Luis y su novia Alicia, que dedicaban varias horas a las tareas de baldear su barco y a lustrar los candeleros y pasamanos de aluminio. Me sorprendían esas tareas constantes de mantenimiento en el velero oscuro, aunque suponía que para alquilarlo querían que estuviese en perfectas condiciones. Nos saludábamos de pasada y nada más. Imaginaba que Luis no se había llevado una buena impresión de mí la noche en que lo apabullé con preguntas sobre Sebastián y Valerio, y que por eso mantenía cierta distancia cordial. Sin embargo, su novia parecía tener interés en conocerme. Sería por la curiosidad de alguien que se preguntaba por qué había invitado a su novio, un extraño al fin y al cabo, a tomar una copa en mi casa de madrugada.

Un día que nadaba cerca del Alma, Alicia estaba sentada en la popa apuntando con una cámara fotográfica a diferentes rincones de la bahía. Me hizo varias fotos en el agua y me invitó a subir al barco. Luis había ido al Club Náutico a hacer unas gestiones. Era una mujer joven y muy guapa, con la piel bronceada y el cabello rubio largo con tirabuzones. Parecía una sofisticada modelo que encajaba más en una pasarela de moda que ocupándose de aquellas tareas de marinería. Insistió en enseñarme el velero por dentro. Me sorprendió ver todas las comodidades de que disponían en tan poco espacio. Además de cocina, lavadora y tres amplios camarotes con sus baños y camas dobles, tenían montado un pequeño despacho con ordenadores, impresora y módem. Alicia Suarez trabajaba como fotógrafa para revistas femeninas y solía cubrir como *freelance* las fiestas de famosos en la isla. Tomamos una cerveza y me ofreció un cigarrillo de hachís que rehusé, y en cuanto comprobó que estaba casada y no tenía más interés en Luis que el de llevarme bien con un vecino, me pidió que la disculpara porque le urgía escanear unas fotos para una revista. Así que salté del barco al agua y volví nadando.

Cada día arribaba un nuevo barco que fondeaba en alguna de las boyas blancas, naranjas y amarillas de la bahía, y el pequeño muelle de la casa tenía nuevos visitantes que amarraban en él sus neumáticas para bajar a tierra. Conocí a nuevos vecinos, patrones de barcos que parecían formar parte de una familia, ayudándose mutuamente, instalados en sus veleros.

Había quedado por la tarde con Sara a tomar café en mi casa, y por la noche Sebastián, que había regresado de Formentera, me había invitado a cenar en un restaurante para ver la puesta de sol. Merche se había tomado unos días de vacaciones para pasarlos con su hijo en Barcelona, donde estaba estudiando. No la veía desde el día en que pasaron por el hospital de Formentera y el encuentro había sido lógicamente muy triste y lleno de reproches, sobre todo por parte de Merche, que se sentía responsable de haberla embarcado.

Estaba inquieta porque faltaban pocos días para el último fin de semana de mayo, en el que Marcos vendría a la isla. Habían transcurrido dos meses sin vernos y me seguía debatiendo entre la culpa por no haberlo dejado todo e irme a

Barcelona para estar a su lado cuando supe que estaba enfermo y la duda de cómo debía acabar con nuestro matrimonio.

 La distancia suele ser engañosa y enmascara los sentimientos como si fueran firmes convicciones, lo sabía, pero luchaba para no arredrarme en su presencia y para tener la fortaleza de hacerle ver que no podíamos seguir juntos. Debía reunir el suficiente valor para mirarlo a los ojos y decirle que ya no lo quería. No deseaba hacerle daño, pero tampoco engañarle acerca de mis sentimientos. Cuando pensaba en cómo afrontarlo, me temblaban las piernas y me recorría una pesadumbre que desembocaba en un malestar físico. No dejaba de calcular cómo evitar que se sintiera culpable, cómo lograr que entendiera que habíamos vivido engañados y que, detrás de nuestro pacto de felicidad y nuestros años de placentero sexo, había un vacío que yo no podía llenar, un precipicio para mí insalvable.

 Pero ¿y si él no lo veía de igual manera? ¿Y si realmente era feliz con nuestro matrimonio? Yo temía que nuestra relación colmara todas sus aspiraciones y no entendiera ninguna objeción. No habíamos hablado nunca de ello, no tenía pistas para haber intuido que yo me estaba replanteando toda mi vida, no le había manifestado nunca que había llegado a hastiarme de que mi existencia girara exclusivamente en torno a la suya. Seguramente Marcos me veía satisfecha y creía que era afortunada por tener las comodidades materiales que me había proporcionado. Eso podía ser lo único que viera Marcos, que no nos faltaba de nada, que me lo había dado todo y en bandeja de plata, incluida La Casa en la Bahía. No contaba con que lo más importante me lo había ido quitando poco a poco, dilapidándolo conforme pasaban los años.

 Hablaba con Ana a diario. Tal como esperaba, su vuelta a Barcelona la había ayudado a olvidar la pérdida de su bebé. Por su tono de voz y la cháchara desbordante con que me aturullaba cada día, sabía que había recuperado su alegría y autoestima, estaba inmersa en todo tipo de campañas, promociones y contactos para reflotar la galería. Me pidió el teléfono de Mauricio porque quería montar una exposición de obras de gran tamaño y aún estaba impactada por la fuerza de *Disculpa*. Proyectaba alquilar un almacén contiguo a su galería, en el Poble Nou de Barcelona, y deseaba contar con algunas obras del herrero ibicenco.

Ricardo la perseguía, quería volver con ella, pero Ana tenía claro que su ex representaba una etapa superada. Me hablaba de nuevo con desparpajo de sus devaneos y coqueteos con otros hombres, pero no tenía prisa por entablar una relación seria.

—Seremos dos solteronas de buen ver —me repetía riendo, y yo intuía que lo decía también para quitarle importancia a mi inminente ruptura con Marcos.

Ana lo simplificaba todo de una manera asombrosa. Cuando hablaba por teléfono con ella le recriminaba la ligereza con la que me pedía que afrontara mi vida, pero después de colgar me quedaba pensando que quizás tuviera razón, que yo veía una montaña donde solo había un puñado de arena.

Cuando le dije que había quedado con Sara me pidió encarecidamente que indagara sin remilgos en su relación con Valerio y que no dejara de llamarla en cuanto supiera algo interesante.

—Recuerda que seguro que es ella la que abrió el cajetín del apartado postal, haz el favor de hacer una investigación en toda regla. No seas timorata y pregúntale a fondo.

Sara llegó con un vestido rosa escotado. Estaba tan radiante que parecía haber dejado unos cuantos años atrás. Aquella mujer sofisticada, luchadora y pragmática me desconcertaba y, a la vez, me causaba una admiración sincera. Había rehecho su vida tras el fracaso inesperado en la radio y había levantado su pequeño emporio de aloe en poco tiempo. Ahora yo tenía que averiguar si también había sido capaz de rehacer su vida sentimental con Valerio. Según Sebastián, eran amantes; sin embargo, la Sara que yo había tratado parecía desengañada de los hombres, o por lo menos había alardeado de que ya no los necesitaba en su vida.

Se quedó embelesada al ver la fachada blanca de la casa. No decía nada, la notaba emocionada a cada paso que daba. Observaba cada detalle como si se tratara de una obra de arte. Cuando entró, vi que sus ojos brillaban a punto de asomarle las lágrimas. Se apoyó contra la chimenea acariciando con la mano la repisa de sabina del hogar y cerró los ojos, como si hiciera un intento por recordar algo que quizás ya no estaba en aquel lugar que tantas veces habría visitado.

Abstraída, miró a través del ventanal del salón, que ofrecía un bello panorama de la bahía. El sol iluminaba la gran estancia de paredes desnudas. Se sentó en el poyo de obra blanco y semicircular, a la izquierda de la chimenea, y esbozó una sonrisa antes de romper su silencio:

—Es…, es… maravilloso lo que has hecho —me dijo—. Ven, siéntate a mi lado.

—Me alegra que te guste, he intentado respetar toda la estructura original. Es una casa sólida, pero aún no has visto las habitaciones y la cocina…

—Luego me las enseñas. Debes disculparme, me he quedado sin palabras. La última vez que estuve en Sa Marea las paredes estaban repletas de ánforas y vasijas. De la pared de la chimenea colgaban anclas antiguas y este suelo luminoso era de baldosas marrones cuarteadas. Pero aún percibo ese ambiente a leña. —Inspiró el olor a madera y carbón que provenía de la boca oscura del hogar y se mezclaba con el de la pintura reciente.

—Debiste pasar muchas tardes aquí, junto a esta chimenea —le dije.

—¿Me darías un vaso de agua, por favor?

Fui a la cocina. La nevera no estaba instalada todavía, pero tenía una portátil donde conservaba con hielo algunos alimentos y una garrafa de agua mineral. Cuando volví, Sara estaba contemplando el lúgubre mosaico del santo incrustado en la pared al pie de la escalera. Le ofrecí el vaso de agua.

—¿Lo vas a conservar?
—La verdad es que no es mi estilo, y es tan triste y fúnebre...
—Te entiendo. Lo trajo por piezas la madre de Valerio desde Manises y, por lo que me dijo, contrató a un artesano valenciano para colocar la cerámica. Creo que es de finales del xix, seguro que tiene un valor incalculable, pero tampoco es mi estilo. Valerio le tenía mucho cariño.
—No lo voy a sacar, resultaría imposible sin romperlo Colocaré un gran espejo encima de él.
—Es una buena idea. Es extraño que no se lo haya llevado el hotelero que dio la paga y señal de la casa.
—¿Quieres ver las habitaciones? —insistí.
—Mejor un poco más tarde. Hace un día estupendo, podríamos sentarnos en la pérgola —me sugirió.
En el piso superior los pintores estaban enmasillando los techos para darles una primera capa de pintura y sonaba una melodía pegadiza en una emisora de radio.
—Yo la llamo la palapa. Vamos al sol.
Nos cruzamos con Goyo, que estaba tendiendo los cables en las zanjas para la iluminación del jardín. Nos saludó con un gesto con la cabeza y siguió con su tarea. Murillo y sus hombres andaban por el tejado sustituyendo algunas tejas que estaban en malas condiciones.
Sara se apoyó en la barandilla, contempló la vista de la bahía y exhaló un suspiro.
—Están pescando en el embarcadero —dijo—. Hay muchos pulpos entre las rocas, ¿lo sabías? De vez en cuando se pesca alguna dorada, pero yo no tengo paciencia. ¿Te gusta pescar?
—No lo he hecho en mi vida. No le encuentro el qué. En las últimas semanas esta orilla de la bahía se está llenando de barcos y de pescadores. Algunos vienen con sus linternas por la noche y se quedan hasta altas horas de la madrugada, pero no he visto sacar ninguna pieza grande.
—Conozco a algunos de los propietarios de estos barcos, eran amigos de Valerio. Ese es el Rangiroa de Mario,

un argentino que controla los fondeos en las boyas. —Señaló un velero de quince metros con el casco azul y dos palos—. El de detrás es el de Roque, un malagueño simpático que te provee de todo lo que precises si vas a pasar unos días en la bahía...

—Y el del casco oscuro es el Alma de Luis. Lo conocí la otra noche —la interrumpí—. Su novia Alicia es preciosa.

—Vaya, veo que te has hecho con el pequeño ecosistema de la bahía. Luis es el jefe de la comunidad, es el primero que fondeó cerca de la boya de Valerio. El Alma es como la oficina portuaria por donde han de pasar todos los cruceristas que quieren recalar aquí. Él coordina su estancia, hace pequeñas reparaciones mecánicas y está al tanto de todo lo que sucede en estas aguas. Tenía una buena amistad con Valerio.

—Pensaba que solo habías venido de vez en cuando a la casa, no sabía que tenías una relación tan estrecha con el doctor Montalbán —le solté de sopetón.

—Ya te dije que lo conocí a través de Merche y su padre. Era una buena persona que se hacía querer. Muy espléndido con sus amigos, creo que nos caíamos bien.

—¿Solo os caíais bien? ¿No hubo nada más entre vosotros?

—No sé a qué te refieres... —Avanzó unos pasos y me dio la espalda mirando hacia el horizonte azul.

—No me lo cuentes si no quieres, pero Ana me dijo que hablabas de él como de alguien al que se le quería más que a un amigo.

Se volvió y el gesto de sus labios fruncidos le estropeó la sonrisa.

—¿Damos un paseo por el jardín? —preguntó azorada.

Caminamos con parsimonia por la linde de la valla hasta la esquina desde donde se divisaba la playa de arena blanca de Cala Pinet. Allí Sara se detuvo ante los metálicos brazos extendidos hacia el mar de *Disculpa*. Me pareció que buscaba tiempo para responder. Recordé el apremio de Ana y no quise darle esa tregua:

—El día que nos conocimos me dijiste que era importante saber la historia de la casa y de los que han vivido en ella para reconstruirla con acierto. Sé que Valerio era una buena persona, un aventurero que llenó esto con sus hallazgos en el fondo del mar, pero ¿era realmente un lobo solitario? Mira, Sara, cuando estuve en tu casa y entramos en el cobertizo para guarecernos de la lluvia, me fijé en las ánforas que tenías ocultas.

—¿Ocultas? —Sonrió, y el rictus amargo volvió a delatarla.

—Sí, las guardas tras los aperos del jardín y unos muebles antiguos. Digo «ocultas» porque no las tienes a la vista, como Valerio.

—Acabarán todas en el museo de Ibiza. Si no están allí todavía es debido a que el director me pidió que las tuviera en casa porque ya no le cabían en los almacenes. Están convenientemente numeradas y catalogadas. Valerio estaba de acuerdo en que las custodiara.

—Sé que están preparando una exposición de sus hallazgos, sin embargo recuerdo que me dijiste que las de esta casa seguramente se las había llevado el hotelero Tur para decorar algunos de sus establecimientos de lujo. No es muy normal que el médico te dejara unas ánforas valiosas si no teníais una estrecha relación, más allá de que te invitara a su casa para ver los fuegos artificiales de la bahía.

—Y no te quepa duda de que el hotelero se debió llevar lo más valioso, pero si lo que quieres saber es si Valerio y yo teníamos una relación sentimental, la respuesta es que en cierta manera fue así.

—¿En cierta manera?

—¿Tienes algo más fuerte que el agua?

—Ana compró una botella de tequila. Debe estar a la mitad.

—Ve a por ella, te contaré toda la historia.

Bajé a la bodega y recuperé de uno de los nichos de piedra una botella de color marrón de tequila añejo. Cuando subí, Sara estaba sentada en una silla de la palapa, de espaldas a la bahía, contemplando la fachada principal de la casa.

Nos servimos dos chupitos, ella lo volcó en su garganta de un solo trago y acercó el vaso para que le sirviera otro. Yo apenas me mojé los labios y enseguida noté un escozor seco en la lengua.

—Valerio y yo nos conocimos hace unos siete años. Fue la noche de los fuegos de Sant Bartomeu a la que me invitó Merche. Ella sí que conocía bien a la familia Montalbán; su padre y el doctor hicieron buenas migas al poco de llegar a Ibiza, y ya sabes que colaboraban en la búsqueda de pecios. Valerio era viudo. Su vida se repartía entre sus hijos y nietos, que pasaban largas temporadas en Sa Marea, y unos pocos y escogidos amigos con los que compartía sus vinos, sus guisos de pescado y el mar. El mar lo era todo para Valerio, no podría haber vivido sin ver cada día el amanecer en su bahía. Enseguida me interesé por sus hallazgos, con él descubrí un mundo desconocido que solía adornar con aventuras y misterios. Hablar de civilizaciones y de naufragios milenarios lo rejuvenecía. Siempre decía que la esencia de la vida no hay que buscarla en el presente ni en el futuro, nuestros ancestros eran los que estaban más cerca de la naturaleza humana, eran los que hacían los verdaderos descubrimientos y los que sorteaban mejor las vicisitudes de la vida.

—Era un naturista, en cierta manera...

—Lo era. Tenía razón cuando decía que hoy en día resulta poco sorprendente descubrir que pronto podremos hablar con una máquina y nos recetará un medicamento tan solo explicándole los síntomas de nuestra enfermedad. En el mundo digital nada nos va a sorprender mucho más, en cambio los fenicios descubrieron la sal y el alfabeto que utilizan los móviles más modernos, y supieron orientarse en la noche por la estrella polar sin necesidad de sofisticadas aplicaciones de mapas y coordenadas GPS.

—Sin duda, era un tipo interesante. Me impresiona esa capacidad para interpretar el presente poniendo la lupa en el pasado. Requiere un mínimo de estudios, de lecturas...

—Era muy culto y, sobre todo, próximo. Creo que me pilló con la guardia baja. Solíamos pasar muchas horas juntos, me hizo partícipe de sus descubrimientos y me enseñó a ver el mundo de esa manera que tan bien has explicado. Me encantaba hablar con él. Lo único que no consiguió es llevarme a navegar. Ya conoces mi trauma. Entre nosotros había una especial confianza, una complicidad. Jamás pensé que eso llegaría a más.

—Pero con la guardia baja, tan encantada como estabas... Ay, te entiendo más de lo que supones.

—Me comporté como una joven inexperta. No pensé que las horas que pasábamos juntos pudieran darle a entender que me había enamorado de él.

—Siempre es maravilloso volver a enamorarse.

—Ya, pero yo no lo hice. El problema fue que él sí se enamoró de mí.

—Eso es más peliagudo, sobre todo si se trata de un buen amigo.

—En cuanto me di cuenta de que él buscaba algo más, espacié nuestros encuentros. En ningún momento se propasó, eso es verdad, no lo malinterpretes, pero yo veía cómo me miraba, cómo acariciaba mi pelo y cómo me sonreía ante cualquier banalidad que yo dijera. Eso se nota en un hombre, seguramente también en una mujer. No se atrevía a decirme que estaba colado por mí y, en efecto, yo no quería perder su amistad. Es difícil de entender, alguien que te importa mucho, pero no hasta el punto de sentirte atraída físicamente por él, y si lo rechazas puedes perderlo del todo.

—En mi mundo de novelas románticas, y también en mi experiencia personal, suele suceder al revés. Primero un hombre te atrae sexualmente y luego es posible que encuentres en él algo más que te permita seguir a su lado por mucho tiempo, quizás toda la vida.

—El caso es que Valerio me respetó, creo que entendió que no habría nada serio entre nosotros, aunque yo lo defraudé.

—Tú no tenías por qué ir contra tus sentimientos.

—No es eso. Él abrió un apartado postal y me dio una llave. Me dijo que era nuestro secreto, y a partir de ahí las cosas que no se atrevía a decirme en persona me las decía con sus cartas. Era una forma de sincerarse sin violentarme. Así lo veía él. Te parecerá insólito, pero a mí también me ayudó. Yo no le contestaba, aunque un día le dije que no estaba preparada para una relación de pareja y que dejáramos pasar el tiempo, no quería romper nuestra amistad. Éramos como chiquillos, él enviando cartas a través de una oficina de Correos y cuando nos veíamos no hablábamos de ello, como si esas cartas no existieran. Creo que ni él ni yo queríamos dejar de vernos, y si hubiese intentado algo en persona, seguramente yo habría dejado de venir a su casa.

—El apartado postal 49 de Sant Josep. Estuve en él porque encontré su llave escondida en la bodega. Pensaba que era una especie de caja fuerte donde guardaba los diarios de sus hallazgos, pero sigo sin entender por qué piensas que lo defraudaste. Tú fuiste sincera con él, incluso le seguiste el juego de las cartas.

—Sí, pensaba que lo había dejado claro desde el principio y creí que él lo aceptaba, a pesar de que seguía mostrándome sus sentimientos de forma clandestina con sus cartas.

—¿Entonces?

—Entonces se enteró de que tuve una relación con otro hombre, y eso no fue capaz de digerirlo. Creo que abrigaba alguna esperanza a pesar de mi rechazo, pero cuando supo que yo podía enamorarme de otro fue un mazazo del que no se recuperó. Para mí, fue un ligue absurdo que apenas duró unos días. Pero el episodio dio pie a la única vez que hablamos de sus sentimientos. Valerio me dijo cosas terribles, como que había traicionado su confianza y que su vida no merecía ya la pena. Su última carta la recogí dos días después de su muerte. Aún la conservo y me emociono al leerla.

—No me extraña, tiene que ser muy fuerte emocionalmente recibir la carta de alguien que ya no está, con el que no podrás hablar más.

—Era una carta de despedida, ¡Oh, Nadia!, no se lo he contado a nadie. Llevo la carga desde entonces. Es horrible, me decía que temía por su vida, que había descubierto algo muy valioso que anduvo buscando durante los últimos años y que le iba a traer serios problemas. Me dijo que era mejor que yo no lo supiera y que no deberían vernos juntos, que a pesar de mi rechazo él seguiría queriéndome lo que le quedara de vida, pero que estar con él me pondría en peligro.

—¿Quieres decir que sospechó que podían matarlo, o hacerte daño a ti? Eso significa que su muerte no fue accidental...

—Te lo dije ya en el ferri, no puedo evitar mencionarlo cuando hablo de él porque estoy convencida, pero no tengo pruebas. Ya sé que todo eso me deja a mí en un pésimo lugar, pero tuve miedo y le hice caso. No volví a verlo. En el hospital contó que tuvo un accidente al resbalar en el escalón de su dormitorio. Valerio no quería implicarme, quiso protegerme de los que iban tras él.

—¿Y no lo denunciaste a la Policía? El sargento Torres inició una investigación; si le hubieses enseñado esa carta, a lo mejor podría haber dado con quien lo atacó.

—En esa última carta me prohibía tajantemente que me implicase si le pasaba algo malo. Decía que desconfiara de todo el mundo y que me alejara de Sa Marea.

—Joder, Sara, me estás asustando, ¿te das cuenta de que un asesino puede andar suelto? Y además, el padre de Merche murió a los pocos días también por un accidente. Juntos habían descubierto algo valioso, y con estos indicios, es más que plausible que fueran a por ellos.

—Lo sé, lo he pensado siempre, ni siquiera le he contado a Merche lo de la carta. No quería ponerla en peligro. Cuando hablamos de Valerio y de su padre siempre lo hacemos con cariño, recordando las aventuras de unos intrépidos y alocados marinos en busca de un tesoro.

—¡Un momento, un momento, por favor! ¿Y por qué me lo cuentas a mí?, ¿no te importa ponerme en riesgo a mí?

—Creo que lo estás desde que compraste esta casa. —Su semblante era serio y de preocupación. Ni rastro de broma.

Un escalofrío me recorrió todo el cuerpo. Como si me hubieran lanzado una maldición, o peor, una amenaza. Intentaba procesar la advertencia de Sara, que ya se inició en el ferri, mis encuentros con el sargento Torres acerca de mi seguridad y la conversación con Sebastián sobre la búsqueda de un tesoro improbable en la que, sin embargo, Valerio y Mayans no quisieron que él participara. Alguien me había seguido por la playa, Luka había excavado el pozo ciego para llevarse aún no sabía qué, después de aparecer como un fantasma legado por el propio Valerio, y aún más esperpéntico, sin decirme que había vivido en la que ya era mi casa, la misma a la que me traía ensaimadas mientras me contaba su odisea y la de su familia. Estaba realmente alarmada, asustada como no recordaba haberlo estado ante ninguna otra circunstancia. Aquella mujer me acababa de decir que mi vida corría peligro, y ni siquiera sabía cuál era el tesoro ni dónde estaba.

Me serví otro chupito de tequila y esta vez lo apuré de golpe, sentí que me ardían las entrañas, y en el cerebro un fogonazo de lucidez.

—¿Qué quieres de mí, Sara?

—¿Yo?, nada. Me preguntaste por mi relación con Valerio y he sido sincera contigo.

—Creo que no lo has sido del todo. —La miré fijamente, esforzándome en no pestañear—. Te diré lo que pienso. Tú sabías que habían encontrado un objeto valioso, quizás ese busto de Tanit de oro y joyas preciosas que buscaban desde hacía años. Llamaste a Sebastián y lo quitaste de en medio diciéndole que se suspendía la inmersión. Os conocíais bien, supe que había algo extraño entre vosotros, lo intuí cuando estuvimos en la casa de Carlos en Formentera y te incomodaste al verlo. Tú sabías que era un estrecho colaborador de Valerio, en quien confiaba a ciegas. Sebastián te creyó porque estaba convencido de que Valerio y tú erais amantes, y no tenía por qué dudar de ti, pero la noche en que el médico regresó solo con su barco Sebastián fue a su encuentro, discutieron y tú quedaste en entredicho. Seguro que estuviste con Valerio en esta casa la noche en la que murió. Sara, me parece que eres la máxima sospechosa de esa muerte. No sé qué dirá la Policía, pero es posible que si registran tu casa, encuentren pruebas en ese cobertizo que te incriminen, ¿no es cierto? Voy a llamar ahora mismo a Torres.

Busqué en la agenda de mi móvil el número del sargento. Sara saltó como un resorte y puso la mano sobre la pantalla para impedirme que pulsara el contacto.

—¡No lo hagas! —lanzó un grito aterrador, y Murillo volvió la vista hacia nosotras desde la azotea.

—¿Está todo bien, señora? —me preguntó el jefe de obra.

—Por favor, déjame que te lo explique y luego si quieres llamas a la Policía —me suplicó Sara en voz más baja.

Hice un gesto al encargado con la mano para tranquilizarlo. Sara estaba descompuesta, las lágrimas dibujaron surcos de rímel en sus mejillas. Emitió un sollozo ahogado y se sonó la nariz con un pañuelo. En la botella de tequila quedaba un último chupito que se sirvió.

—Lo que te he contado es toda la verdad. —Encendió nerviosa un cigarrillo—. Hacía días que no veía a Valerio. El motivo fue que había descubierto que Sebastián y yo tuvimos una relación íntima. Fue durante un fin de semana en casa de Merche, en Formentera, bebimos más de la cuenta y acabé haciendo el amor con él. Nos vimos tres o cuatro veces, pero aquello no funcionó. En la casa había otros amigos de los Mayans..., fue una locura, pero pasó. El padre de Merche se enteró y se lo contó a Valerio, que me llamó al momento por teléfono, primero furioso y luego dolido conmigo. Ya te dije que abrigaba esperanzas de que un día me enamoraría de él, creía que era solo cosa de tiempo y de enviarme cartas románticas. Me dijo que no quería volver a ver a Sebastián, que le dijera que se sentía traicionado, que había quebrado su confianza. Al día siguiente iban a salir a navegar hasta Es Vedrá, en busca de un hallazgo en alguna parte del acantilado. Yo estaba al corriente por Sebastián de que los iba a acompañar, así que, al ver cómo había reaccionado Valerio, lo llamé y le dije que el doctor me había pedido que le avisase de que se aplazaba la inmersión. Había que dejar que las aguas volvieran a su cauce, quería darle explicaciones a

Valerio, decirle que lo que sucedió con Sebastián no era nada serio, aunque sabía que me resultaría difícil convencerlo. Valerio era muy tradicional y no lo entendería fácilmente. No tuve oportunidad de hacerlo porque al día siguiente de su llamada falleció.

—¿Sebastián y tú fuisteis amantes? —Yo sí que me sentí traicionada y sacudida por una reacción a medio camino entre los celos y la rabia. No tenía ningún pacto con Sebastián, pero me di cuenta de que tenía puestas unas esperanzas en la relación con aquel hombre que se desmoronaban vertiginosamente.

—Fue una especie de atracción física irremediable. Cuando lo pienso, no entiendo qué me pasó para que me lanzara en sus brazos perdiendo la razón.

Aunque la entendía perfectamente, me costaba aceptar que a las dos nos hubiera sucedido lo mismo con el mismo hombre.

—No fue nada más que sexo, pero le hice daño a Valerio. Se lo tomó como si los dos le hubiéramos traicionado, aunque a mí me lo perdonaba, eso me decía en su última carta. Si Sebastián fue a verlo cuando regresaron de Es Vedrá, debió ser porque hablaron de ello, creo que él tampoco quería perder su relación con Valerio, seguro que fue a disculparse. No lo sé, son figuraciones. No había vuelto a ver a Sebastián desde el entierro de Valerio hasta el otro día en casa de Carlos. No hablamos de nada, es cierto que me sentí violenta al verlo. Merche seguro que no estaba al corriente de que nos lo encontraríamos allí.

—Es todo como un culebrón, no tiene pies ni cabeza. Sebastián quería a Valerio como a un hermano mayor, y va y se folla a su amada Sara, y los dos arrepentidos le pedís que os perdone, ¿me cuentas el final de la historia o lo hago yo?

—No te entiendo.

—¿Te digo cómo acabaría este culebrón en una de las novelas románticas que traduzco?

—Mira, Nadia, no sé qué te pasa, pero esto es muy serio. Alguien amenazó a Valerio y acabó muriendo. Y tienes razón, es mucha casualidad que al cabo de unos días también muriera su amigo. Quería alertarte de…

—¿Alertarme? Tú sabías lo de las amenazas y no se lo contaste a la Policía. No te interesaba contarlo, claro. El final de esta historia es que Sara y Sebastián, los verdaderos amantes, traicionaron a Valerio y se aliaron para acabar con él y con su amigo Joan y así quedarse con algo valioso que habían descubierto. Me engañaste como a una boba en el ferri de Barcelona, me dijiste que no sabías que la casa estaba en venta, que venías aquí solo una vez al año, y ahora me alertas de que estoy en peligro porque los asesinos andan sueltos, ¿crees que la Policía se lo tragará? Me han seguido, me tienen controlada, Sebastián me ha conquistado y me ha contado una milonga acerca de los tesoros inexistentes del doctor, ¡¿qué queréis de mí?!

—Estás equivocada, yo solo quiero protegerte y saber de verdad lo que pasó. No tengo ningún tesoro, solo sé que Valerio me dijo en su carta que lo había encontrado. A estas alturas, no tengo inconveniente en que leas la carta y se la des a la Policía. A lo mejor en tus novelas ese sería un buen final, pero no es el de esta historia, te lo aseguro.

—¿Y cómo pensabas protegerme?

—Sabía que habías comprado esta casa, averigüé el día en que ibas a venir en el ferri, no me costó enterarme porque aquí nos conocemos todos. Vicens fue quien me dijo cómo y cuándo llegabas a Ibiza, él fue también el aparejador de la mía. Aproveché para ir a Barcelona al dermatólogo, como te dije, y compré un billete en el mismo barco para hacerme la encontradiza contigo.

—¿Me espiaste, me seguiste y me engañaste?

—En cierta manera, solo quería que quien llegara a esta casa estuviera advertido de lo que había pasado aquí y que me ayudara a descubrir quién había acabado con la vida de Valerio y Joan. Se me ocurrió contratar a Luka, la persona de servicio del doctor que cuidaba de la casa y que era de su entera confianza. Él fue quien te siguió por la playa, le encargué que te vigilara para que no te pasara nada…

—Y también le encargaste que me diera pistas para que investigara por mi cuenta el último descubrimiento del médico, ¿por eso me facilitó los libros, cuadernos y fichas? No los encontró accidentalmente, tú querías que indagara en esos documentos, y por eso Luka me insistió en que los albañiles no removieran en el pozo ciego... Dime dónde está Luka ahora y qué ha descubierto por su cuenta.

—Ese es el problema. No sé nada de él. Luka ha desaparecido.

—El sargento Torres me dijo que se había marchado a Valencia, que le surgió un trabajo.

—Luka no se fiaba de ese policía, ¿te fías tú?

—Le dio trabajo a su mujer como cuidadora y a él le hacía algunos encargos...

—Sí, pero Luka no confiaba en él, recelaba de mucha gente que estaba alrededor de Valerio.

—Parece que de ti no, ¿por qué iba Luka a confiar en ti?

—Eso deberías preguntárselo a él cuando aparezca. Estoy preocupada, Nadia, no es normal que se haya esfumado sin decirme nada. Tenía que pasar la semana pasada por mi casa, a cobrar, y no lo hizo. Te ruego que vayas con cuidado. Algo está pasando y no sé lo que es. A veces pienso que tenía que haberme olvidado de todo, como me pidió Valerio. Creo que he abierto sin querer la caja de Pandora y ahora nada está controlado.

26

Cuando llegué al Sunset Ashram, donde me había citado Sebastián, él ya estaba sentado a una mesa con vistas a la playa del Comte y a la isla del Bosc. El emplazamiento del restaurante era muy romántico. Posiblemente uno de los mejores lugares de Ibiza para contemplar la puesta de sol. El volumen de la música cedió en cuanto el sol se ocultó en el horizonte y la gente aplaudió el cotidiano ocaso sobre el mar como si se tratara de una proeza.

Yo no lo estaba disfrutando en absoluto, estaba muy inquieta. Tampoco quería mirarlo a los ojos para no caer atrapada en su azul hipnótico. En mi cabeza resonaban detalles de la conversación con Sara y no me permitía abandonarme a aquel ambiente paradisiaco. Quizás por eso cuando me besó en los labios no noté lo de otras veces; por el contrario, mis músculos se tensaron como si rechazaran un cuerpo extraño.

Intenté disimular mi desasosiego buscando en mi bolso el paquete de cigarrillos, que no aparecía entre mis bártulos. Lo había dejado olvidado en la mesa de la palapa. Le pedí uno al camarero y le di una calada larga y profunda.

—¿Estás bien?, ¿no te gusta este sitio? —preguntó Sebastián acariciándome la mejilla.

—Tenemos que hablar —le dije eludiendo su caricia como un resorte.

—Tú dirás, te noto extraña. —Buscó con sus ojos los míos, y los aparté hacia el horizonte.

—Necesito saber por qué no me contaste toda la verdad acerca de Valerio y de Sara.

Puso cara de sorpresa.

—No sé a qué te refieres, Nadia.

—A que lo viste la noche en que sufrió el accidente mortal. Estuviste en el embarcadero hablando con él, y sé que tú y Sara tuvisteis un *affaire*. Por eso no saliste a navegar con él aquel día.

—¿Te lo ha contado Sara?

—Me lo ha contado Luis, el patrón del Alma, que te vio en el embarcadero aquella noche discutiendo con Valerio. Y sí, he estado con Sara y me ha contado vuestra relación.

—No quería darle importancia a algo que no la tiene. Es cierto que Sara y yo tuvimos algo, no se puede llamar una relación, fue solo sexo, propiciado por un ambiente en el que ambos bebimos demasiado y nos dejamos llevar. Yo sabía que Valerio y ella tenían una relación seria y no quise seguir, lo dejamos de mutuo acuerdo. Sara tampoco quería hacerle daño a Valerio y se acabó. Te aseguro que fue así. No te lo conté porque no tuvo importancia y porque me parecía que era violar la intimidad de tu amiga. Si ella te lo ha contado, yo ya me quedo más tranquilo.

—¿Y la discusión con Valerio?

—Cuando Sara me llamó para anular la salida, simplemente me dijo que se aplazaba sin motivo alguno. Me extrañó y llamé varias veces al teléfono de Valerio pero no me lo cogió. Así que a primera hora de la tarde se me ocurrió activar el sistema de seguimiento del barco de Valerio, una especie de GPS que te envía una señal al móvil y te indica la ruta que ha seguido y el punto donde se encuentra. Tenía el programa conectado a su barco por seguridad.

»Mi sorpresa fue ver que el velero estaba navegando y que regresaba desde Es Vedrá rumbo al embarcadero de su casa. Decidí ir a su encuentro para saber qué estaba pasando. Cuando desembarcó y me vio allí se puso furioso. Me dijo que había traicionado su amistad por haberle quitado a la mujer que más quería. Le aseguré que no había nada entre Sara y yo, pero no me creyó. No nos volvimos a ver. Eso es todo.

—¿Eso es todo? Valerio murió a las pocas horas de discutir contigo y parece que en la inmersión de aquel día pudo rescatar el tesoro que andaba buscando, ¿te das cuenta de que puedes estar metido en un buen lío?

—¿Crees que yo le hice daño a Valerio?, ¿crees que lo maté para robarle un tesoro que no existe? De verdad, Nadia, no puedo pensar que estés hablando en serio.

—No lo sé, no sé qué pensar... No te conozco, para ti soy solo un ligue más y yo..., yo estoy confundida. —Me desmoroné y estallé en lágrimas por la tensión.

—Créeme que no tuve nada que ver. Me sentí fatal aquella noche y aún sigo teniendo remordimientos. Valerio era mi amigo, y la última vez que lo vi él sintió que le había traicionado. —Me miró apesadumbrado buscando mi comprensión—. Será mejor que nos vayamos de aquí.

—Siento haber estropeado la cena, pero no podía callarme y hacer como que no pasa nada.

—No importa. Solo una última cosa: no eres un simple ligue para mí. Yo tampoco sé quién eres, pero me hubiera gustado tener la oportunidad de conocerte. Hacía tiempo que no me atraía tanto una mujer. Tienes algo especial, Nadia, algo que me hace pensar continuamente en ti.

Entonces lo miré a los ojos y de nuevo me cautivó. Mis músculos se relajaron y sentí la necesidad de besarlo. Mi piel parecía absorber el perfume de la suya. Olía a él sin ni siquiera tocarlo, y el deseo me embriagó anulando mi voluntad. Me dejé llevar de su mano paseando por la playa hasta que perdimos las luces del restaurante. La luna aún no había aparecido en el cielo, que empezó a salpicarse de estrellas. Hicimos el amor sobre la cálida arena.

27

Me despertó temprano el estruendo de un camión que llegó cargado con mobiliario. Miré por la ventana de la habitación y vi que Murillo estaba atendiendo al chófer y a los dos empleados que iban en la cabina. Le grité que bajaría en unos minutos, pero me respondieron que se iban a desayunar antes de descargar y que volverían en una hora.

Apenas tenía nada que llevarme a la boca. Desde que se había marchado Ana no había hecho la compra en el supermercado. Marcos llegaba en dos días y por lo menos quería tener alguna cosa para el desayuno. El camión había bloqueado la salida de la casa y no podía coger mi coche, por lo que decidí dar un paseo por la playa hasta la cafetería donde me había llevado el primer día Luka.

Tenía varios mensajes de texto en mi móvil, dos eran de Ana urgiéndome a que le contara cómo me había ido con Sara, otro de Sebastián que me daba los buenos días desde Madrid, donde iba a pasar unos días con su madre, que había sido operada de la cadera. También tenía un mensaje de Luis, que me remitía varias fotos de la fachada de la casa tomadas desde su velero y que no abrí. Marcos había dejado otro hacía horas en el buzón de voz dándome las buenas noches.

La ligera brisa del este que me acompañaba en el paseo consiguió despejarme. Si hacía recuento de las noches que había dormido de un tirón en los casi tres meses que llevaba en la casa, me sobraban los dedos de una mano. Llegué a pensar que mientras no descubriera qué había sucedido aquella madrugada del día 24 de agosto de hacía tres años, no conciliaría un buen sueño. Esa incertidumbre era lo que no me dejaba descansar.

De pronto el sol se levantó sobre las casas y me cegó. Había olvidado las gafas de sol. Hice visera con la mano sobre la frente y descubrí la figura de alguien que estaba agazapado en un cañizar a mi derecha, a pocos metros de la playa. Instintivamente corrí hacia la orilla y las olas me bañaron los pies salpicándome hasta las rodillas, apenas podía guardar el equilibrio ante el envite del mar. Estaba asustada y dispuesta a lanzarme al agua vestida, era buena nadadora y podría zafarme de aquel individuo.

Entonces oí una voz conocida:

—No asustar, señora. Soy yo, soy Luka. —Se quedó junto al cañizar extendiendo los brazos y mostrándome las palmas de las manos vacías.

—Luka, ¿qué diablos haces aquí? Me has dado un susto de muerte.

—No deben vernos, vamos a lugar solitario.

—¿A un lugar solitario?

—A lugar discreto. ¡Por favor! —Su cara aniñada mostraba una expresión de pánico.

Cruzamos el cañizar a pasos agigantados, iba tras él con las zapatillas mojadas resbalando sobre la hierba y arañándome los brazos y las piernas con los matorrales. Llegamos a un descampado en el que había aparcada una furgoneta. Me pidió que entrara en ella.

—Nuevo coche, es de segunda mano, pero funcionan marchas —me dijo más tranquilo.

—¿Adónde vamos?

—¿Ha desayunado?

—Iba a hacerlo ahora, cuando te vi.

—¿Ensaimada y café?

—Luka, no iré a ninguna parte contigo si no me dices qué está pasando, ¿qué hacías en mi casa y por qué te marchaste sin decir nada?

—Usted tiene que conmigo confiar. Yo no hago daño, soy buen hombre. Solo será un rato, yo tengo que hablarle.

Condujo hacia el oeste por la avenida paralela al mar y en unos minutos estábamos al final de Cala Bou, donde había pocas edificaciones y a esas horas no se veía un alma. Detuvo la furgoneta frente a un pequeño bar que estaba abierto. No había nadie, solo una señora regordeta tras la barra que fregoteaba unos vasos.

Nos sentamos a una mesa y pedí mi desayuno. Él no quiso tomar nada.

—Bien, Luka, te escucho, ¿qué está pasando?

—Usted es buena persona, la he conocido, tiene mirada limpia, he visto que trabaja en libros, que trata bien a la gente, ha reconstruido la casa como le hubiera gustado al señor. Yo tenía que asegurarme de que la nueva dueña de Sa Marea era alguien honesto.

—Sé que Sara Neira te encargó que me siguieras, ¿por qué me queríais tener controlada?

—La señora Sara me pagó para que estuviera en la casa y la protegiera si alguien se acercaba con malas intenciones, pero ella quería saber si usted encontraba el secreto del doctor. No quería cuidarla, quería saber lo que usted descubría.

—¿Qué pasó la madrugada del 24 de agosto de hace tres años y qué es lo que encontró Valerio?

—Yo oí ruidos en su habitación y luego golpe seco. Subí a ver qué pasaba y el señor estaba caído con un golpe en cabeza, había sangre en el piso. Llamé al 112 y llegó primero el policía Torres, pidió ambulancia. Él miró por alrededor de la casa y no vio a nadie, pero yo estoy seguro que el señor no cayó por accidente, alguien lo atacó. Cuando le hicieron pruebas en el hospital dijeron que tenía algo en cerebro y que tenían que operar, él no quiso que operaran y dijo que se había resbalado. Pero yo sé que no es verdad.

—¿Y por qué no dijo que lo habían atacado?

—Creo que si decía eso, tendría que explicar que querían robarle su secreto. Pero no sé. La Policía hubiera descubierto a asesino, pero también se hubiera quedado con lo que encontró en el mar. El señor quería que secreto estuviera bien guardado y que un día se quedara en la casa.

Si no era para él, sería para quien viviera en Sa Marea. En hospital me dijo que si un día se vendía la casa quería que lo que encontró fuera para nuevos dueños si yo veía que eran buenas personas.

—¿Y por qué no para sus hijos?

—Sus hijos no querían Sa Marea y no tenían dinero para mantenerla, en seguida la pusieron a vender para un hotel. A mí, señor de hotel no me gustaba, quería tirarla, guardé secreto de doctor en un sitio oculto.

—Lo guardaste en el pozo y luego te lo llevaste de ahí, ¿verdad?

Asintió con la cabeza. Abrió su mochila y sacó un cuaderno con cubiertas de cuero envuelto en una bolsa de plástico transparente. Lo desenvolvió y lo puso sobre la mesa mirando alrededor con desconfianza. No había entrado nadie en el bar y la señora seguía tras el mostrador ajena a nuestra conversación secando tazas de café con un trapo.

Cogí el cuaderno, era un diario. En las tapas leí «Diario del hallazgo de la diosa Tanit». Las manos me temblaban cuando hojeé una veintena de páginas que estaban escritas a mano por Valerio Montalbán.

—Aquí dice dónde está lo que encontró —dijo Luka—. Ahora es suyo. Yo no puedo seguir escondiendo y no entiendo bien palabras. No leo bien su idioma, pero sé que haber algo valioso en alguna parte y ahí lo explica. Usted sabrá encontrarlo, usted sabe de libros.

Habían matado a Valerio y a Mayans por el contenido de ese diario y ahora lo tenía en mis manos. Realmente estaba en peligro.

—¿Hubo alguien más en casa aquella noche con Valerio?

—Yo vi a señor Sebastián en la puerta, pero no entró, el señor enfadado con él. No vino nadie más, cenó solo en cocina y se fue a dormir. Yo recogí platos y me acosté a las 12,30 de la noche, cuando acabaron fuegos en el cielo. Me despertó ruido a las cinco de la mañana. Tengo oído fino y, aunque estoy lejos de habitación, el golpe sonó fuerte porque el señor se apoyó en mueble para no caer y lo movió.

—¿Cuándo te dio este diario?

—Me dijo el lugar del pozo donde tenía escondido. Dijo: «Luka, sácalo de ahí y guárdalo donde nadie lo encuentre, y si me pasa algo no se lo entregues a nadie de los que conozco. No tienes que confiar en nadie», eso dijo.

—¿Qué le llevaría a Valerio a desconfiar de todo el mundo? Era una persona afable que se relacionaba con todos y solía invitar a la gente a su casa.

Pensé que ese manuscrito iría seguramente dirigido a Sara, como sus cartas de amor; sin embargo, cuando se sintió traicionado por ella le pidió a Luka que lo pusiera a buen recaudo.

—Sí, pero últimos días él solo y preocupado. Creo que ese libro puede explicar. Solo se veía con su amigo Mayans, no quería que gente entrara en casa. ¿Cree que Mayans también murió por este libro? En Georgia decimos: «Ayúdame con la gente en quien confío porque de quien desconfío ya me ocupo yo solo».

—Tú también recelas de todos, ¿no es cierto? No crees que el sargento Torres hiciera bien su trabajo, o a lo mejor piensas que tuvo algo que ver con la muerte del doctor. Tampoco te fías de Sara, aunque te haya contratado, porque crees que te ha estado utilizando para conseguir este diario, de lo contrario se lo habrías dado a ella.

—Torres solo preguntaba por secreto de doctor. Todos querían saber qué descubrir él. Conservador de museo también interesar. Usted tampoco tiene que confiar en nadie. El señor Sebastián estuvo con usted en la casa, era muy amigo del doctor, pero discutieron fuerte último día.

—¿Por qué desapareciste sin decirme nada? Ya veo que no estabas en Valencia trabajando, como le dijo Marina al sargento Torres.

—Yo preocupado cuando cogí libro. Marina también muy nerviosa. Fui a esconder a casa de un amigo en norte de isla, pero seguí vigilándola. Usted estaba con amiga, y juntas parecía que estar más protegidas. Yo he cumplido órdenes de doctor y usted tiene ahora el libro. Mi trabajo ha acabado.

Posible que vayamos a Valencia con Marina, allí tengo amigos y no problemas como aquí.

—Tengo que volver. Van a descargar unos muebles, pero se me ocurre que puedes hacer mi jardín como me habías propuesto. Estarías cerca de mí y yo podría averiguar mientras tanto qué hay detrás de estas anotaciones.

—Pero el policía me busca, no sé si ser buena idea.

—Les diré a todos que te he contratado como jardinero, llamaré al sargento Torres y le contaré que volviste de Valencia y que ahora trabajas para mí. También se lo diré a Sara y a Sebastián…, a todos. No hay razón para que tengas que esconderte. Pero necesito a alguien de confianza a mi lado. Pasado mañana viene mi marido, se lo contaré todo y él sabrá cómo tenemos que actuar.

—Me gustaría…, pero…

—No se hable más, quiero que hagas un jardín precioso, iremos a un buen vivero y cargaremos en tu furgoneta buganvillas y rosales. Pediremos camiones de tierra rojiza para plantarlos y piedrecitas de granito y cuarzo para decorar los parterres, ¿vale, Luka?

—Sí, súper, hablaré con Marina y mañana iré a Sa Marea.

—A partir de ahora llámala La Casa en la Bahía, Luka. Me falló el herrero con el rótulo, pero tengo que encargarlo ya. Es una nueva casa, mantendrá la memoria de Valerio, pero quiero que tenga su propia identidad.

28

A la mañana siguiente vino Luka. Se lo comenté a Murillo para que lo dejara pasar. Llamé al sargento Torres y le dije que ya estaba de vuelta y que no había ningún problema. El policía insistió en que quería venir para hablar con él, le dije cortante que no, que iba a trabajar en mi jardín y que el malentendido de su desaparición estaba aclarado.

La casa, parcialmente amueblada, parecía más grande. Me mudé a la habitación de matrimonio con vista frontal a la bahía y me senté en una pequeña cómoda en la terraza desde donde contemplaba buena parte del jardín, la piscina de agua azulada y los veleros amarrados en las boyas.

Luka despejaba de malas hierbas la apelmazada tierra y las cargaba en una carretilla para depositarlas en el contenedor; y la segunda capa de pintura blanca, a punto de finalizar, le daba un tono más luminoso a la fachada.

Hablé con Ana y la puse al día de la aparición de Luka con el diario secreto de Valerio. Estaba más excitada que yo, si cabía. Me dijo que la mantuviera al tanto de cada detalle que fuera descubriendo. Hubiera hecho cualquier cosa por estar conmigo haciendo de detective y si no me planteó viajar a la isla el fin de semana fue porque sabía que al día siguiente venía Marcos.

Le dije que con Sebastián todo iba bien, no la quise preocupar con mis contradictorios sentimientos. La noche en la playa estuvo genial, pero le daba vueltas a la relación entre él y Sara, y a las razones que ambos podían haber tenido para acabar con la vida del médico. La mera sospecha de que me estuviera acostando con un asesino me desasosegaba. Cuando no estaba cerca de Sebastián, me pasaba algo similar a lo que me sucedía con Marcos, era capaz de odiarlo. No entendía que se hubiese acostado con Sara, aunque si lo analizaba fríamente, eso había pasado hacía años, tampoco le perdonaba que hubiera traicionado a Valerio. Tenía la impresión de que me estaba ocultando algo; sin embargo, cuando estaba con él me entregaba a sus brazos como una chiquilla atolondrada.

Sara me llamó varias veces después de nuestro último encuentro y al final le cogí el teléfono para decirle que se apartara de mi casa, que dejara de espiarme y que Luka estaba ahora conmigo. Parecía disgustada y se deshizo en disculpas para que la perdonara, quería ser mi amiga y me invitó a comer un día en su casa con Merche para arreglar nuestra relación. Le di la excusa de que estaba muy agobiada con la reforma de La Casa en la Bahía y me la quité de encima diciéndole que la llamaría en unos días.

Abrí el diario por la primera página. Tenía fecha de julio de 2015, poco más de un mes antes de la muerte de Valerio. Estaba escrito con una caligrafía impecable, lo cual me extrañó siendo médico. Recordaba las recetas indescifrables que me habían expedido alguna vez. Deduje que Valerio se había esmerado para que otros lo entendieran. Definitivamente estaba escrito para ser leído por un tercero. Seguía pensando que ese tercero era su amada Sara, hasta que ella lo hubo decepcionado.

Empecé a leerlo con curiosidad y temor por lo que me iba a encontrar.

15 de julio de 2015

Ya puedo concluir definitivamente que el pecio es fenicio, es alargado y con cuatro niveles de bancos para los remeros, se trata de un barco grande para la época, calculo que es del siglo V o VI antes de Cristo. La sonda de Joan nos da una eslora de 25 metros, aunque en la imagen el barco aparece partido en dos, casi por la mitad exacta. Está a una profundidad de 22 metros y la localización es 38°51,739´N, 1°11,563´E. Tengo mucha fe en que es el navío que andaba buscando. Lo hemos fotografiado con la sonda y si no me equivoco hay bastantes colmillos de marfil de elefantes, ánforas y metales, posiblemente plomo y lingotes de estaño, el magnetómetro los detecta con claridad. No podremos determinar qué hay hasta que descendamos. La suerte es que el navío descansa en gran parte sobre arena y roca y hay buena visibilidad. Seguramente doblaron la isla de Es Vedrá por el lugar donde actualmente está ubicado el faro y un temporal los debió empujar contra las rocas y naufragaron en cuestión de minutos, pues se halla cerca de la Punta de Na Bruta y la zona es muy escarpada y sobresale algún farallón.

El hecho de que transportara mercancía variada significa que hizo varias escalas, desde África hasta el sur de la Península. Los metales, de corroborarse su existencia, se debieron extraer de otras zonas en el norte y transportarse por el interior de la Península hasta el puerto de donde zarpó con destino a las costas ibicencas. Pero tengo la intuición de que ahí abajo hay algo importante que se intercambió con los indígenas en el comercio invisible.

19 de julio de 2015

Me he documentado sobre las rutas que seguían los barcos fenicios una vez arribaban a la isla. La única manera para determinarlo ha sido acceder a la escasa cartografía de los pecios. Pero al no haber una pauta clara, yo pienso que el destino de las mercancías de mayor valor se descargarían en torno al Puig de la Vila, donde se han encontrado numerosas cisternas y muros fenicios. Llegarían desde el sureste de la Península y se toparían con la isla Conillera y luego costearían. Aunque hay hundimientos detectados en la isla de Na Plana y en el Escull Vermell porque se desviaron seguramente por el mal tiempo. Algún barco recalaba en el poblado de Sa Caleta, pero intuyo que este que hemos descubierto iba a Vila, allí sin duda había mercaderes potentados que valoraban el marfil y los metales más que el *garum* o las ánforas y vasijas para el hogar. Es mi teoría, aunque Carmelo Gual, con quien he hablado en el museo sin decirle qué he encontrado, siempre me la echa por tierra. Sé que piensa que estoy loco y que en el fondo de este mar no voy a hallar lo que estoy buscando. Me desespera este arqueólogo patán, no voy a recabar la ayuda de alguien que no cree en mí. Lo haré solo.

25 de julio de 2015
Hemos hecho una lista con Sebastián y Joan de todo lo que precisamos para la inmersión. Llevaremos piquetas y cuadrículas para delimitar la zona de rescate. El extractor para la arena, el chigre, los balones de aire y las cestas para subir los objetos pesados a la superficie y la pasta sintética conservante para proteger los objetos cuando los icemos. Por supuesto, equipo de buceo completo con 8 bombonas de aire, trajes, etc., etc.

Bajar a 22 metros no será tarea fácil, la presión será superior a dos atmósferas. Calculo que tendremos que hacer inmersiones máximas de una hora. Nos llevará días, quizás semanas recuperar los objetos.

30 de julio de 2015
Llevamos varios días con mala mar, el fuerte viento del este no nos ha permitido acercarnos al lugar. He recreado en el croquis lo que hemos visto a través de las fotografías de la sonda.

Había dibujado un mapa con la posición del barco respecto al acantilado. En una doble página aparecía el navío hundido reticulado con cuadrículas numeradas. Le seguían una planificación para acometer los trabajos de rescate por jornadas. Imaginé que se trataba de un reparto de tareas entre los tres. En cada cuadrícula había puesto las iniciales de sus tres nombres, como si cada uno debiera conocer de antemano sobre qué zona del barco iba a actuar.

4 de agosto de 2015 (4 h. de la madrugada)
Por fin he podido salir a navegar con Joan. Lo hemos hecho de madrugada para estar muy temprano en Na Bruta, en esta época del año la zona está atestada de embarcaciones y aunque fondean en el lado opuesto, en el suroeste de Es Vedrà, no queremos lla-

mar la atención. Cala D'Hort está a un paso y a partir de las 12 es un hervidero de barcos transitando entre la isla y la cala. Hemos zarpado con mi velero, porque aunque el pesquero de Joan hace 15 nudos de crucero, podíamos exponernos a que la Guardia Civil nos llamara la atención por estar en una zona protegida de pesca. Así que tardaremos tres horas en cubrir las 14 millas de distancia que hay desde Cala Pinet. No hace viento y vamos con mi pequeño motor a menos de 5 nudos.

Joan me ha convencido de que no nos acompañe todavía Sebastián, cree que es pronto para que nos eche una mano. No me ha permitido que le dé las coordenadas del hallazgo, hay algo entre ellos que tengo que averiguar. Sebastián es más experto que nosotros en tareas de arqueología submarina, pero últimamente veo a Joan receloso de él. Nos haría falta su ayuda. He desistido de que Luka ponga un pie en el barco, le tiene pavor al mar este hombre. Llegaremos sobre las siete de la mañana.

4 de agosto (9:15 h.)

Primera inmersión a las 8 h. Hemos bajado sin problemas y hemos permanecido 45 minutos en el fondo consiguiendo izar con los globos 6 colmillos de marfil de elefante y 5 ánforas en buen estado, hay muchas rotas en el pecio. También hay vasijas enterradas en la arena que no hemos tocado. Tendríamos que bajar con el aspirador en la siguiente inmersión. He podido palpar los metales; en las cestas no hemos subido más que una barra de estaño y un objeto parecido a un cerrojo de un posible arcón o mueble muy primitivo, pero no hemos dado con él en la inmersión. Me he quedado extrañado porque se trata de un curioso elemento que no había visto antes. Si hay un arcón en alguna parte, seguro que guardaba algo valioso.

4 de agosto (12 h.)

Tras estar más de una hora de descomprensión a poca profundidad, hemos vuelto a hacer una nueva inmersión. Esta vez han sido 40 minutos para señalizar el conjunto del pecio con las picas y las cuadrículas. Está extrañamente bien conservado. Hemos encontrado varias piñas, el barco se construyó con madera de pino. He podido comprobar que hay muchas piezas enterradas en la arena. Nos volvemos a Cala Pinet, no podemos seguir fondeados con el riesgo de que algún curioso se acerque. Cuando navegamos de vuelta, limpio con cuidado el cerrojo de metal corroído, le pido a Joan que me deje sus lentes para utilizarlas como lupa y observo unas líneas grabadas en él, están desvaídas, pero sin duda es un triángulo con dos brazos alzados que salen de su vértice y un círculo como cabeza. Es el signo de la diosa Tanit.

17 de agosto (5 h. de la madrugada, hacia Es Vedrá)
Tenemos viento de través, navegamos a vela y a motor. Vamos con prisa, pero no nos desplazamos a más de seis nudos.

Joan tenía trabajo y no ha podido acompañarme antes. Los turistas acabarán con todo el pescado de los restaurantes y de la isla. No da abasto faenando con sus tres barcos para suministrarlos. Hace casi dos semanas que no visitamos nuestro hallazgo, siento que algo realmente importante me espera en ese lugar profundo.

17 de agosto de 2015 (8 de la mañana, primera inmersión)
He bajado con el aspirador, Joan se ha concentrado en lo más pesado, subir el marfil y las ánforas a la superficie, mientras yo desentierro con cuidado los objetos que han estado sepultados bajo la arena durante siglos. Hay vajillas, platos y vasos, pequeños esencieros de perfumes, varios anillos de bronce y plata. Me iba excitando a cada paso que hacía un descubrimiento. Estaba en lo cierto, el barco no era de un mero mercader de *garum*.

En una bolsa he metido con cuidado los pequeños objetos que flotaban en el agua con el extractor-soplador. Un pedazo del ancla ha aparecido encastado bajo una roca, pero no he encontrado lo que buscaba. Tiene que haber un cofre, un arcón cuyo cerrojo con el símbolo de Tanit guarde algo muy valioso: la propia diosa.

10:30 de la mañana, segunda inmersión.
Joan se ha quedado en el barco, colocando los marfiles y las ánforas y envolviendo en paños húmedos las vasijas, anillos y otros pequeños objetos. Yo he bajado de nuevo con el extractor

y lo he aplicado sobre la popa del pecio. Una gran roca puntiaguda la había atravesado y partido por la mitad. La madera se deshacía cuando la tocaba con los guantes y se convertía en un polvo negruzco que impedía la visión. He levantado varios tablones y aplicado el extractor. Ha aparecido enterrado un arcón de metal, seguramente de plomo, rectangular, de más de un metro y medio de largo y casi un metro de ancho. Estaba boca abajo. Imposible manipularlo, pesaba demasiado para mí solo. Habría que hacerlo con el chigre, pero ya no tenía tiempo. Estaba en el límite de mis fuerzas y en el límite del tiempo de inmersión. El nitrógeno en mis pulmones en pocos minutos sería fatal. He vuelto a la superficie, hemos recogido y nos volvemos a nuestra base en Cala Pinet.

A lo largo de varias páginas había toda una serie de dibujos de cada una de las piezas rescatadas, clasificadas por el estado en que se hallaban. La mayoría era bueno o regular, aunque algunas vajillas y cuencos estaban incompletos. Valerio había anotado que aún quedaban restos de grasa de pescado en alguna ánfora y determinó que se trataba de comida que utilizó la tripulación para alimentarse durante la navegación.

20 de agosto de 2015 (9 de la mañana)
Preparo la expedición para el día 23. He avisado a Sebastián para que tenga el equipo de buceo en condiciones. Me ha preguntado por el lugar exacto del descubrimiento y solo le he dado la profundidad aproximada. Cuando se lo he contado a Joan, me ha dicho que me he equivocado y que tiene que hablar conmigo. Es todo muy extraño. Hemos quedado para comer en casa. Traerá en su coche un chigre más potente para izar el arcón, yo llevaré también el cabestrante con baterías y así lo podremos sujetar por dos costados.

22 de agosto (9 de la mañana)
Toda la noche sin dormir. Ayer Joan no sabía cómo contarme lo de Sara y Sebastián. Lo sabía desde hace días y no me quiso

preocupar. Querida Sara, me has defraudado, el dolor que siento es inmenso. Te escribiré al apartado postal. Cuando te he llamado por teléfono, no he sido capaz de transmitirte mi verdadero estado. Lo que quiera que haya en ese arcón era para ti, para los dos. Es lo que he perseguido toda la vida para compartirlo con la persona que más quiero. Ya nada importa, la traición de Sebastián no me la esperaba.

23 de agosto (6 de la mañana)
Zarpamos desde Cala Pinet, nos hemos retrasado instalando el chigre y el cabestrante. Las baterías hacían mala conexión y al probar los motores, no arrancaban. Afortunadamente, Luis, que parece estar velando en la bahía y controlando todo lo que pasa en ella día y noche, ha podido soldar un cable que hacía mal contacto.

Le pedí a Sara que le dijera a Sebastián que se suspendía la inmersión. No quiero saber nada de él.

Intento concentrarme en el rescate del arcón. Sé cómo lo haremos, pero tenemos que ir con cuidado para que no se resquebraje. Lleva más de 2.500 años en el fondo y lo quiero izar lo más entero posible.

23 de agosto (13:30 h.)
He encontrado el busto de la diosa Tanit. Está cubierta con al menos tres centímetros de oro y con varios collares de oro macizo y plata que rodean su cuello. Tuvimos que hacer dos inmersiones, en la última subí sujetando el arcón para que no se desnivelara mientras Joan en la superficie accionaba el chigre y el cabestrante. Una vez en el barco, desalojó el agua que contenía y pudimos hacer palanca en la tapa para abrirlo. Allí estaba la diosa, hierática y contemplativa, brillando con los rayos de sol que no veía desde hacía 25 siglos. Tan hermosa que no nos lo podemos creer. La emoción ha sido tremenda. Nos hemos abrazado conmovidos.

Sabía que en algún episodio del comercio silencioso con los indígenas, algún armador y poderoso mercader cartaginés pediría a los indígenas que cubrieran de oro a su diosa más venerada. Se han ido al traste todas las teorías de los arqueólogos metalistas. No me quisieron hacer caso.

Me estremecí al leer que Valerio tenía razón, que había descubierto aquello que llevaba persiguiendo buena parte de su vida. Me puse en su lugar: el día que había sido más feliz había resultado también el más triste por no poderlo compartir con la persona a la que amaba. Continué leyendo las últimas anotaciones del diario.

23 de agosto (17:30 h.)
Se ha hecho tarde y Joan tiene que estar esta noche en Formentera. Uno de sus barcos estaba a cuatro millas de distancia regresando a la Savina y lo he acercado a él. Me ha dado una caja con rotjas y algunos calamares. Regreso a Cala Pinet con Tanit envuelta en una bolsa de plástico negra. La he puesto en la caja y la he cubierto con el pescado para no llamar la atención cuando desembarque. Mientras regreso, escribo a Sara, le cuento el hallazgo y le digo cuánto la quiero. Joan me ha advertido de que vaya con mucho cuidado, sabe que hay cazatesoros dispuestos a todo. Estaba nervioso, pero creo que su excitación se debe al hallazgo de Tanit. He pedido a Sara en mi carta que tome precauciones. He llamado a Luka para que me espere y me ayude a amarrar, le daré la carta para que la mande a nuestro apartado postal. Entraré en la casa con el pescado que esconde a la diosa de oro. Tanit estará oculta en Sa Marea, tiene reservado su lugar en la casa, allí donde otros nuevos dioses con el paso del tiempo llegaron para protegernos en el tránsito de la vida a la muerte.

Levanté la vista del diario hacia la bahía. El mar azul se perdía en los confines del horizonte y a pocos metros del embarcadero imaginé el barco de Valerio amarrado en la boya blanca, pero era solo una ilusión.

29

Marcos cruzó el vestíbulo de llegadas del aeropuerto con el teléfono en la oreja y arrastrando una pequeña maleta Samsonite. Lo noté más delgado a primera vista. Lucía un aspecto juvenil, con tejanos y un polo blanco. Cuando me vio, esbozó una sonrisa, interrumpió la conversación y me abrazó dándome un beso en la boca.

—Es solo un minuto —dijo volviendo a reanudar la conversación, que duró hasta que llegamos al coche.

—¿Qué tal el vuelo? —pregunté.

—Ha pasado en un suspiro. La verdad es que abrí el ordenador y apenas me dio tiempo de ver un informe, cuando ya estábamos aterrizando. Hace un buen día. Tenía ganas de verte, cariño, ¿estás más delgada? No sé, ¿te encuentras bien? Tienes cara de cansada, tiene que haber sido duro lo de las obras, ¿duermes bien?

—Afortunadamente, lo más duro ya ha pasado. Y no, no he dormido muy bien en el cuarto trasero. Ha llegado la nueva cama y esta noche ya se podrá dormir en nuestra habitación, está prácticamente amueblada. Tú tampoco tienes muy buen aspecto —le dije aun cuando lo encontraba perfectamente, para ver si provocaba que me contara lo de su enfermedad.

—Bueno, han sido semanas de mucho trabajo y los viajes a Londres de los últimos días, llenos de reuniones agotadoras, pero este fin de semana descansaremos. Me tienes que enseñar muchas cosas, seguro que te conoces la isla de cabo a rabo. —Ni una palabra de su hospitalización.

—Pues no creas que he podido ir a muchos sitios, tenía que estar en la casa controlando las obras. Cuando comenzaron a solaparse un gremio con otro, había que poner orden entre ellos. Espero que te guste cómo está quedando. Lo que va más retrasado es el jardín, pero parece que he dado con la persona que nos lo hará bien, se trata de Luka, un empleado del anterior propietario.

—¿Del hotelero Tur?

—No, del doctor Montalbán. Apareció un día por la casa, se trata de un buen hombre que la conservó con esmero mientras trabajó para él.

—¡Ajá!, veo que te has tenido que espabilar sola. Los presupuestos que pasaron eran desorbitados.

En el trayecto desde el aeropuerto a casa Marcos recibió otras dos llamadas. No entendía cuál era su concepto de un fin de semana de descanso. Cuando abrí la cancela con el mando a distancia y vio la fachada blanca se quedó impresionado.

Recorrimos todas las estancias, no le puso reparo a nada, salvo la objeción de que tendría que haber renovado todas las puertas y no mantener la que Luka había restaurado.

Era sábado y a mediodía no había nadie en La Casa en la Bahía. Murillo y sus hombres no trabajaban, tampoco Luka, que había ido a recoger a su mujer. Los pintores no regresarían hasta el lunes. Nos sentamos en sendas sillas en la palapa.

—Estupenda vista —dijo—, pero esto se ha llenado de barcos. En invierno, cuando la compramos, no había prácticamente ninguno. Tendremos que poner algún cartel en el embarcadero para prohibir que lo utilicen, ¿no te parece?

—No creo que sea necesario. La gente que fondea en la bahía tiene que bajar a tierra de vez en cuando y necesita amarrar los fuerabordas auxiliares en algún sitio.

—No sé, pero tendremos poca intimidad en la palapa —insistió.

—A mí me gusta. He estado trabajando aquí y no me han importunado. Será peor dentro de cuatro días. En cuanto llegue el verano, el camino hasta la playa será un tránsito continuo de gente. Habrá más paseantes de perros, y en el muelle, al atardecer, siempre hay algún pescador. No me molesta, de verdad. He estado muy sola...

—Ya me imagino. —Me acarició la mejilla y me besó.

La conversación era banal, pero me sentía cómoda si transcurría de esa manera. No tenía prisa por sincerarme con él y quería hacerlo de la manera más delicada posible, sin hacerle daño, pero ese beso me descolocó.

—Tendríamos que comer fuera. La cocina ya está instalada, pero todavía el fontanero tiene que rematar la instalación de propano.

—¿Propano?, ¿no hay gas natural?

—No llega a Sant Antoni, aunque me dijeron que en un año podría hacerlo, están haciendo zanjas para las conducciones en todo el municipio.

—¿Y eso qué es? —Señaló extrañado la mole de *Disculpa* sobre la roca del jardín.

—Una escultura, un..., un regalo. Me gustó y ahí está. —No le di más explicaciones.

—Es extraña —dijo secamente.

—Es especial —le repliqué.

—Está oxidada.

—Es así, Marcos, se ha de oxidar todavía más, es de hierro y está a la intemperie.

—Entiendo.

No parecía entenderlo. Me irritó su gesto de indiferencia.

—Has viajado mucho, no has parado en casa. Celeste no te ha visto el pelo, ¿seguro que todo ha ido bien? —Entré en el asunto. No parecía que estuviera dispuesto a contármelo por su cuenta si no lo provocaba.

—Me imaginé que Ana te diría alguna cosa, es incapaz de guardar un secreto —dijo molesto.

—¿Y por qué querías mantenerme al margen? ¿Tú crees que es normal que estés enfermo y yo no me entere? Soy tu mujer, Marcos, no soy un maldito algoritmo sin sentimientos con los que sí te comunicas.

—Estoy bien, estoy curado. Fue solo un susto y no quise preocuparte. Hicimos un trato, ¿recuerdas?

—Ese pacto ya no tiene sentido, Marcos. Eso fue hace quince años y era una bobada de enamorados. Somos adultos y las cosas han cambiado.

—¿Qué cosas? ¿No serás tú la que has cambiado en poco tiempo? No vi la necesidad de que sufrieras por algo que yo podía superar solo. Si te lo hubiera contado, seguro que habrías anulado tu viaje a Ibiza y la reforma no habría avanzado. Has hecho un buen trabajo.

—Pero te habría cuidado…

—Lo sé, fueron unos días duros, el tratamiento para la infección de riñón ha sido muy fuerte y tuve que guardar reposo, pero mi madre me cuidó como a un niño. Preferí estar en su casa unos días, aunque te echaba de menos. A lo mejor te lo tendría que haber dicho, porque me sentí mal cuando pensaste que te estaba siendo infiel, pero ¿cómo se te ocurrió esa tontería?

—Quizás porque hace tiempo que ya no estamos tan unidos como antes. Ya no sentimos aquella atracción irresistible que nos impedía ver las dificultades y hasta disimulaba nuestra diferente manera de ver las cosas. Ya no es lo mismo, ¿no te das cuenta, Marcos? En cuanto se ha ido desvaneciendo la atracción física, nos hemos quedado con poca cosa, ni siquiera tenemos confianza para contarnos lo que nos pasa. No hemos construido nada en común que pudiera haber sustituido el estupendo sexo que tuvimos. Tú te refugias en tu trabajo y no eres capaz de valorar el mío. Las horas de tu vida las llenas con reuniones interminables y yo…, yo estoy sola, muy sola.

—Vaya, no me esperaba este discurso. —Me miró con cara de no entender nada—. Nunca he pensado que las cosas fueran mal entre nosotros. He procurado que no te faltara nada. Cuando te encaprichaste de esta casa, hice todo lo que estaba en mi mano para que la tuvieras, he procurado que fueras feliz, que nada ni nadie te impidiera serlo. A veces, para conseguir unas cosas tienes que renunciar a otras. Compatibilizar el crecimiento de la empresa con disponer de tiempo libre para los dos es difícil, aunque no imposible. A lo mejor tienes razón y hace tiempo que vivimos en mundos separados. Mi mundo te ha interesado poco siempre, lo sé. Lo consideras demasiado racional, pero habríamos tenido pocas probabilidades de lograr lo que hemos conseguido sin el esfuerzo y el tiempo que le he dedicado a mi negocio.

—¡Ya estamos con las probabilidades! Tú que no paras de calcularlas, ¿no llegaste a pensar cuántas habrían de que acabáramos distanciándonos? ¿Has pensado alguna vez que yo también tengo mi mundo?

—Mira, Nadia, creo que estas semanas aquí sola te han influido para pensar lo que me estás diciendo, seguro que Ana también te ha llenado la cabeza con sus historias. Yo te quiero, y no creo que me haya comportado de diferente manera contigo desde que vivimos juntos, y si tengo que cambiar mi actitud para que te sientas mejor, lo intentaré, pero no nos hagamos daño, eso es lo que acordamos desde que nos conocimos. Sé que no me he interesado por tu trabajo porque no entiendo ese mundo de ficción, pero voy a esforzarme por comprenderlo. —Parecía sincero y preocupado.

—Oh, Marcos, es posible que tengas razón y la que ha cambiado he sido yo. He tenido tiempo para pensar, sobre todo por las noches y durante los paseos por la playa, pero quiero serte sincera. Cuando creí que estabas con otra mujer, primero sentí rabia, me sentí humillada, pero al poco me di cuenta de que quizás era lo mejor. Fue como un descubrimiento, me paré a reflexionar sobre nuestra vida en común desde que nos conocimos en aquella consulta, ¿recuerdas? —Asintió con la cabeza—. Recordé nuestras escapadas furtivas a cualquier hora del día para hacer el amor, tus caricias que me llenaban de placer... ¿Cuánto tiempo duraron? Y ¿qué quedó después de aquello?, ¿nuestro pacto de la felicidad?, ¿no hacer nada que le produjera sufrimiento al otro? Renuncié a adoptar un hijo porque te incomodaba la idea, desistí de que te interesaras por mis clases de Escritura y por las novelas que traducía, abandoné la posibilidad de que me acompañaras con Ana a sus exposiciones en la galería, rehusé quejarme de la soledad en que me iba sumiendo porque cada vez pasabas más tiempo fuera de casa y, sobre todo, me callé… Esa era la felicidad que tú querías ofrecerme, ¿la que nos quisimos otorgar desde el principio? ¿Lo has pensado alguna vez? Porque seguro que a ti también te habrá pasado. ¿Te ha pasado que has renunciado a compartir conmigo tus deseos, tu vida?

—Yo…, yo te lo he contado todo. Seguramente he sido un egoísta. No he sido consciente de que no eras feliz. Te aseguro que en estos meses de separación no he dejado de pensar en ti.

—No me lo hagas más difícil. Estoy confusa, me han pasado cosas que ni yo misma entiendo, es como si necesitara hacer un reset con mi vida, volver a reiniciar mis sentimientos y borrar algunas obsesiones de mi mente que no me dejan avanzar…

—No sé qué te pasa, no te reconozco. Tendrías que ser más clara para que te pueda ayudar.

—El problema, Marcos, es que creo que no me puedes ayudar. Tengo que buscar la salida a este laberinto yo sola.

Me di cuenta de que no conocía a mi marido, no había mantenido jamás con él una conversación de íntimo calado como aquella y me sentía tan incómoda como si me estuviese confesando con un extraño. No tenía medidas sus reacciones, era incapaz de precisar cómo se sentiría emocionalmente si llegaba hasta el final, ¿y cuál era el final? No quería hacerle daño, pero tampoco quería engañarle. Lo miré a los ojos y me mordí los labios. Esperaba encontrar un resquicio de la pasión que en otro tiempo nos hubiera llevado a hacer el amor nada más llegar a casa después de tres meses de separación, pero me incomodaba solo pensarlo. Por el contrario, mi mente me llevaba a los brazos de Sebastián y me sentí ruin.

—¿Has conocido a alguien? ¿Es eso, Nadia? ¿Hay otro hombre?

—¿De verdad quieres saberlo? ¿No va eso en contra de nuestro pacto?

—Venga, Nadia, me estás diciendo que no estás bien conmigo, que necesitas aclarar tus sentimientos y que vivo en un mundo paralelo al tuyo. A tomar por saco todo lo que hemos construido si no va a servir ya para recuperar nuestra felicidad, quiero saber toda la verdad. ¿Quién es?

—¿Es que no quieres entender que, aunque hubiera alguien, esa no sería la causa de mi desamor contigo? Lo nuestro es algo que se ha ido desvaneciendo, hemos vivido engañados y de repente yo he despertado y he descubierto que necesito sentirme libre, recuperar mi seguridad y no ser dependiente de alguien que ya no me aporta la ilusión de los primeros años.

—Eso me suena a una de tus novelas románticas. Creo que no estás bien, cariño, y eso te hace decir cosas que no sientes de verdad.

—He pensado mucho en ello..., y además tú jamás has leído ninguna de mis novelas, no puedes atribuirme que pienso como alguno de sus personajes, ¿ves?, a eso también me refiero al decirte que hemos vivido en mundos paralelos. No te interesa nada del mío.

—Pues ahí te equivocas. He leído una que me llevé al hospital. Tengo que decirte que me sorprendió que te manejaras con unas tramas tan enrevesadas y a veces hasta obsesivas. Si tú me acusas de que mi universo está lleno de bytes, ordenadores y de cálculos racionales, por qué yo no puedo pensar que a ti te está influyendo ese mundo de exagerada fantasía sentimental.

—Eso sí que es una novedad, no te imagino leyendo algo que no sean informes de trabajo, ¿por qué lo hiciste?

—No lo sé muy bien, te echaba de menos y leer aquel libro que tradujiste me hacía sentirte más cerca..., aunque reconozco que me resultaba extraño, no quería ni pensar que algunas cosas que escribías sobre las relaciones entre las parejas pudieran tener que ver con nosotros. Admito que me descolocó, y en algún momento pensé que tendríamos que haber hablado de ello, de tus libros, de tu trabajo en los talleres de Escritura y en la editorial. Los conflictos entre tus personajes me eran ajenos, pero no soy tan insensible para reconocer que tu mundo le interesa a mucha gente, que el arte y la creación forman parte de la vida, aunque la mía tenga puesto el foco en algo que tú consideras más cerebral y aburrido.

—Pero tú siempre lo has despreciado. No has entendido que era una parte importante de mi vida, me animaste a dejarlo hace poco.

—Perdona, pero con los reproches no tenemos muchas probabilidades de avanzar…

—Te pido un favor, deja de emplear la palabra «probabilidad», ¿crees que es necesario calcularlo todo? Dejarse llevar de vez en cuando sin reparar en las posibles consecuencias tiene su aliciente. Me gusta despertarme y ver que está lloviendo o que el día es soleado sin haber hecho planes el día anterior en función de las previsiones, muchas veces equivocadas, de los meteorólogos. Ya sé que eso no va contigo, tú necesitas que una aplicación te dé a cada minuto la evolución del tiempo, las predicciones financieras de la bolsa, y si fuera por ti, comprobarías hasta la probabilidad de tener un accidente de tráfico camino del restaurante.

—Exageras, pero no te lo tengo en cuenta. Te disculpo porque seguro que has estado estresada con la obra.

Le iba a responder cuando al otro lado de la verja apareció Luis con su novia Alicia, que habían amarrado la auxiliar del Alma en el embarcadero.

—Buenas tardes, vamos a comer a Sant Antoni, dejaremos la barca un par de horas, ¿no te molesta?

—No, claro que no —le dije—. Nosotros también comeremos fuer.a Es mi marido Marcos. —Lo presenté a distancia. Marcos saludó con la mano.

—Por cierto, ¿te llegaron las fotos de la casa?

—Sí, disculpa, no te contesté, qué cabeza la mía. La verdad es que aún no las he abierto en el ordenador, prefiero verlas a gran tamaño. Lo haré más tarde. Muchas gracias.

—No estaba yo para fotos, me había olvidado por completo.

—Veo que has hecho amigos —se interesó Marcos cuando se alejaron.

—Yo no los llamaría así, es gente muy peculiar. Tanto como lo era el anterior propietario de nuestra casa, pero de eso ya hablamos en el restaurante. Si no vamos pronto, será difícil encontrar sitio.

Hicimos todo el trayecto en coche hasta Cala Bonita en silencio. Marcos estaba serio y pensativo. Recibió varias llamadas que no atendió.

Era consciente de que me había lanzado como una kamikaze y lo había cogido desprevenido. Una vez abierta la herida, no tenía más remedio que llegar hasta el fondo. Eso era lo que me parecía que estaba sufriendo Marcos, una gran herida que no sabía cómo taponar, una ruptura que no entraba en sus cálculos y que se veía incapaz de recomponer porque quizá iba tomando conciencia de que no tenía solución.

El restaurante estaba en la playa de S´Estanyol, dentro del término de Santa Eularia, en el sureste de la isla. Sebastián me había hablado de él. Me quiso haber llevado a cenar, pero solo servían comidas hasta la puesta de sol. El local era encantador, con las paredes de piedra, las mesas de madera y las lámparas de esparto en perfecta armonía con la pequeña cala de agua transparente con casetas de pescadores construidas al pie de sus rojizas rocas.

Pedimos lo que nos recomendó el camarero: un arroz seco de *espardenyes* y calamar y unos mejillones con salsa de sobrasada. Tenía apetito; en cambio, Marcos, cabizbajo, se pasó un buen rato removiendo en el arroz antes de llevárselo a la boca.

—Entonces, ¿qué quieres que hagamos? —preguntó.

—No lo sé.

—No me digas que no lo sabes. Parece que lo tienes todo muy claro, tú misma me has dicho que has tenido mucho tiempo para pensar.

—Sé que no estoy bien, que lo nuestro no funciona desde hace tiempo y que necesito tomar otro camino... —No me atrevía a plantearle abiertamente que quería dejarlo.

—No voy a tirar la toalla, Nadia, tenemos la obligación de encontrar juntos la forma de ser felices otra vez. No ha sido una buena idea dejarte sola, no sé qué demonios te ha pasado en esta isla, pero seguro que lo podemos reconducir.

—Marcos, no lo entiendes, he ido perdiendo mi amor por ti. No es la isla…, aunque es cierto que me han pasado cosas, pero por favor no intentes renovar nuestro pacto de la felicidad. Tú crees que si te propones ser feliz, lo consigues, aunque sea a costa de estar engañándote a cada instante, y no es tan sencillo. No es necesario sentirse feliz todos los días, a veces es necesario estar triste y replanteárselo todo, si no la vida ni siquiera merecería la pena. El amor se acaba también, y cuando eso pasa, es irreversible. Siento haberte dicho cosas desagradables, no te lo mereces, pero no quiero seguir simulando que soy feliz cuando no lo soy.

—Está bien, está bien, no creo que debamos seguir hablando de ello por el momento. Todo lo que nos digamos ahora nos va a hacer más daño y es lo último que quiero que nos pase. Me resisto a tirarlo todo por la borda, porque estoy convencido de que hay algo más, quizás has conocido a otro hombre, pero no quiero saberlo. No quiero insistir. Creo que ambos necesitamos aclararnos… Yo estoy confuso, y a lo mejor necesitamos un tiempo para que las cosas vuelvan a su sitio.

—Me siento culpable por no haber intentado reconducir nuestro matrimonio desde hace tiempo y ahora todo se me hace muy cuesta arriba, no tengo ganas de luchar por nosotros, quiero hacerlo por mí. Quizá te parezca egoísta, pero es lo que pienso.

Marcos lanzó un suspiro, más parecido a un cansino bufido. Miró al horizonte negando con la cabeza y luego al techo del restaurante.

—¿Quién es ese Luis que te ha enviado fotos de la casa? —Cambió de conversación y yo le agradecí la tregua.

Le expliqué a qué se dedicaban los dueños del Alma, y saqué a colación a Sara y su negocio.

—Y ese jardinero que trabajaba para el doctor, ¿cómo lo conseguiste?
—Es una larga historia, han pasado cosas extrañas.
—¿Extrañas? Me gustaría oírlas.
—¿De verdad? ¿Prometes que no me vas a tomar por loca?
—Bueno, rara estás. —Sonrió—. Pero sí, lo prometo.

Le hice una sinopsis desordenada de hechos y personajes, sin reflejar las tensiones y amenazas que había sufrido, o refiriéndome a ellas con simulada despreocupación. Tenía que callarme algunas de las cosas que había averiguado, si no quería que entrara en juego Sebastián. Me escuchaba atento aunque en su cara adiviné que no daba crédito a lo que le estaba contando.

—Bueno, y ¿qué encontró el médico que tiene tanto valor?
—Una diosa Tanit del siglo v antes de Cristo, es de oro, y también varios collares.
—No es posible... ¿Y el diario?, ¿dónde está ese diario?
—Lo llevo conmigo, aquí en el bolso.
—Déjamelo ver.
—No es buena idea que lo saque delante de tanta gente, podría haberme seguido alguien.
—Nadia, ¿te das cuenta de que estás paranoica? Es todo increíble. Dime que se trata de una broma o pensaré...
—Que estoy loca, ¿no es eso lo que piensas? Mira, Marcos, déjalo correr, ha sido una estupidez contártelo. Te lo advertí, pero no aprenderé jamás, eres incapaz de entender nada que se salga de lo estrictamente convencional.
—Pero ¿qué quieres que entienda? Lo único que se me ocurre es que has estado sometida a un estrés absurdo con esa historia de un tesoro y de gente que te espía. Te aseguro que si hubiese algo parecido a un busto de oro, el hotelero Tur ya habría arrasado con él, no dejó una sola botella de vino en la bodega y se llevó todas las anclas y ánforas.
—Pero no encontró la diosa de oro y quizás por eso mataron a Valerio y a Mayans. La mayoría de hallazgos están

en el museo, estuve visitándolo y me dijeron que los donó a su muerte. Entendí por qué se obsesionó con Tanit, la diosa es..., es alguien especial, me transmitió unas buenas vibraciones y una armonía que necesitaba.

—Cariño, tienes que olvidarte de esto. —Me miró fijamente con semblante serio—. Me estás preocupando. Te diré lo que haremos. Te vendrás conmigo a Barcelona mañana mismo. Necesitas un descanso, quizá mejor que te vea el doctor Ros y te dé alguna cosa para tranquilizarte.

—¿El psiquiatra?, no te dije en serio que me tomarías por loca, pero ya veo que ahora ni siquiera puedo confiar en ti. —Estaba furiosa y mis ojos reventaron en lágrimas.

—Nadia, tú no estás bien. Me siento responsable por haberte abandonado estas semanas. No te das cuenta de que todo lo que me has dicho desde que he llegado a Ibiza es un continuo monólogo de reproches, y ahora esta absurda historia... Te voy a decir una cosa, ¿recuerdas que cuando compramos la casa al hotelero Tur te dije que este había firmado una opción de compra con los herederos porque no podían mantenerla?

—Sí, lo recuerdo, y ¿qué tiene que ver eso?

—Los hermanos Montalbán heredaron la casa y algo más. Cuando ya habían vendido a Tur, recibieron una importante suma de dinero del seguro de accidentes que tenía contratado su padre. La compañía tardó en pagar porque comprobó que lo que le había sucedido al doctor Montalbán fuera realmente un accidente doméstico. No hubo nada parecido a un homicidio, te puedo asegurar que las compañías de seguros son más fiables que toda la Policía, no sueltan el dinero si no lo han verificado todo hasta el último detalle.

—No lo sabía, no me dijiste nada.

—Los hermanos quisieron recomprar la casa a Tur, pero este ya se había comprometido con nosotros. Llegaron tarde y se enfadaron. Por eso te dije que no hablaras con ellos, estaban molestos. Como no consiguieron que el hotelero se retractara de la compra, me ofrecieron dinero para que me echara atrás. Habríamos hecho un buen negocio, pero te vi tan ilusionada que no te dije nada y seguimos adelante con la compra de Sa Marea.

—Ahora entiendo por qué Valerio dijo en el hospital que nadie lo había atacado y que había sufrido un accidente en su casa, quería que sus hijos cobraran esa póliza, ¿te das cuenta de que todo tiene sentido? Pero la verdad es que el asesino o los asesinos andan sueltos y no cejarán hasta que encuentren lo que buscaban aquella madrugada en casa de Valerio y más tarde en el barco de Mayans, donde le propinaron un golpe mortal.

—Nadia, por favor. No sé de qué estás hablando, pero si crees que estás en peligro, razón de más para que volvamos a Barcelona hasta que te aclares..., quiero decir hasta que se aclare esta extraña situación. Necesitas relajarte y todo lo verás de otra manera.

Marcos estaba convencido de que había perdido la cabeza. Había sido un error contarle lo de Tanit. Y lo peor es que seguro que pensaba que mi desamor por él formaba parte también de mi desorden mental. Qué podía hacer yo sino replegar velas. Sabía cómo actuaba cuando se le metía algo en la cabeza, era como una taladradora mental que no cesaba hasta que sus ideas penetraran en el cerebro del otro. Cuántas veces le había oído hablar de sus tácticas de convicción con sus clientes y no siempre me parecieron bienintencionadas.

—Está bien, iré a Barcelona. Te lo prometo, pero antes me gustaría que acabaran de instalar los electrodomésticos de la cocina. Será cosa de unos días.

—¿No quieres venirte mañana conmigo?

—No, de verdad, estaré más tranquila si lo dejo todo listo. Tienes razón, necesito descansar. Además, la última novela que he traducido se presentará pronto en Barcelona y a la editorial le gustaría que asistiera. Vendrá la autora y quieren celebrar un evento por todo lo alto.

—Está bien, pero has de prometerme que vas a dejar de comerte el coco con esa historia de Tanit. Si quieres, para tu tranquilidad, pondremos un guardia de seguridad en la casa hasta que finalicen las obras, no nos iría mal que la vigile, ahora que ya hay cosas de valor dentro.

—Como tú creas, pero el lunes instalarán la alarma y solo tiene llave Murillo. No lo veo necesario.

—Ven, dame la mano. —Me cogió la palma de la mano y se la llevó a los labios. Besó mis dedos. Me sentí tensa e insegura al mismo tiempo—. Lo que ahora piensas sobre nuestro matrimonio va a cambiar, Nadia, te prometo que lo va a hacer, yo pondré todo mi empeño. Todo volverá a ser como antes.

Las veinticuatro horas siguientes, hasta que dejé a Marcos en el aeropuerto, fueron una pesadilla. Intenté disimular mi desazón hablándole de banalidades, incluso llegué a mostrarme complaciente con sus deseos. Lo peor fue cuando por la noche me recostó sobre la cama de nuestra nueva habitación y me manoseó enloquecido. Estaba desatado, fuera de control. Al principio me dejé llevar, no podía resistirme ante la violencia que empleaba para dominar mi cuerpo. Sentí una punzada aguda en mi sexo cuando me penetró. Procuré pensar en algo hermoso, me vino a la mente el atardecer en Cala Comte, así el susurro del mar sobre la arena era más fuerte que el jadeo creciente de Marcos sobre mi pecho desnudo y me dio la fortaleza para dominar aquella humillación, porque lo que sentía era que aquel hombre, con el que había hecho el amor durante los últimos quince años, me estaba ultrajando. Se creía en el derecho de poseerme aunque yo me sintiera violentada.

Los ojos azules de Sebastián sustituyeron los negros en las cuencas de Marcos y el olor de su piel, bañada por el salitre del mar, disimulaba el perfume empalagoso de mi marido. Las manos que ahora me acariciaban los senos eran hábilmente delicadas y los labios que besaban mi boca eran dulces y apetitosos.

No sé de dónde saqué las fuerzas, pero tomé impulso y conseguí desmontar su cuerpo de encima del mío. De repente Marcos, desconcertado, estaba tumbado de espaldas en la cama, y yo montada sobre él. Intentó protestar, pero le tapé la boca con un beso profundo buscando con mi lengua su paladar hasta dejarlo casi sin aliento. Las órbitas de sus ojos se desencajaron como si acechara un extraño peligro. Apoyé con firmeza mis manos sobre sus hombros y abrí mi sexo a su pene. Estaba completamente dominado. Solo tuve que practicar unos ligeros y contundentes movimientos con mi vagina para que se corriera dentro de mí con un orgasmo que sonó como un aullido profundo. Entonces le susurré al oído, esperando que lo retuviera en su mente como algo incuestionable: «Te quiero, y siempre te querré, pero olvida que un día vuelva contigo».

Escondió sus negros ojos bajo los párpados y se quedó dormido. Su respiración era profunda y el perfume de su colonia volvió a ser empalagoso e inaguantablemente embriagador. Salí a la terraza, me senté en un sillón y encendí un cigarrillo. La noche era cálida y tranquila, las luces blancas de los palos de los veleros apenas se movían. Me quedé dormida acariciada por la suave brisa de la bahía.

30

Cuando dejé a Marcos en el aeropuerto, no me hizo ninguna recriminación. Parecía haber olvidado por completo mi mensaje tras el orgasmo y también la historia del diario del médico, o quizá es que no quería que se reprodujera nuestra agria conversación. Estuvo cariñoso en la despedida, aunque exhibía una docilidad que me era desconocida en él.

A los pocos días de su marcha supe que aquella actitud era solo mera apariencia. Cuando fui al cajero a sacar dinero para que Luka comprara plantas para el jardín, la tarjeta de crédito no funcionaba, el director de la sucursal bancaria me dijo que había sido anulada por mi marido. Hice un cheque del talonario de la cuenta corriente que teníamos en común y comprobé que también había sido cancelada.

Murillo me dijo que Marcos le había dado instrucciones de que cualquier decisión sobre lo que quedaba pendiente de ejecutar en la obra debía consultársela a él y que habían acordado que en una semana se retiraban de la casa, una vez hubieran acabado lo comprometido en el presupuesto inicial. Si había que ejecutar algún encargo extraordinario, tendría que decidirlo Marcos.

Me había bloqueado económicamente, era su manera de demostrarme que sin él yo no podía disponer de mi vida. Ilusa de mí, llegué a pensar que con un buen polvo, al estilo de los que relataba Maya Louis, lo había dominado. Sin embargo, no hay mal que por bien no venga, que solía decir mi madre; si tenía algún recelo sobre el talante de Marcos, ahora ya no me quedaba duda alguna. Nuestra separación no iba a ser fácil.

Unas horas después del episodio del banco, con seguridad lo tenía bien estudiado, me envió un mensaje: había concertado hora con el doctor Ros, el psiquiatra: «Cariño, te recibirá el 20 de junio a las 10 de la mañana. Sería deseable que vinieses un par de días antes, te compraré el billete de avión. He hablado con él y estoy seguro de que te puede ayudar, lo que te pasa no es grave, solo que conviene tratarlo cuanto antes para que no sigas con ese estrés que te impide ver las cosas como son».

«Las cosas como son», decía en su mensaje. ¿Qué creía que estaba viendo yo?, ¿una realidad que no le gustaba? Era incapaz de asumir que habíamos fracasado. Sin duda, el fracaso no era algo que fuese con Marcos, estaba acostumbrado a tenerlo todo, y lo que no, lo conseguía a base de evaluar sus malditas probabilidades de éxito.

Estaba más sola que nunca, pero no me iba a dejar llevar por la desesperación y mucho menos tolerar que pretendiera que estaba desquiciada.

Tenía suficientes fondos en mi cuenta corriente personal como para ir tirando un tiempo y pagar las plantas del jardín. La editorial me pagaría en las siguientes semanas el importe de la traducción de mis dos últimas novelas, así que no estaba dispuesta a someterme al chantaje de Marcos. Cuando se lo conté a Ana, me dijo que no solo podía contar con su ayuda económica si me surgía un imprevisto, sino que hablaría con una amiga abogada que le pondría una demanda a Marcos por apropiación indebida de bienes gananciales.

Para mí eso era lo de menos, La Casa en la Bahía estaba escriturada a nombre de los dos y no quería perderla por nada en el mundo.

Cuando ese mismo día revisé mi correo, abrí por fin el de Luis, que contenía un archivo comprimido con las fotografías prometidas. Había más de una docena, datadas en diferentes épocas y firmadas por Alicia Suárez. En la más antigua, de hacía siete años, la palapa no aparecía. Buscándola en el resto de las imágenes, comprobé que se había construido dos meses antes de nuestra compra, por lo que deduje que había sido el hotelero Tur quien la encargó, seguramente para darle un mayor valor a la casa.

Algunas de las fotografías estaban tomadas con teleobjetivo y recreaban detalles como la barandilla de madera de sabina de la habitación o las ramas de los pinos que raseaban las cubiertas. Las fotos más recientes mostraban la transformación de la casa con la reforma de los últimos meses. Cuando las comparé, me pareció que valdría la pena enmarcarlas, apenas recordaba el estado en que la encontramos.

Observé que en la más antigua aparecía un grupo de personas alrededor de la piscina, era del mes de julio de 2011, pero no podía distinguirlas, había adultos y niños en bañador, por lo que pensé que se trataba de la familia de Valerio Montalbán pasando unos días en Sa Marea.

Me llamó la atención que las fotografías estuvieran numeradas desde el número uno, la más antigua, hasta el cincuenta, que era la más reciente, pero había más de una treintena de la serie que no estaban en el archivo. Ello significaba que Luis me había enviado solo una selección y que Alicia tenía seguramente muchas más.

Me resultó curioso que se entretuviera en fotografiar Sa Marea, aunque entendía que las horas de tedio en el velero la llevaran a retratar cualquier detalle insignificante del entorno de la bahía.

Estaba pensando en ello cuando sonó el timbre de la puerta y Murillo la abrió con el mando a distancia. Un coche de Policía entró hasta el empedrado y aparcó en el lateral. Me acerqué desde la palapa bordeando la corona de la piscina para salir al encuentro del sargento Torres, que venía acompañado de una mujer de mediana edad bastante corpulenta.

—Buenos días, Nadia, ¿va todo bien? Ya veo que la casa ha experimentado un gran cambio desde la última vez que la visité. Enhorabuena, está quedando fenomenal.

—Buenos días, sargento, ¿hay algún problema? —Me puse en guardia.

—No, nada importante, solo queríamos ver que se encontraba bien. Le presento a María Tur, trabaja en Asistencia Social en el Ayuntamiento.

—¿Y por qué no me iba a encontrar bien? No entiendo su preocupación, sargento.

—¿Podemos hablar dentro? Serán solo unos minutos.

Los hice pasar al salón y nos sentamos en la bancada alrededor de la chimenea. La mujer, de aspecto adusto, se recreó explorando curiosa todos los detalles hasta donde le alcanzaba la vista.

—Pues ustedes dirán.

—Se trata de una mera comprobación —dijo la mujer—. Soy la responsable de los Servicios Sociales del Ayuntamiento de Sant Josep, al que ahora pertenece esta casa, y usted, por lo que hemos visto, está empadronada en ella.

—Así es. Me dijeron que de esa manera obtenía un importante descuento en los vuelos a la Península. ¿He cometido alguna infracción?

—No, no se trata de eso. —Sonrió—. Es solo que su marido llamó al Ayuntamiento y dijo estar preocupado por usted. Dijo que estuvo hace poco aquí y que le pareció que no se encontraba muy bien de salud.

«Maldito cabrón», pensé.

—Pues ya ve. No me pasa nada, tiene que haber sido un malentendido.

—Nadia —intervino Torres—, su marido insistió en que estaba obsesionada con que la espiaban y que se sentía en peligro, y que eso le producía insomnio y un fuerte estrés que no podía controlar. Usted y yo hemos hablado en un par de ocasiones sobre lo que le aconteció al anterior propietario, eso parece intranquilizarla sin motivo alguno. Cuando fue a verme con su amiga, la noté alterada. Es nuestra obligación saber que todo marcha bien.

—No sabía que un ayuntamiento tan pequeño se ocupara del bienestar de sus vecinos de una manera tan pormenorizada. Me quedo mucho más tranquila sabiendo que tienen un servicio de atención al ciudadano tan esmerado —dije con ironía.

—No piense que me entrometo en su vida, pero si necesita atención solo tiene que llamarnos —dijo la señora Tur. Me parecía que estaba haciendo un esfuerzo por ser amable—. Está muy sola en la casa, según nos dijo su marido, y a veces no nos damos cuenta de que la soledad nos sume en un pozo oscuro de malos pensamientos.

—Pues me encuentro perfectamente. Mi marido se preocupa en exceso por mí, pero les tendría que haber contado que estoy acostumbrada a estar sola. Tengo un trabajo que requiere aislamiento y además, como sabe el sargento Torres, he recibido la visita de una amiga, he viajado a Formentera…, en fin, he compatibilizado el seguimiento de la reforma de la casa con el ocio y el trabajo. —Opté por deshacerme en explicaciones para quitármelos de encima cuanto antes.

—Entonces, ¿no hay nada por lo que preocuparse? Si no duerme bien, puedo recomendarle algún médico especialista, aunque la isla es pequeña tenemos un buen cuadro médico —insistió María.

—Duermo perfectamente desde hace días. Al principio, cuando estaba en una habitación provisional y sufría las incomodidades de las obras, es lógico que me costara conciliar el sueño, pero ya ven que ahora se ha acabado lo más pesado y todo está fenomenal.

—Bien, pues si es así, por mi parte no hay nada más que hablar. Solo un formalismo, tendría que firmarme el acta conforme la he visitado. —Me tendió un formulario.

—Aquí pone que el motivo de la visita es «posible desorientación emocional por estrés». No voy a firmar este papel, señora Tur. Lo siento, pero creo que su celo profesional está llevándole demasiado lejos.

—No tiene por qué hacerlo, Nadia —intervino de nuevo Torres—, pero le ruego una vez más que si cree que algo no va bien, contacte con nosotros. Me gustaría que confiara en mí.

No me dio tiempo a responderle. Luka entró a recoger una herramienta y quiso dar media vuelta en cuanto vio al policía, pero este advirtió su presencia.

—Buenos días, Luka, ya me dijo la señora que habías regresado de Valencia.

—Sí, yo..., yo acabar trabajo en Valencia —dijo sin mucha convicción.
—Vaya, me alegro de tenerte de nuevo entre nosotros. Marina me dijo que habías cogido un avión, pero cuando la señora Nadia vino a verme, preocupada por tu desaparición, comprobé con las compañías aéreas que no había ningún pasajero con tu nombre esos días.
—Marina debió confundir. —Luka enrojeció—. Yo fui en barco.
—Seguro que la entendí mal entonces. —Sonrió maliciosamente el sargento Torres.
—Sí, ser eso..., voy fuera tengo trabajo en jardín. Lo siento. —Y huyó despavorido.
—Bueno, nos vamos. —María se levantó y me tendió la mano—. Disculpe si la he molestado, pero es mi obligación atender las denuncias.
—No tiene por qué disculparse. Usted y el sargento Torres han sido amables. Pueden decirle a mi marido que estoy bien. Yo también lo llamaré, no quiero que siga preocupándose por nada.
—Sí, será lo mejor —dijo Torres.
Subieron al coche y desaparecieron.
Estaba encolerizada con Marcos, ¿qué esperaba conseguir acusándome de desequilibrada y dejándome sin un euro en la cuenta corriente? ¿Pretendía acaso que me incapacitaran para vengarse porque le dije que ya no lo quería? Si era eso lo que estaba planeando, el verdadero enfermo mental era él, el único al que le convenía con urgencia un psiquiatra.
Tenía que espabilar, porque a constancia y tozudez no le ganaba nadie, intentaría por todos los medios hacerme la vida imposible. Debía pensar con lucidez, tanto sobre mi situación como sobre el enigma de aquella casa. Algo me decía que estaba a un paso de resolverlo. Era solo una corazonada que tenía que seguir, como Valerio persiguió la quimera de su tesoro hasta que lo encontró.
Antes llamaría a Ana y le pediría que me echara una mano con su abogada para mantener a raya a Marcos. Iría a por todas.

31

Ana estuvo encantada de ocuparse de mi marido. No creo que nada la hiciera tan feliz como hacérselo pasar mal. Sabía que no le caía bien, pero no que lo odiara hasta el punto de tomárselo como una cuestión personal. Fui a la notaría de Sant Antoni para darle unos poderes especiales a la procuradora que me indicó la abogada, para que pusiera en mi nombre una demanda a Marcos pidiendo que se embargaran sus cuentas personales y las de su empresa. Mi marido tendría que negociar en cuanto viera la posibilidad de que un juez admitiera medidas cautelares contra él.

Me enfadé un poco con Ana cuando, en una conversación telefónica, nos enredamos en una controversia de acusaciones absurdas sobre quién era más boba de las dos: si yo, por haberme casado con Marcos y aceptar el dichoso pacto de la felicidad, o ella, con su poco talento para mantener una relación de pareja satisfactoria. Al final nos calmamos y quedamos en que vendría a mediados de junio a pasar unos días conmigo.

Sebastián había regresado a la isla. En cuanto aterrizó, me llamó para que nos viéramos. Tenía dudas de ir a cenar con él, porque me sentía insegura. Sabía que si quedábamos, acabaríamos irremisiblemente haciendo el amor. Me apetecía mucho tener sexo con él aunque no pudiera descartar que hubiera participado en la muerte de Valerio. Así que pospuse nuestro encuentro.

Tenía tiempo para pensar. Murillo y sus hombres ya habían recogido sus herramientas y se habían marchado a Barcelona. Goyo lo había hecho unos días antes, aunque volvería en una semana para acabar la instalación eléctrica del jardín en cuanto Luka acabara de tapar las zanjas con los cables.

Mi corazonada me llevó a zambullirme muy temprano en el mar. Era un presentimiento que me había acompañado los últimos días, o quizás era la solución que deseaba para resolver el enigma de Valerio y poder emprender mi nueva vida. Nunca pensé que ambas cosas estuvieran unidas, vinculadas de tal manera que sin tener la respuesta de una sería incapaz de resolver la otra.

El sol despuntaba en el horizonte cuando Luis y Alicia amarraron la barquita auxiliar del Alma en el muelle. Los vi alejarse hacia Sant Antoni por el paseo que bordea la playa. Apenas tenía que nadar cincuenta metros hasta el velero. La escalera estaba bajada, los barcos de alrededor parecían fantasmas a esas tempranas horas, solo el tintineo cadente de los obenques golpeados por el viento amenazaba con despertar a los tripulantes. Tenía que ser rápida. Llevaba una bolsa hermética sujeta a la cintura y en su interior un lápiz USB de memoria.

Subí al barco, el acceso al despacho que ya conocía fue sencillo, la puerta estaba abierta. Los dos ordenadores estaban encendidos. Abrí el Mac, que estaba conectado a una gran pantalla, supuse que era el de Alicia, puesto que posiblemente precisaría de ese equipo para su trabajo de fotógrafa.

Tecleé «Sa Marea» en el buscador de archivos y apareció una carpeta con 50 fotografías, introduje el dispositivo USB en la rendija lateral y copié el archivo. Estaba muy nerviosa, sentí un chute de adrenalina en forma de punzada en el estómago, y en la sien, el pulso de mi corazón.

Abrí el otro ordenador, un Dell antiguo que debía ser el de Luis. Buceé en sus tripas algorítmicas. No tenía mucha pericia. Marcos habría sido de gran ayuda si no fuera porque jamás habría violentado una propiedad privada como lo estaba haciendo yo en aquel momento, por eso y porque era formalmente correcto a pesar de que me había demostrado que se comportaba como un estúpido integral.

Quería hacerme entender por aquel procesador de datos, pero no sabía exactamente qué le quería preguntar aunque sí lo que deseaba encontrar. Entré en la aplicación de documentos y tecleé de nuevo el antiguo nombre de mi casa, pero no había ninguna información; luego busqué el nombre de Valerio Montalbán, tampoco la pantalla me mostró más que el aviso de *Not found*. Tenía que pensar con rapidez, el tiempo se me agotaba, los patrones de los barcos comenzarían a desperezarse para salir de sus cascarones.

Usando la información que me dio Sebastián sobre el programa que le permitía conocer en cada momento la posición del barco de Valerio, tecleé «Posición barco de Valerio», y enseguida rectifiqué por «Seguimiento barco Valerio y Mayans». Allí aparecieron unos datos, parecían rutas y un sinfín de coordenadas guardadas en la memoria del ordenador. Volví a colocar el lápiz USB y las copié. La velocidad de aquel ordenador comparada con el Mac de Alicia era como la de un cojo compitiendo con un medallista olímpico en los cien metros. Al fin se copió en mi pequeña memoria y me sentí satisfecha de mi locura.

Oí voces en el exterior. Tenía que salir a cubierta con cuidado de no ser vista. El patrón del Rangiroa se soltó de la boya y avanzó despacio a motor. Esperé a que sobrepasara el Alma por babor para zambullirme en al agua por estribor. Nadie me había visto.

Nadé con ganas hasta el embarcadero y allí me di cuenta de que estaba equivocada: alguien me había estado vigilando en todo momento. Luka estaba de pie junto al noray del amarre esperándome con una toalla en la mano.

Procesar aquella información no era tarea fácil para mí. No sabía cómo situar en un mapa las rutas por las que el Alma de Luis había navegado durante el mes de agosto de 2015 y diferenciarlas de las que correspondían al barco de Valerio. Aquella relación de coordenadas era ininteligible.

Me lo pensé mucho, pero al final tomé la decisión de llamar a Merche para invitarla a tomar un café en casa. Me dijo que vendría por la tarde aprovechando que estaba en Ibiza haciendo unos recados. Le pedí que quería verla a solas y, aunque le extrañó que no invitara a Sara, aceptó intrigada y curiosa por ver cómo había quedado la reforma.

Las fotografías robadas a Alicia, hasta completar las cincuenta de la serie, me inquietaban. Me había sacado varios primeros planos trabajando en la palapa con el ordenador, también con el sargento Torres cuando recibí su primera visita. En otras aparecía hablando con Luka, y con Ana y Mauricio el día que este instaló *Disculpa*.

Solo había dos fotografías realizadas el 24 de agosto de 2015, la noche fatídica para Valerio, pero no tenían buena calidad porque estaban tomadas ya con muy poca luz. Las dos habían sido obtenidas con un potente teleobjetivo, pero las luces de la casa distorsionaban las imágenes con sombras que podían ser tanto de personas como de las ramas de los árboles que tocaban la fachada.

Se me ocurrió comentárselo a Ana, que me pidió que se las enviara por correo electrónico. Ella trabajaba con un diseñador de catálogos para la galería que era capaz de hacer milagros con la calidad de las imágenes, incluso si eran de baja definición. En poco tiempo me las mandaría de vuelta tratadas con un programa que las mejoraría sensiblemente.

Merche llegó sobre las cinco de la tarde, el día era caluroso y, a pesar de que apetecía estar al aire libre, le sugerí que tomáramos el café en el salón. Tenía la sensación de haber perdido la intimidad en la palapa después de ver las imágenes que había captado Alicia.

La hija de Joan Mayans notó que algo no iba bien. Tras recorrer juntas la casa y deshacerse en alabanzas por el buen gusto con la que la había reformado, me tomó de la mano y me condujo hasta la cocina. Preparé el café y la invité a sentarse a la mesa donde tenía el ordenador.

—Apenas nos conocemos, Nadia, pero tú no me has hecho venir solo para que viera la casa, ¿verdad? Me ha extrañado que no invitaras a Sara, ¿ha pasado algo entre vosotras que yo no sepa?

—No, no ha pasado nada. Sara estuvo hace poco aquí, cuando tú estabas en Barcelona. Tengo pensado hacer pronto una pequeña fiesta para celebrar la inauguración, a la que por supuesto estáis invitadas las dos. Es solo que tenía que enseñarte una cosa por si me puedes ayudar a interpretarlo.

—Ajá, ¿y de qué se trata?

Abrí mi ordenador y le mostré una parte de un mapa con coordenadas y una serie de líneas que parecían ser rutas trazadas en el mar.

—Es el *tracking* de un GPS marino. ¿Qué quieres saber? ¿Estás aprendiendo a navegar? —preguntó.

—No, no es eso. Es que encontré estos datos en la casa. Creo que son rutas que calculó Valerio y me preguntaba si tú puedes descifrar qué significado tienen —le mentí.

—Bueno, pues es como señalar en un mapa de carreteras el punto de salida y el destino final, te ofrece la mejor alternativa para llegar a él, solo que en el mar se tiene en cuenta la dirección e intensidad del viento para sugerirte si tienes que ir haciendo bordos, una serie de giros para ganar la fuerza al viento e imprimir mayor velocidad.

—Ya, pero aquí hay varios trayectos a lo largo de una semana, ¿se puede saber qué ruta siguió el velero y cuál fue su destino?

—Por supuesto, déjame ver. —Se puso frente a la pantalla—. ¿Ves?, esta ruta corresponde a un velero, el Sa Marea, y está fechada el 23 de agosto de 2015. Las coordenadas de llegada están sobre el lado este de la isla de Es Vedrá. Un momento..., espera, esta es la ruta que siguieron el último día que se embarcaron mi padre y Valerio. No sabía que...

—Hay otra ruta de otro barco, una semana después, exactamente el 31 de agosto de 2015 —la interrumpí.

—Ese es el día en que murió mi padre.

Examinó las coordenadas y las copió sobre un mapa de la isla que abrió en una aplicación de su teléfono móvil. Al instante me miró con cara de haber descubierto algo que no se acababa de creer. Estaba realmente consternada. Volvió a hacer una comprobación en su móvil. Noté cómo le temblaban los dedos mientras tecleaba nerviosa.

—Este lugar es exactamente donde encontraron el barco de mi padre a la deriva. Además es que…, es que… el *tracking* del GPS coincide con la fecha y la hora exacta en que lo hallaron. Mi padre llevaba muerto poco menos de dos horas, según el forense, y la deriva que calculamos que tuvo desde donde se produjo el accidente hasta donde apareció coincide con el punto exacto donde estuvo este barco. Quiero decir simplemente que este velero estuvo con el Virgen de las Nieves de mi padre, en el mismo lugar, día y hora. ¿De dónde has sacado esto?

—Es de un barco que fondea aquí en la bahía —le dije escuetamente.

—Pues ese barco siguió ese rumbo para alcanzar al Virgen de las Nieves. ¿Te das cuenta de que la tripulación pudo estar implicada en la muerte de mi padre?

—¿Estás completamente segura?

—No tengo ninguna duda. Necesito saber quién estuvo con mi padre antes de su muerte. Te ruego que me digas todo lo que sabes —me suplicó.

—Merche, necesito hacer unas comprobaciones, pero te pido mucha discreción o ambas estaremos en peligro. A cambio, prometo contarte todo lo que averigüe. No podemos fiarnos de nadie.

—No sé, es todo muy extraño, ¿por qué querrían hacerle daño a mi padre?

—A tu padre y a Valerio, creo que ambos fueron asesinados.

—¡Oh, Dios mío!

—Al parecer, encontraron el famoso tesoro que perseguían, pero alguien lo averiguó e intentó apropiárselo. Pienso que Valerio no le confesó a su atacante el lugar donde lo habían escondido, se resistió y fue golpeado aparentando un accidente. Ese tipo sabía que Valerio y Joan Mayans habían zarpado al amanecer del 23 de agosto en busca del hallazgo hasta la isla de Es Vedrà y supo también que no volvieron juntos, porque Valerio dejó a tu padre en uno de sus barcos, que regresaba cargado con pescado al puerto de la Savina.

—¿Y cómo supo que mi padre navegaba en el Virgen de las Nieves unos días después de la muerte de Valerio? ¿Cómo llegó a conocer la ruta que tomaba el barco para darle alcance?

—No lo sé, Merche, no tengo idea de navegación, pero sé que hay algunos aparatos emisores de señal que, instalados en un barco, te permiten hacer un seguimiento de todos sus movimientos en tiempo real. El de tu padre y el de Valerio debían tener ese emisor.

—Los barcos de mi padre lo llevaban, era una medida de seguridad. Por eso lo localizamos muy rápido. Aquel 31 de agosto habíamos quedado en que vendría a comer a casa y cuando no se presentó y no respondía al teléfono, uno de sus patrones detectó la señal en el mar. Lo rescataron cerca de Cap de Barberia.

—¿Ese dispositivo le permite a cualquier patrón localizar el barco de un tercero o tiene que estar en una red propia?

—Creo que solo tiene acceso a esa información la flota y aquellos a quien les facilites las contraseñas. Tienes razón, es imposible que un barco ajeno a la flota de mi padre pudiera rastrear sus movimientos. Los pescadores además son muy celosos de sus caladeros y no suelen compartirlos con terceros, salvo que quien lo siguiera fuera alguien más que un simple conocido.

—Eso o que le instalaran un emisor en su barco sin que tu padre lo supiera.

—Eso sería difícil, aunque no imposible.

—¿El Virgen de las Nieves llevaba un chigre a bordo el día que murió tu padre?

—Sí, seguro que sí, porque con él iba a izar unas nansas que estaban a más de treinta metros de profundidad.

—¿Era una polea eléctrica que solía prestarle a Valerio para rescatar sus hallazgos?

—Sí. Era la menos pesada y más transportable, permitía ser instalada en uno u otro barco.

Recordé lo que escribió Valerio en su diario: en la mañana del 23 de agosto tuvieron problemas con el funcionamiento del chigre de Joan, y Luis lo reparó. ¿Y si el patrón del Alma aprovechó para instalar el pequeño emisor en el aparejo? Luis los tendría controlados en todo momento, incluso cuando la polea a motor se volvió a colocar de nuevo en el barco de Joan.

Merche estaba consternada y llena de interrogantes que yo no quise desvelarle porque tampoco tenía todas las respuestas. No le quise hablar del diario de Valerio ni de lo que supuestamente habían encontrado su padre y él.

—¿Tampoco me vas a decir de qué barco has obtenido esta información?

—No te enfades conmigo, pero de momento no puedo. La obtuve de una manera no muy legal y podría tener problemas.

—Dime, Nadia, ¿por qué estás haciendo esto? ¿Qué persigues hurgando en el pasado del propietario de esta casa? ¿Es por dinero? Es eso, ¿no? Estás buscando lo que encontraron mi padre y Valerio porque debe ser algo de mucho valor.

—No, créeme. Solo quiero vivir tranquila un día en esta casa. Hay algo en ella que me ha estado quitando el sueño. Me ha estado influyendo desde el primer minuto que puse el pie en Sa Marea, me ha hecho ver las cosas de otra manera y tomar decisiones que antes no hubiese sido capaz ni siquiera de pensar. Quiero emprender una nueva vida. Creo que a Valerio y a tu padre también les gustaría que saliera a flote la verdad para que se haga justicia con ellos y puedan descansar en paz.

32

$\mathcal{L}$uka acudió en mi busca para consultarme dónde quería que plantara las buganvillas. Los siempreverdes habían crecido robustos y no dejaban apenas espacio a otras plantas, invadiendo con las raíces la tierra a su alrededor. Le pedí que arrancara alguno y que lo sustituyera por las buganvillas de flores rojas y violáceas.

—Súper —aprobó Luka.

Desde el borde del seto, junto a *Disculpa*, contemplé la espuma blanca que el viento provocaba en el oleaje y que solo algunos surfistas con sus velas de colores se atrevían a desafiar. Los barcos, amarrados a las nerviosas boyas, daban violentos *pantocazos*. La mayoría de sus ocupantes bajaron a tierra y en el espigón las *dinguis* se amontonaban abarloadas como inmensos racimos flotantes. Las tripulaciones habían huido del baile mareante de la bahía.

Luka se ajustó la gorra para que el vendaval no se la llevara. Me miró con su sonrisa aniñada.

—No tenga miedo. Yo estar aquí protegiéndola. Yo no vi nada cuando usted fue a barco del señor Luis. No tiene problema conmigo.

—Luka, quiero confiar en ti. Tengo que fiarme de alguien. Yo nunca hubiese hecho lo que hice el otro día. No voy entrando en las propiedades de los demás sin su permiso, pero tenía el presentimiento de que en ese barco había alguna información. Están tomando fotografías de la casa continuamente...

—Sí, entiendo, pero Luis no estuvo en la casa el día de

accidente del doctor Valerio, yo lo vi en su barco por la noche. Él duerme poco, pero no bajó a tierra. No estaba su auxiliar en embarcadero. No es posible que viniera aquí. Algo raro pasó.

—Pero sospecho que siguió al barco de Valerio y al de su amigo Mayans. ¿Por qué lo hizo? Creo que sabía que habían encontrado algo valioso.

—Señor Montalbán muy inteligente, pero demasiado confiado en la gente. Siempre su casa abierta y una vez abres puerta es más difícil de cerrar.

—Cuéntame qué tal se llevaba con Sebastián.

—A usted gusta ese hombre y para mí es difícil hablar.

—Luka, por favor...

—Era buen amigo. Señor Sebastián ayudó muchas veces al señor, pero cuando hay una mujer en medio la amistad puede desaparecer. En Georgia decimos que «Amor hace a hombre animal, pero también puede hacer a un animal hombre».

—Sí, algo parecido a eso lo decía Shakespeare, un escritor inglés...

—Yo veo, oigo y no hablo. Eso funcionaba para mi jefe. Pero él ya no está y sé que usted es buena y quiere averiguar la verdad de lo que pasó y por eso tiene libro de doctor. Él dijo que su secreto se tenía que quedar en la casa, ¿usted cumplirá lo que él dijo?

—Por supuesto, Luka. No tengo ningún deseo de contravenir los deseos de Valerio, aunque ya no esté entre nosotros.

—Pues entonces, piense en las puertas que ha abierto, porque seguro que alguna va a tener que cerrar.

—Vale, Luka, vale. Quieres decirme que no tengo que fiarme de nadie, pero todos los que estuvieron cerca de Valerio pudieron haber cometido un crimen: Sara, Luis, su novia Alicia, Sebastián, el sargento Torres... ¿Quién más? ¿Merche? —No le dije que incluso él podía haber atacado al doctor y simular ante la Policía que había oído ruidos de pelea en la habitación.

—Yo no sé. Todos tenían puerta abierta en la casa.

—Pues te ruego que me dejes pensar con calma. No es fácil. Esta situación está empezando a sacarme de mis casillas, quizás es lo que quieren…, que me acabe volviendo loca.

—Usted no loca, solo preocupada como doctor en últimos días. Cuando él conoce secreto que buscó en el mar, él cambió de carácter, ¿usted vio en su libro lo que encontró? Eso no le dejó dormir hasta que lo sacó del fondo, yo convencido de que eso le dio mala suerte. Murió cuando tuvo lo que buscaba. También Mayans.

—Luka, déjalo, de verdad que no quiero seguir hablando de ello. Ponle tierra buena a las buganvillas cuando las plantes. Voy adentro, este viento es insoportable.

Ana me llamó por teléfono. Estaba fuera de sí.

—Mira tu ordenador. No te vas a creer lo que se ve en las fotografías que me enviaste.

Abrí el mail con el archivo que me había enviado.

La foto original de la noche del 24 de agosto de 2015 había sido ampliada hasta concentrarse en las imágenes de sombras que se adivinaban en el piso superior de la casa. El diseñador gráfico había concentrado en un círculo la definición de unas figuras que ahora se perfilaban con mayor nitidez. Eran dos hombres, sin duda, los que aparecían hablando en la terraza superior.

—¿Quiénes pueden ser?

—¿No lo ves?, haz *zoom* en el círculo.

Fui haciendo crecer aquellas siluetas y, a la tercera ampliación, aunque la imagen se pixelaba en exceso, di un brinco delante de la pantalla al reconocer la cara del hombre que estaba con Valerio.

—Es él, sin duda —dijo Ana—. Voy a coger un avión mañana mismo. No puedes estar sola, Nadia.

—Sí, es…, es Sebastián.

—¿Te das cuenta?, esta foto se tomó pocos minutos antes de que Valerio sufriera el accidente. Sebastián estuvo en su casa. Tienes que acudir a la Policía.

—Sí, pero tengo que averiguar por qué lo hizo... ¿Y la muerte de Mayans? ¿También fue Sebastián? —Estaba tan confusa como preocupada por haberme dejado embaucar por aquel hombre.

—Eso ahora no importa, tienes una prueba irrefutable. Ponla en conocimiento de Torres inmediatamente y que te mande protección. Estás saliendo con un posible asesino —insistió Ana.

—Pero ¿por qué les hicieron las fotos? ¿No te has parado a pensar que es muy extraño que alguien desde un barco fotografíe de noche con un teleobjetivo la casa si no es porque la estaba vigilando o incluso porque supiera que allí se iba a cometer un crimen?

—No tengo ni idea, a lo mejor era una trampa, un chantaje a Sebastián..., no lo sé, pero eso ya no es asunto nuestro. Que lo investiguen a fondo, pero tú estás en peligro, querida. No se te ocurra verte con él.

—Me ha estado llamando. Hemos quedado esta tarde en casa. Parece que Carlos ya ha acabado el mural y lo trae él desde Formentera.

—¡Joder! Llama al poli y no lo veas a solas. Yo llegaré mañana por la tarde a última hora. No hay vuelos antes, están completos. Por favor, cuídate y haz el favor de llamarme si se produce cualquier novedad.

—Lo haré, no te preocupes. Estaré bien. Un beso.

Me quedé pensando en lo inocente y boba que había sido. Sebastián se había acostado conmigo por el interés de averiguar qué sabía del hallazgo de Valerio. Seguramente a Sara también la conquistó para obtener información. Era un ser despreciable que utilizaba sus encantos de forma perversa y rebuscada, envuelto en ese halo sensiblero de ecologista salvador del océano. Maldito cabrón.

Llamé al sargento Torres, me dijo que podría pasarse en una hora. Solo le adelanté que tenía algo muy importante que enseñarle y que no se lo contaría por teléfono. Le pedí a Luka que se quedara conmigo hasta que llegara.

El viento era intenso y caliente. No parecía remitir y las ráfagas de aire se colaban por la chimenea ocasionando un fuerte zumbido al buscar escapatoria entre las paredes de la oquedad.

Cuando llamaron a la puerta me estaba haciendo un café y Luka fue a abrir. Miré por el ventanal de la cocina esperando ver al sargento Torres, pero apareció una furgoneta con un gran paquete envuelto en la baca. De ella se apeó Sebastián y le pidió ayuda a Luka para descargarlo.

El policía se retrasaba y Sebastián había llegado antes de lo previsto con el mural. En cuanto lo descargaron, vino a mi encuentro y me besó en los labios.

—Cogí el barco anterior, no me fiaba del mar. Parece que están anulando los ferris por el oleaje. Hace mucho viento y no tiene pinta de parar hasta mañana.

—Oh, está bien..., solo que había quedado con alguien. —Quería salir de la casa a toda costa.

—¿Estás bien? Parece que no te alegras mucho de verme...

—No es eso, es que había quedado y te has presentado antes.

—¿No quieres que instalemos el mural? Ha quedado estupendo. Es de lo mejor que le he visto crear a Carlos, le va a dar una luminosidad especial al salón. —Comenzó a destaparlo de su embalaje de cartón ignorando mi excusa.

El mural era precioso. Medía tres metros de largo por dos de ancho. Abajo, sobre la madera, tenía pintado el azul del mar salpicado de peces de metal, y en la parte superior el contorno montañoso del cabo de Barbaria presidido por un faro de hojalata bajo las constelaciones celestes.

—Es muy bonito —acerté a decir. Solo pensaba en por qué se retrasaba el sargento Torres.

Sebastián lo atornilló a la pared en poco menos de cinco minutos con la ayuda de Luka, que asistía en silencio a la colocación del mural.

—Bueno, ya está. Le puedes poner una pequeña tira de leds por detrás y por la noche resaltarán las estrellas e iluminarán el faro. Carlos es la hostia, lo tenía en su casa pero se le olvidó. Iba a venir conmigo, pero cuando vio el viento que hacía, no quiso arriesgarse a coger el barco.

—Ya me ocuparé, no te preocupes. ¿Te apetece un café? —le dije con la excusa de poder ausentarme a la cocina y llamar de nuevo al policía.

—Sí, uno bien cargado, gracias.

Estaba buscando en mi agenda de contactos cuando de nuevo sonó el timbre de la puerta. Luka fue a abrir. Sebastián se coló en la cocina y me tomó por detrás de la cintura mientras yo cargaba la cafetera. Me acarició las nalgas por debajo del vestido y luego buscó mi sexo con sus dedos. Ambos vimos por la ventana que entraba el coche patrulla. Me soltó como un resorte.

—¿Qué está pasando? —preguntó desconcertado.

—Ahora lo sabrás. Ya no valen tus caricias para engatusarme como a una tonta.

El sargento Torres entró con un compañero al que presentó como el cabo Rosado. Les pedí a todos, incluido Luka, que se sentaran a la mesa de la cocina. Sebastián me miraba circunspecto. Hice las presentaciones aunque Torres ya conocía a Sebastián, parecía que lo había interrogado cuando murió Valerio.

—Y bien, ¿qué es lo que nos quiere enseñar? Estamos expectantes —dijo Torres con cara de pocos amigos.

Supuse que estaba prevenido contra mí, cansado de mis enredos.

Abrí el ordenador y, antes de girar la pantalla para exhibir las fotografías, dije:

—He descubierto quién estuvo en la casa con el doctor Montalbán la noche en la que fue atacado...

—No está demostrado que fuera objeto de un asalto en su casa —me corrigió el sargento.

—Sí, ya sé que él dijo en el hospital que fue un accidente, pero lo hizo porque tenía contratado un seguro por el que, si no era así, quizás la compañía de seguros no hubiera asumido el fatal siniestro, y por tanto no habría pagado la indemnización a sus herederos. Mintió para no perjudicar a sus hijos.

—Lo comprobaremos, pero vamos a lo que ha averiguado.

Todavía miré de reojo a Sebastián, que se retrepó en la silla y cerró los ojos. Me imaginé que se sabía a punto de ser descubierto.

Mostré la primera fotografía.

—Está tomada en la noche del día 24 de agosto. Junto al doctor, hablando con él está la persona que forcejeó con él.

—Puedo explicarlo —dijo Sebastián antes de ver siquiera la imagen donde aparecía con claridad.

El sargento Torres y el cabo Rosado lo observaron al tiempo que se cercioraban de que su rostro coincidía con el retratado.

—¿Confirma que es usted? —le preguntó Torres.

Solo entonces Sebastián miró la pantalla.

—Sí, soy yo —dijo apesadumbrado—, pero yo no le maté —añadió y su mirada azul se clavó en mis avergonzados y escurridizos ojos.

—Entonces, cuando le tomamos declaración hace tres años ¿nos ocultó que hubiese entrado en la casa?

—Sí, no lo dije entonces, tenía miedo de ser acusado, pero yo no le hice ningún daño. Éramos amigos, aunque él desconfiara de mí en sus últimos días. Yo quería aclarar un malentendido entre amigos...

—¿A las cinco de la mañana? ¿Tan importante era lo que tenía que decirle que no podía esperar al día siguiente?

—Cuando amarró el velero al espigón, intenté saber por qué no me había dejado ir con él cuando lo teníamos todo preparado para la expedición. Me dijo que lo había defraudado y que no quería volver a verme más. Él creía que yo tenía algo serio con la persona a la que él amaba, pero no era cierto. Fue un error por mi parte. No me quiso escuchar, llevaba prisa y me cerró la verja delante de las narices. Luka lo puede confirmar.

Luka asintió con la cabeza sin decir palabra y Sebastián, compungido, siguió descargando su conciencia. Por la cara que ponían tanto Torres como Rosado, no parecían estar dispuestos a creerlo.

—Me fui a tomar unas copas a Sant Antoni, el pueblo

estaba en fiestas y fui paseando por la playa. Había estacionado mi coche en una calle cercana a Sa Marea y preferí dejarlo aquí. No encontraría aparcamiento en el pueblo y, además, si bebía no iba a conducir. Cuando volví, serían las cuatro de la madrugada, y vi luz en el interior de la casa. Valerio estaba en la terraza leyendo. Supongo que estaba desvelado. Yo, animado por una copa de más, me atreví a llamarlo al móvil y enseguida me contestó. Me dijo que saltara la verja. Había dejado la puerta entreabierta. A diferencia de unas horas antes, estaba más tranquilo y me dijo que le costaría perdonarme, pero que le diera tiempo. Creía que nuestra amistad estaba por encima de los malentendidos. No estuve ni media hora con él. Luego me fui. Cogí mi coche y me fui a casa. Eso es todo.

—Bonita historia de amistad —dijo socarrón Torres—, creo que la tendrá que repetir en el cuartel de la Guardia Civil y seguramente ante un juez, porque le vamos a detener por sospechoso de la muerte de Valerio Montalbán. Rosado, llévatelo al coche mientras hablo con la señora.

El cabo esposó a Sebastián, que, cabizbajo, me sonrió con amarga dulzura.

—Lo siento, Nadia, no soy un asesino. Siento que no hayas tenido confianza en mí. Yo no he ido con mala intención contigo. Te he sido sincero con mis sentimientos.

Se marchó y yo no pude mirarlo a la cara. No quería que sus ojos azules me convencieran de su inocencia, pero la angustia se quedó atrapada en mi garganta como una pena difícil de digerir.

El sargento Torres le pidió a Luka que nos dejara a solas. Este me miró y le dije que ya podía retirarse hasta el día siguiente.

—¿Cómo ha obtenido estas fotografías? —preguntó a bocajarro Torres.

—Me las ha enviado un tal Luis, que fondea hace años su barco en la bahía. Al lado de la boya que era de Valerio. Su novia es fotógrafa y tomó varias de la casa.

—¡Aja! Entonces tendremos que hablar con ese Luis,

porque a lo mejor vio algo más. Sebastián ha reconocido que mintió, pero ahora hay que demostrar que realmente atacó al doctor. Tendré que llevarme estas fotos. ¿Tiene un *pendrive* para copiarlas? Es una buena prueba pero solo es circunstancial. Nada definitivo. La suerte es que está obtenida legalmente, ¿no es cierto?

—Bueno..., sí, claro.

—Eso no suena muy convincente, ¿No tiene nada más que contarme?

—La novia de Luis me envió solo una selección de fotos, las que corresponden a la fachada. Desde el Alma, Alicia se pasa el día enfocando su cámara a esta casa. No sé, tenía la sensación de que me espiaban y, para protegerme, nadé un día hasta su barco y copié algunas cosas de su ordenador.

El sargento no pareció sorprenderse, no sé en qué concepto me tenía; en cambio, yo me ruboricé.

—O sea que es posible, solo posible, que esta foto donde aparece Sebastián la haya obtenido..., digamos que de una manera poco ortodoxa, y si lo enfocamos en términos judiciales, diríamos que con allanamiento de morada, apropiación indebida y violación de archivos confidenciales extraídos ilegalmente del ordenador de ese Luis.

—También de su novia Alicia —le dije avergonzada.

—¿Sabe que si le ponen una demanda le va a caer una buena pena? De hecho, si se demostrara, sería más grave que los meros indicios que tenemos contra este Sebastián.

—Yo... Lo siento.

—¿Tanto le cuesta confiar en la gente? Desde el principio le dije que estaba aquí para ayudarla. No era necesario que corriera riesgos metiéndose a investigadora por su cuenta. Siempre tuve la duda de que las muertes de Montalbán y Mayans fueran accidentales, pero esto no funciona como en sus novelas. Tenemos que demostrarlo y hay que hacer las cosas bien. Esas fotos no tienen validez alguna. Además, las ha manipulado usted ampliándolas. Eso le corresponde a la Policía Científica. Un juez las tirará por tierra sin ni siquiera mirarlas.

—¿Qué puedo hacer? —Me enjugué una lágrima con una servilleta y encendí un cigarrillo.

El sargento Torres me pidió uno.

—Primero confiar en mí. El otro día vine con la responsable de Asuntos Sociales para protegerla. Su marido parece que ha abierto un frente contra usted, no son de mi incumbencia sus relaciones matrimoniales, pero me pareció que hay que ser muy cabrón para sugerir que tu esposa puede estar loca. Aunque a veces, Nadia, usted no me lo negará, se comporte de manera imprudente. Creo que convencí a María Tur de que no le pasaba nada y que se trataba de un pleito entre parejas, pero imagínese que va a un juicio con pruebas obtenidas ilegalmente y encima con la sospecha de que puede estar desequilibrada. El abogado del asesino se va a descojonar de la risa.

—Sí, confío en usted, haré lo que me diga.

—Eso está bien. Le diré lo que haremos. Usted se va a quedar quietecita. Yo voy a mover este asunto con la Guardia Civil. Hace tiempo que quieren poner coto al fondeo ilegal en la bahía. Este Luis, todo el mundo sabe que es el jefe de esta comunidad de boyas que crecen sin parar en los meses de verano. Cobra una pasta en negro por ello. Con esa excusa y con la sospecha de que parte de la droga que se distribuye en algunos lugares de Sant Antoni proviene de esos barcos, les pediré que hagan una redada por sorpresa a dos o tres embarcaciones, entre ellas el Alma. Podrán incautar los ordenadores, volver a reproducir las fotos y a partir de ahí podremos acusar a Sebastián con bases jurídicas sólidas. Tenemos setenta y dos horas, que es el tiempo máximo que puedo retener a Sebastián en el calabozo sin llevarlo ante el juez.

—Entiendo. Hay más. En el ordenador de Luis descubrí que hizo un seguimiento a los barcos de Valerio y de Mayans. Yo no tengo mucha idea de las rutas de navegación, pero las copié y las analicé con Merche Mayans, y resulta que el Alma estuvo pegado al Virgen de las Nieves el día y hora en que Mayans sufrió el accidente mortal.

—¡Joder! Perdón, pero es que me sorprende cada vez que abre la boca. En fin, nos quedaremos con las tripas de ese ordenador y lo vaciaremos, pero es importante que no se enteren, o borrarán los discos. Tiene que decirle a la hija de Mayans que no se lo cuente a nadie. Tenemos que correr.

—Se lo dije, pero volveré a insistir.

—¿Hay alguna cosa más que me tenga que contar?

—No, eso es todo.

—Está bien, dejaremos para otro día el motivo del supuesto crimen. Quizás las habladurías de un viejo tesoro sean algo más que puros chismes y pudieran ser el desencadenante de un asesinato, pero usted no sabe de qué le hablo, ¿no es cierto?

—Habrá que preguntarle a Sebastián.

—Sí, por supuesto que lo haremos, no le quepa duda, y ahora me tengo que marchar. Cierre bien la casa.

—Lo haré. Sargento, una pregunta: ¿cómo es que sospechó que las fotografías las había obtenido de manera poco regular?

—Le dije que la vigilaría. No ha estado sola nunca —dijo Torres enigmáticamente y se fue.

Sospeché que Luka era quien se lo había contado.

Lo seguí hasta la puerta y miré el coche patrulla. A través de los cristales oscuros del asiento trasero vi a Sebastián y no pude evitar cierto sentimiento de culpabilidad.

Necesitaba tomarme una copa y la botella de tequila la había vaciado con Sara. Abrí una de vino y me serví un vaso que apuré de un trago; luego, otro más…

33

Aquella noche soñé de nuevo con Tanit. El sueño fue una especie de *déjà vu*. La diosa estaba atrapada y quería salir de su cautiverio. Me pedía que la liberara y yo era incapaz de dar con ella. Buscaba entre rocas puntiagudas que arañaban mis piernas y brazos, escarbaba con las uñas bajo los tallos de las posidonias que se asentaban en una arena que enterraba siglos de culturas. Eran capas de la historia naufragada que se amontonaban para resurgir, llenas de incógnitas, en cuanto removía en el pasado. No encontré a la diosa, solo me acompañaba la silenciosa oscuridad del fondo del mar interrumpida por una canción lejana, casi un lamento constante que me susurraba al oído.

Me despertó el silbido del aire abriéndose paso entre las juntas de las puertas y ventanas. Eran las seis de la mañana y la música de percusión monocorde de los pubs y discotecas de la bahía ya se había desvanecido.

Abrí la ventana de la terraza y me puse un anorak. Los neones, unos pocos que aún iluminaban el contorno de la bahía, palidecían con el clarear del día. Una luz blanca cegadora avanzaba con determinación desde el puerto, camino de mi embarcadero. No me di cuenta de que era una patrullera de la Guardia Civil hasta que se abarloó al Alma iluminando con un potente foco la embarcación.

Me pareció ver a Luis saliendo por el tambucho de popa cuando dos guardias civiles abordaron el barco con rapidez. Apenas cruzaron unas palabras y entraron todos. Pasaron más de veinte minutos en los que lo único que se oyó fue el graznar de las gaviotas que sobrevolaban el mar. A través de los ojos de buey del Alma se veían fogonazos de flash, imaginé que estaban fotografiando todo lo que había en sus camarotes.

Vi salir a un guardia con una caja de cartón de gran tamaño que entregó por estribor a uno de los compañeros que se habían quedado a bordo de la patrullera. Volvió a entrar en el velero y sacó otro bulto que desde mi posición no atinaba a distinguir, pero parecían bolsas. Por los menos hizo cuatro o cinco viajes requisando pertenencias.

El tiempo pasaba y el sol aparecía tímido por el horizonte silueteado por los apartamentos de Sant Antoni. El viento mudó a una suave brisa en pocos minutos. Los patrones fondeados, conforme se desperezaban, se quedaban en cubierta contemplando atónitos la operación de la Policía.

Ahora la visibilidad era buena y, pasada cerca de una hora desde el abordaje, vi salir a Alicia y a Luis, ambos con las manos cruzadas a la espalda. Subieron a la patrullera con ayuda de la pareja de la Guardia Civil. Uno de los guardias regresó al velero para precintarlo con cinta aislante. Luego desaparecieron a toda velocidad, proa al puerto, creando un oleaje que meció bruscamente todos los barcos de alrededor.

Varios veleros se soltaron de las boyas y arrancaron los motores. Visto el panorama, decidieron huir de la bahía. Fui a darme una ducha caliente, estaba temblando como un flan.

A media mañana me llamó Marcos.

—¿Qué es lo que pretendes? ¿Quieres arruinarme? Los bancos han embargado las cuentas corrientes de mi empresa por tu estúpida decisión. —Estaba fuera de sí.

—Será de nuestra empresa, también es mía. Me cancelaste mis tarjetas de crédito y te llevaste el dinero de la cuenta en común, ¿Qué querías que hiciera?

—Esto ha sido un golpe bajo, Nadia. No me lo esperaba de ti.

—Yo tampoco me esperaba que estuvieras tan preocupado por mi salud mental y que lo compartieras con el psiquiatra y hasta con los Servicios Sociales del Ayuntamiento...
—¿Quieres arruinarme?
—¿Quieres hacerme pasar por loca?
—Tenemos que hablar. Esto no puede seguir así. Tenemos que recomponer nuestra armonía y volver a ser felices.
—Marcos, deja de hablar de la puñetera felicidad. Hay veces que no quiero ser feliz, que me apetece estar triste y enfadada, no quiero perseguir ese concepto falso de felicidad que tú te has formado. ¿No lo entiendes? La gente que va buscando a cada instante ser feliz no lo consigue y acaba cayendo en la frustración y en la desdicha.
—Ya vuelves al tema —dijo cansino—. Está bien, pues seamos infelices, pero arreglemos esto como un matrimonio civilizado.
—Para empezar, tienes que aceptar que ya no te quiero. —Me sorprendí de lo poco que me costó decirlo—. Ya no creo que pueda ser feliz a tu lado ni siquiera algunos instantes de mi vida.
—Eso lo dices porque no estás bien.
—Sigues pensando que lo mío es de psiquiatra. Pues así no veo la manera de arreglarlo. ¿Pretendes incapacitarme? ¿Es esa tu idea para arreglar las cosas entre nosotros?
—No digas tonterías, yo solo quería que estuvieras bien. Si pedí que te visitara el doctor Ros fue para que te animara y te sintieras mejor. Has tenido mucho estrés y tú misma me dijiste que habías sufrido alucinaciones con el asunto de esa diosa y que no dormías bien, creías que te espiaban y te perseguían. Eso es patológico, Nadia, la probabilidad de que no sea nada grave si lo cogemos a tiempo es muy grande...
—¡Vete a la mierda, Marcos! —grité furiosa—. La probabilidad de que tú y yo volvamos a estar juntos algún día es nula, cero. Si he sufrido alucinaciones, ha sido mientras he estado contigo. Me he sentido una nulidad, me he engañado tontamente. Se acabó.

—Muy bien y ¿cómo crees que tenemos que resolver esto?

—No tengo ninguna intención de fastidiarte, pero llegaré hasta el fondo si sigues tratándome como una demente que no está en sus cabales. Dile a tu abogado que llegue a un acuerdo con mi abogada. Puedes quedarte la empresa y el piso de Barcelona, pero quiero la casa de Ibiza y la mitad del dinero de nuestras cuentas. Y por supuesto todo el dinero que recibí de la herencia de mis padres y que me hiciste poner en un fondo de inversión a nombre de los dos. Quiero el divorcio.

—Eso hay que discutirlo, no me parece justo...

—Pues entonces reclamaré también la mitad de los beneficios de la empresa y la del piso en la ciudad. Como tú dices la PRO-BA-BI-LI-DAD de que lo pierdas todo es grande.

—No me puedo creer que lo hagas.

—Apuesta algo a qué sí. —Le colgué.

Al cabo de una hora me llamó mi abogada, me dijo que Marcos se allanaba y asumía todas nuestras pretensiones. Me pareció una expresión preciosa: «se allanaba». Eso que en términos jurídicos significa que no iríamos a un proceso judicial, porque aceptaba todas mis condiciones, era la primera vez que se producía en quince años de relación. Jamás tuvo el detalle de ceder ante mis deseos. La mayoría de las veces los sorteaba con indiferencia cuando no se oponía a ellos con sus tozudas probabilidades de que nada saldría bien. Ahora se allanaba.

Se sentía vulnerable porque lo único que le interesaba proteger era su maldita empresa de algoritmos, lo demás le importaba bien poco y podía renunciar a ello sin problema. Seguro que pensaba que su único fracaso era no haber conseguido reconducirme al absurdo pacto de la felicidad que le dio derecho durante un buen tiempo a mantener la tranquilidad necesaria para hacer lo que le viniera en gana.

No me apetecía firmar el acuerdo delante de él, así que de nuevo tenía que pasar por la notaría para darle unos poderes generales a mi abogada y firmar el contrato de regulación de nuestra separación que me enviaría por correo. Todo eran prisas, al parecer Marcos tenía que rematar una operación en Londres en una semana y no podía tener la empresa paralizada ni un solo día más.

Cómo se acaba tan fácilmente con un matrimonio cuando hay desamor, igual de sencillo que cuando decidimos casarnos, aunque el divorcio era tan rápido como el agua clara del grifo que se pierde por el sumidero del lavabo, no dejaba huella en la pila, apenas cuatro gotas que se secan en poco tiempo.

¿Había vuelto a abrir el grifo del amor por Sebastián? ¿Era solo sexo y por eso seguía pensando en él a pesar de que lo iban a acusar de homicidio? Estaba confundida. El sexo tiene algo que lo hace más sincero que el amor, te hechiza de una manera más canalla, pero es puro, es de verdad. La entrega en cuerpo y mente es total, los sentimientos se afilan en terminaciones nerviosas placenteras y te rindes sin condiciones a él cuando lo deseas. El amor es demasiado sutil y delicado, lleno de limitaciones, de restricciones absurdas, de pactos y de renuncias que conducen a la infelicidad.

Mis padres se casaron por amor, eso me dijeron cuando yo con catorce años sufrí los primeros desencuentros entre ellos. Las discusiones durante el día, al principio, se mitigaban con el sexo nocturno. Los gritos y portazos se convertían en gemidos de placer que resonaban ahogados en mi habitación. Cuando dejó de haber sexo, se acabó todo. No creo que fuera la secretaria de mi padre la que abriera el sumidero de su divorcio, creo que la razón fue que dejaron de tener sexo entre ellos y no fueron capaces de soportar los peajes del amor.

El sexo era una tregua a los reproches de mis padres y yo preferí quedarme con la imagen de los desayunos de sonrisas y carantoñas, tras una noche cargada de erotismo y olvidar sus disputas.

Un día, cuando tres años después me anunciaron que se divorciaban, le pregunté a mi madre por qué hacía el amor con un hombre al que hacía tiempo que no quería. Me dijo con toda naturalidad que era para ver si aún podía volver a quererlo. Recuerdo que la miré desconcertada, no la comprendía: «Querida, yo no hacía el amor con tu padre, solo tenía sexo con él, que es la única manera de entendimiento que nos quedaba, y también se acabó».

Más tarde, cuando empecé a traducir novelas románticas, cuidé de cargar las tintas hacia las acepciones más eróticas y libidinosas de las escenas de cama. Los argumentos eran más creíbles si las palabras describían la química del sexo sobre la del enamoramiento. El sexo hacía libre a la pareja y el amor la sumía en complejos compromisos que jamás se cumplían.

Definitivamente, mi desamor por Marcos también era la consecuencia de que hacía tiempo que se había acabado el sexo con él.

Tenía que ir a la notaría, hacer la compra y recoger a Ana en el aeropuerto. Dejé a Luka en el jardín atando con alambres las buganvillas al brezo que contorneaba la casa.

34

Cuando llamaron a la puerta, Ana y yo estábamos en la palapa a punto de saborear un mojito pocos minutos antes de que el sol cayera sobre los tejados de los apartamentos. Luka abrió el portón y el sargento Torres entró con su coche patrulla. Iba solo.

Le ofrecí tomar algo, pero no quiso. Encendió un cigarrillo y se sentó a la mesa. Echó una mirada a la bahía y aspiró una calada profunda.

—Parece que la Guardia Civil ha ahuyentado temporalmente los barcos de alrededor —dijo sonriendo al ver más de la mitad de las boyas vacías.

El Alma seguía precintado y cabeceaba levemente.

—Me imagino que se asustaron al ver el despliegue de ayer a primera hora.

—Sí, seguro, pero no tardarán en volver a atarse a esas balizas flotantes. Parece un campo de globos de colores. La Policía no puede estar encima de ellos siempre. —Le dio otra calada al cigarrillo.

—Bueno, sargento, no nos deje en vilo —dijo ansiosa Ana—. ¿Qué han encontrado en ese barco?

—La Guardia Civil encontró algo más de veinte kilos de hachís en bolsas de deporte. Irán a prisión solo por eso. Alicia Suárez, la novia de Luis Maldonado, está colaborando. Al parecer, ella no ha participado en la distribución de la droga, pero estaba al tanto. Sacaban el hachís por las noches en bolsas de basura y las depositaban en el contenedor de ese hotel, donde la recogían los traficantes para distribuirla por la zona.

—Vaya, entonces cuando yo lo vi bajar con su zódiac, no era basura lo que llevaba precisamente —dije cayéndome del guindo—. Pero ¿qué hay de las fotos y las rutas en su ordenador?

—Todavía es secreto, pero quería tranquilizarla y he venido en cuanto me ha sido posible. La Guardia Civil ha hecho un careo entre Sebastián y Luis este mediodía y todo cuadra...

—¿Qué es lo que cuadra?

—Parece que Sebastián dijo la verdad. Estuvo con Valerio Montalbán de madrugada, pero solo estuvieron hablando y luego se fue. No tuvo nada que ver con su muerte. A la hora en la que se produjo estaba ya en su casa. Su coche se quedó sin gasolina y repostó en una gasolinera de Ibiza. Lo hemos comprobado.

El corazón me dio un vuelco. Tenía sentimientos contradictorios. Lo había acusado sin razón y estaba en un calabozo por mi culpa.

—Pero ¿y por qué le hicieron esas fotos de noche? ¿Querían incriminarlo? —preguntó Ana.

—No exactamente. Alicia y Luis vigilaron continuamente la casa, estaban convencidos de que Valerio y Mayans habían descubierto finalmente el tesoro que perseguían. Durante mucho tiempo siguieron a distancia las rutas del velero del médico y del barco del pescador. Todos los movimientos están registrados en los ordenadores requisados.

»Alicia se derrumbó y confesó que, al poco de salir Sebastián de la casa, cuando hubo comprobado con su teleobjetivo que no había nadie en Sa Marea, salvo Luka, que estaba durmiendo en otro ala de la casa, Luis salió con su zódiac y la amarró al embarcadero, escaló la verja y entró por la terraza. No era difícil porque los pinos se encaraman hasta el balcón. Forcejeó con Valerio y, según Luis, este cayó con tan mala fortuna que se dio un golpe que resultó mortal.

—¿Y lo de Mayans? —pregunté.

—Al ver que no regresaron juntos de Es Vedrá, Luis sospechó que Mayans había cargado en su barco el dichoso hallazgo, así que unos días después fue en su busca. Estuvo siguiéndolo por lo menos en dos ocasiones pero Mayans iba acompañado de otros marineros y abortó el abordaje. Esperó al tercer encuentro, cuando Mayans se embarcó él solo en el Virgen de las Nieves, para asaltarlo y acabar con su vida. Esta vez no fue un accidente, lo golpeó en la sien y murió en el acto. Luego simuló que se había enredado con la sirga del cabestrante, que habría arrastrado accidentalmente a Mayans. Eso es lo que confesó Alicia que le había contado Luis. La macabra ironía es que no sirvió para nada porque dicen que no consiguieron el tesoro que buscaban.

—Y ahora ¿qué pasará? —Ana se mordió el labio.

—Sí, ¿qué va a pasar?, ¿han dejado en libertad a Sebastián? —pregunté.

—Lo haremos en las próximas horas. No hay cargos contra él. Alicia está con un fuerte ataque de ansiedad, pero ha firmado la declaración ante la Guardia Civil, y Luis se ha venido abajo. El juez ordenará la prisión incondicional de ambos, aunque es posible que con Alicia sea más condescendiente. Estaba al tanto de todo y, como le he dicho, vigilaba la casa, pero solo actuó como encubridora. Al parecer, seguía haciéndolo. Hemos encontrado decenas de fotos de usted en su ordenador..., de alguna manera estaba invadiendo su intimidad.

—No voy a denunciarla. Creo que la pobre ya tiene bastante drama con su pareja —dije.

—En alguna de ellas aparece usted con Sebastián en actitud digamos que algo cariñosa. —En Torres asomó la timidez y yo me ruboricé.

—No creo que sea un material que interese publicar en las revistas para las que trabaja, seguro que me vigilaba porque podía pensar que yo tenía escondido el tesoro de Valerio.

—¿Y lo tiene? —preguntó Torres.

—Ese tesoro nunca existió —salió Ana en mi rescate—, fue una simple quimera. Han matado por algo que solo estaba en la imaginación de aquellos dos hombres, sargento. Eran solo habladurías.

—¡Aja!, no parecían pensar de la misma manera cuando vinieron a verme a mi despacho hace unos días.

—No digo que no encontraran nada, pero solo más de lo mismo: ánforas y vasijas, nada que no poseyeran ya en cantidad, producto de sus anteriores inmersiones —apostillé.

—Ya, ¿pero nada de oro y joyas, como se ha rumoreado muchas veces? ¿Todo era una leyenda? —insistió Torres.

—Eso creo, ya le dije que en la casa no hay nada de valor.

—Bien, pues tendremos que admitir que el móvil de los crímenes fue una invención de Luis y Alicia, aunque ellos creen que existe realmente un tesoro y que las víctimas lo escondieron en alguna parte. De lo contrario, usted me lo diría, ¿no es cierto?

—Por supuesto, sargento Torres, se lo diría si lo supiese.

—Ya, sobre todo porque quedarse con algo que ha sido la causa de dos muertes no estaría bien. Además, puede ser que alguien más vaya tras ello y podría ser peligroso para usted. En los próximos días seguro que se producirán nuevas detenciones entre la red de traficantes con los que se relacionaba Luis, y alguno de ellos parece tener también intereses en la compraventa ilegal de antigüedades marinas.

—Ya le ha dicho mi amiga que no sabe nada de ese tesoro, me parece que no tiene motivo alguno para asustarla, sargento. ¿No le parece que el asunto está zanjado con las detenciones de los culpables? —Ana estaba furiosa ante tanto interés del policía por conocer qué sabía yo del hallazgo de Valerio.

—No era mi intención preocuparlas. Tiene razón, no hay motivo para ello. Han esperado tres años a que la casa volviera a estar habitada para vigilarla. No me cabe duda de que si no los hubiésemos detenido, usted podría estar en peligro. Estaban obsesionados con ese supuesto hallazgo.

—Si tiene alguna duda, no tengo inconveniente en que registre la casa. Le vuelvo a asegurar que no encontrará nada de valor —le dije.

—No será necesario, creo que dice la verdad. Ha sido usted muy valiente, Nadia. Si no hubiese accedido a las fotografías y a esas rutas de GPS, no habríamos dado con el asesino. Estaba en su punto de mira, nunca mejor dicho, en el foco de ese teleobjetivo que seguía todos sus movimientos a todas horas. Ahora, si me disculpan, tengo que marcharme. La llamaré para mantenerla informada, pero dé por resuelto el caso.

Se levantó y se despidió con una inclinación de cabeza, pareció casi una reverencia. Vi cómo saludaba a Luka cuando le abrió el portón.

Luka era el otro vigilante que había tenido junto a mí en la casa. Estaba convencida de que también era el confidente de aquel policía. Él le debió contar que entré en el Alma para buscar información en aquellos ordenadores, pero algo me decía que lo había hecho con buena intención, para protegerme a su manera. No creía que le hubiese hablado a Torres del diario del médico. Luka era fiel a Valerio y a sus deseos, y sabía que yo lo ayudaría a cumplirlos.

35

Al día siguiente llamé a Merche y a Sara y las puse al corriente de la investigación policial. Merche no paraba de llorar al otro lado del teléfono cuando le conté que su padre había sido asesinado. Sara, por el contrario, parecía relajada como si se hubiese quitado un peso de encima. Desde el principio persiguió averiguar la verdad de lo que le había sucedido a su íntimo amigo; siempre estuvo convencida de que su muerte no había sido accidental y, aunque me había querido utilizar para averiguarlo, no tenía ningún reproche que hacerle.

La edición digital del *Diario de Ibiza* publicaba las detenciones de los patrones del Alma, pero solo hablaba del decomiso de droga. Imaginé que era cuestión de horas que saltara a la prensa la tragedia de Valerio Montalbán y su amigo Joan Mayans.

Les propuse a Merche y a Sara que celebráramos la entrada del verano juntas. Faltaban dos días para el 21 de junio y La Casa en la Bahía ya estaba acabada. Podían quedarse a dormir y así podíamos alargar el encuentro hasta la madrugada si nos apetecía. Merche dijo que vendría con su barco desde Formentera y que lo amarraría en el espigón. La predicción del tiempo era muy buena. Tenía ganas de reconciliarme con ellas. Ana estaba también ilusionada y se ofreció para ayudarme con la cena.

Luka extendía con un rastrillo los últimos camiones de grava por el jardín y dibujaba círculos con piedras blancas en cuyo centro plantaba rosales, limoneros y árboles pimenteros. En el lado oeste ya estaban colocadas las placas de césped natural que rodeaba las sabinas y hacía resaltar los viejos troncos de los pinos. Estaba quedando precioso, tal y como me lo imaginé el día en que lo vi lleno de malas hierbas y rastrojos.

Ana y yo fuimos a Sant Antoni a comprar. Cuando estábamos en el mercado me llamó Sebastián, quería que nos viésemos urgentemente. Quedamos en el bar de Es Nautic y dejé que Ana terminara de completar la lista de ingredientes que habíamos hecho. Más tarde me recogería en el bar con el todoterreno.

Sebastián estaba sentado en una mesa contemplando los barcos amarrados en los pantalanes, el sol brillaba en su cabello lacio. Llegué por detrás y le toqué el hombro. Se volvió hacia mí con una amplia sonrisa. Sus ojos azules estaban ocultos tras unas gafas de sol. Se levantó y me dio dos besos en las mejillas. Estaba tensa, no sabía cómo reaccionaría.

—Sebastián, siento haberte metido en este lío. No sé qué me pasó, pero me puse nerviosa al ver aquella foto tuya con Valerio y...

—No has de disculparte. Solo que me hubiese gustado que me lo preguntaras en lugar de llamar a la Policía. Pero supongo que es normal, no me conoces tanto como para saber si soy capaz de cometer un crimen.

—No es eso, he estado de los nervios con este asunto del médico y me he portado mal contigo.

—En algún momento llegué a pensar que podría haber algo importante entre nosotros, creía que habíamos empezado bien, quizá fue un arrebato inicial, una atracción a primera vista, aunque noté que te sentías a gusto conmigo como yo lo estaba contigo. Nos ha faltado tiempo para conocernos y otra cosa muy importante: tenernos confianza. Eso no se adquiere de repente, de la misma manera que se disfruta del sexo.

—Yo también sentía..., siento algo especial por ti. Creo que podríamos volverlo a intentar.

—Nadia, no te he preguntado por tu vida. No hemos hablado jamás de tu marido, que por cierto no sé cómo me enteré en el cuartelillo que estabas casada. No he querido saber nada que me condicionara, solo sabía que me atraías un montón, que cuando no estaba contigo te deseaba y te echaba de menos. Me enganché a ti, pero está claro que eso no es suficiente.

—Yo creo que eso es necesario para tener una relación. Sin el deseo, no hay futuro en una pareja.

—Estoy de acuerdo, pero se necesita un plus de complicidad, compartir alguna confidencia.

—Ya te he dicho que me equivoqué, pero cuando me contaste lo tuyo con Sara, que seguiste la ruta del barco de Valerio y que se enfadó contigo…, solo me faltó ver esa fotografía tuya con el médico para pensar que eras tú quien lo había atacado.

—Podrías haberme preguntado. Te dije que Valerio y yo éramos buenos amigos. Como suele pasar, una relación absurda con una mujer a la que él quería lo estropeó todo. Ya no tiene remedio, pero al final me quedé tranquilo cuando me dijo que me perdonaba.

—Y ahora ¿qué vamos a hacer? —le dije temiendo su respuesta. Estaba frío y distante conmigo.

—Seguramente me iré unos meses a Croacia. Me ofrecieron enrolarme en un proyecto para rescatar un pecio del siglo xv en la costa del Adriático y no lo confirmé, pero ahora quiero hacerlo y poner distancia con Ibiza. Los últimos años y días no han resultado una buena experiencia, y aquí la causa ecologista está muy bien, pero ya son muchos veranos batallando contra los grandes yates que fondean en las praderas de posidonia.

—Entiendo, ¿cuándo te vas?

—En una semana, antes quiero pasar a ver a mi madre en Madrid, está bien pero necesita recuperarse de su cadera y será largo.

—Sebastián…

—¿Sí, Nadia?

—Valerio encontró esa diosa de oro que perseguía.
—Lo sé.
—¿Lo sabías?, me dijiste que era imposible que encontrara un hallazgo de esas características.
—Me lo dijo él la última noche que lo vi. También me dijo que guardara el secreto. No sé dónde la escondió, pero me aseguró que no se lo había dicho a nadie y que mejor que yo tampoco lo supiera porque creía que podría ponerme en peligro. Creo que sabía que iban tras él.
—¿Y tú no quisiste averiguarlo?
—No. No tuve ningún interés. Me bastó con que me dijera que la había conseguido y que eso le hacía feliz.
—Era como una obsesión para él.
—Era algo más. Me dijo que tener a Tanit consigo le aseguraba un tránsito feliz en los últimos años de su vida, que los sufrimientos que había padecido con su familia serían más llevaderos. Pobre, no se esperaba ese tránsito hacia la muerte tan violento y rápido. No quiero saber dónde está la diosa ni me interesan sus joyas, pero te daré un consejo, Nadia: si la encuentras, despréndete de ella. Mantenla lejos de ti.
—¿De verdad crees en esas cosas de la mala suerte y de la influencia de la diosa en el paso de la vida a la muerte?
—¿No creían en ella los cartagineses, que le tenían una reverencia especial en el panteón de Cartago y la trajeron a la isla cuando se establecieron aquí?
—No hablarás en serio...
—No sé por qué se puede creer en nuestro Dios y no en una deidad que existía antes del cristianismo. No veo la diferencia. En cualquier caso, no es asunto mío, pero mejor no estar cerca de una imagen que ha generado disputas y muertes.
—No sé dónde está esa imagen de Tanit. Pero quizás tengas razón, no ha hecho ningún bien.
—Bueno..., pues esto es una despedida —dijo de pronto—. No te guardo ningún rencor, quería que lo supieras. Eres una mujer maravillosa y me ha encantado conocerte.

Necesito buscar otros aires, siempre tendré la isla en el corazón, pero ha llegado la hora de dejarla por un tiempo, quizá la eche a faltar y me vuelva a enamorar de ella, como puede pasarme contigo. Te echaré de menos también a ti, Nadia.

Le noté con ganas de marcharse, de dejarme sola para no tener que ponerle una coraza a sus sentimientos si yo pretendía ahondar en ellos. Había soltado lastre con la despedida. Tenía claro que era un adiós definitivo y aun así le dije:

—¿Me llamarás algún día, desde allí donde estés?

—Cuídate, Nadia, cuídate mucho.

Y se fue. Se detuvo unos segundos tras la puerta de cristal de la cafetería, se quitó las gafas de sol y volvió la mirada hacia mí. Sonrió. Sus ojos azules ya no me parecieron tan intensos.

36

Luka se subió a una escalera para acceder a lo alto de la fachada principal y desmontar el letrero de Sa Marea que colgaba desde hacía más de medio siglo en la casa. Mauricio había forjado en hierro el nuevo rótulo de color negro que daría un nuevo nombre a aquel hogar: «La Casa en la Bahía».

Cuando lo hubo reemplazado, Ana y yo nos abrazamos, éramos conscientes de que se abría un nuevo ciclo para aquel hogar en el que tenía puestas todas mis ilusiones. Luka, desde la altura, nos miró también emocionado. Seguro que pensaba como yo, que una nueva época nacía en aquella casa sin perder la esencia de lo que fue. Había añadido una nueva capa a la historia de la familia Montalbán, a sus venturas y desdichas, a sus anhelos y desfallecimientos. Esa historia debía tener, sin embargo, un final para que la renovación fuera total, sin que el carácter que tenía aquel espacio que albergó tantos momentos de felicidad y tantos sinsabores cayeran en el olvido.

Sin darme cuenta, durante la reforma había sentido a Valerio presente en todo momento, a mi lado, alentándome para que mantuviera el espíritu de sus vivencias y aventuras que lo llevó a perseguir su deseo final. Le debía, nos debíamos ambos, restaurar lo más importante, hacerle justicia, porque cuando consiguió encontrar lo que más deseaba, le sobrevino la fatalidad. Tenía que encontrar a Tanit. Hacía días que mi cabeza daba vueltas en torno a su posible ubicación. Sabía que la tenía muy cerca de mí.

Mis sueños cargados de erotismo, unidos a los mensajes incomprensibles de la diosa que buscaba liberarse de su confinamiento en algún lugar que sentía próximo, me llevaron a releer los últimos párrafos del diario de Valerio.

Tanit estará oculta en Sa Marea, tiene reservado su lugar en la casa, allí donde otros dioses nuevos con el paso del tiempo llegaron para protegernos en el tránsito de la vida a la muerte.

«Donde otro dioses nuevos», me repetí una y mil veces. Hasta que creí saber desde dónde me hablaba la diosa.

Convoqué a Ana y a Luka en el salón.

—Luka, necesitaré un martillo, quizás una escarpia también.

El georgiano fue en busca de su caja de herramientas.

—¿Se puede saber qué pretendes? —preguntó Ana desconcertada.

—Vamos a liberar a la diosa Tanit.

—¿Ah, sí? ¿Y dónde se supone que está?

—Aquí, muy cerca, en la casa. Siempre ha estado aquí con nosotros y no lo he sabido ver hasta ahora.

—Nadia, ¿estás bien? —Ana notó mi excitación.

—Cómo no lo supe antes, ¡joder! «Allí dónde otros dioses nuevos llegaron para protegernos.»

Luka llegó con las herramientas. Los conduje hasta la escalera que subía al primer piso.

—Me estás asustando —dijo Ana.

—Necesito que saques algunos azulejos de la imagen de ese santo que hay al pie de la escalera —le urgí nerviosa.

—¿Seguro, señora? Ese santo gustar mucho a señor y vale mucho dinero. No sé si él querría...

—Quita algunos azulejos de ese mosaico, no pasa nada si se rompen —le ordené.

—Está bien. Súper, pero seguro se rompe.

—Si no me equivoco, a lo mejor no habrá que romperlos.

Luka golpeó suavemente con el mango del martillo sobre el mosaico y descubrió un sonido hueco en varios azulejos. Antes de que colocara la escarpia, apretó sus manos contra ellos y la mitad del cuadro de cerámica cedió y se abrió hacia fuera. Luka me miró desconcertado y Ana emitió un gemido ahogado tapándose la boca.

—Se está abriendo —dijo incrédula.

Era una pequeña ventana que daba paso a una gran oquedad de aproximadamente un metro de ancho por otro de largo. Le pedí a Luka que se retirara y que me dejara espacio para subir tres peldaños de la escalera de forma que pudiera acceder al hueco. Encendí la linterna de mi teléfono móvil y la dirigí hacia la oscuridad de aquel escondrijo.

Los ojos dorados de Tanit centellearon contra los míos como un rayo cegador y desconcertante. A punto estuve de caerme por la escalera cuando dentro de mí sentí la voz de la diosa implorándome que la rescatara. Alargué los brazos y accedí al busto dorado, que estaba cubierto de collares. Era muy pesado. Cuando conseguí sacarlo, Luka me ayudó a depositarlo al pie de la escalera.

—¡Joder, Nadia!, ¿es el tesoro del médico? —La emoción hizo que Ana derramara unas lágrimas cuando vio la efigie de oro cubierta de collares preciosos.

—Sí, esto es por lo que murieron Valerio y Mayans. Al fin podrán descansar en paz y la casa volverá a ser un lugar alegre en el que la muerte no esté cautiva —lo dije sin pensar que tanto Ana como Luka no me entenderían, pero era lo que sentía.

Sabía que la Tanit de oro, aquella diosa de ojos enigmáticos y expresión placentera, tenía que regresar a su mundo profundo y espiritual, donde la oscuridad no era un mero artificio, y la vida, como la muerte, se balanceaba con la fuerza de las corrientes caprichosamente cambiantes.

37

La cena en La Casa en la Bahía sirvió para desquitarnos del mal sabor de boca de la escapada a Formentera. Ana estaba ocurrente y Merche y Sara le rieron las gracias. Sobre todo cuando hablaba de los hombres que había conocido y de cómo había conseguido zafarse de ellos, para que no le amargaran la vida, en cuanto veía que se apalancaban en el tedio y la rutina.

Apenas hablamos de los asesinatos de Valerio y su amigo Joan. Supuse que ambas querían pasar capítulo de aquellos acontecimientos, en el caso de Merche particularmente tristes porque atañían a su padre, pero Sara se interesó por conocer algún pormenor de lo que les pasaría a Luis y a Alicia. No había vuelto a hablar con el sargento Torres y no tenía más información que la que les di por teléfono. Esa mañana el *Diario de Ibiza* ya recogía que la pareja de traficantes detenidos en el velero estarían implicados supuestamente en el asesinato de Valerio Montalbán y de Joan Mayans, y que el juez había decretado prisión incondicional para ambos.

Me cuidé de poner a buen recaudo a Tanit y acordé con Ana que no les diríamos nada a Merche y a Sara de nuestro hallazgo. Luka me prometió también que guardaría silencio.

Cuando llevábamos alguna copa de más, Ana propuso que por la mañana saliéramos a navegar con el velero de Merche, que tenía amarrado en el embarcadero de la casa. Sara se sumó a la iniciativa y a mí me pareció una buena idea para realizar el plan que iba formando en mi cabeza.

Υ

Cuando nos despertamos, la bahía era un remanso de paz. No me había percatado hasta entonces de que la fuga de algunos barcos de las boyas, a raíz de la redada de la Guardia Civil, no solo permitía ver la entrada a la bocana del puerto, sino que proporcionaba un silencio y quietud desconocidos.

Estibamos en el barco unos refrescos, vino y algo de comida que había sobrado de la noche anterior. Solo navegaríamos unas pocas horas para darnos un baño en Cala Salada, en la costa norte, a pocas millas al norte de Sant Antoni.

Sara reparó en la pesada bolsa de gran tamaño que llevé hasta el barco.

—¿Te vas a embarcar para varios días? —preguntó riendo.

—No, llevo una colchoneta hinchable, otras zapatillas y la ropa de abrigo de Ana y mía por si hace frío —le dije.

—¿Frío? Estamos a más de 25 grados…

—Déjala, es una exagerada —acudió Ana en mi defensa.

Merche arrancó el motor y Ana y Sara largaron las amarras de proa y de popa a la vez para separarnos del espigón.

La quilla del velero destripaba el suave oleaje que se había formado fuera de la bahía, apenas hacía viento como para subir el foque, por lo que seguimos navegando a motor. Merche manejaba el timón rumbo a la isla Conillera. Me acerqué a ella. Ana y Sara estaban en la proa medio adormiladas, tumbadas al sol.

—¿Qué profundidad hay en esta zona? —pregunté.

—La sonda marca setenta metros, ¿por qué?

—¿Pasaremos por algún lugar más hondo?

—Si bordeamos la costa desde Cap Blanc a Cala Salada, la profundidad será menor. Mira el mapa. —Me mostró el plotter de navegación, donde aparecían marcadas las curvas de profundidad—. Apenas treinta o cuarenta metros.

—¿Y si navegamos un rato mar adentro, antes de poner rumbo a la cala?

—Podemos llegar a los trescientos, incluso cuatrocientos metros si nos desviamos unas tres o cuatro millas al noroeste. Eso nos llevaría poco más de media hora a esta velocidad.

—¿Podrías hacerlo?, me gustaría contemplar la costa desde mar adentro.

—Claro, no hay problema. Hoy el mar está en calma y hasta puede que veamos algunos delfines.

—Estupendo. Gracias.

Giró el timón a babor y el barco puso rumbo a alta mar separándose de los acantilados del cabo Blanc.

Cuando llevábamos poco más de media hora navegando y dejamos la isla atrás, Sara se despertó y se extrañó de que nos hubiéramos alejado tanto.

—¿Adónde vamos? —gritó incorporándose desde la otra punta del barco.

—Nadia quiere ver delfines en alta mar —dijo Merche.

Ana me miró con cara de no entender nada.

—Sí, me apetecía ver la silueta de la costa. Será solo un momento.

El agua se tiñó de un azul más oscuro y las olas aumentaron algo de tamaño, pero la navegación era plácida, el barco apenas cabeceaba y, en cuanto Merche izó el foque para aprovechar la brisa que se levantó, la quilla surcó con firmeza el ligero cabrilleo del mar.

Yo solo me fijaba en la sonda digital, que iba marcando nuevas cotas de profundidad: 200 metros..., 210..., 230..., 260..., 300...

Merche intuía que me pasaba algo raro, con esa obsesión por llegar a la máxima hondura. Sara avanzó por el costado sujetándose al pasamanos del velero, Ana iba tras ella.

—¿Se puede saber qué estamos haciendo?, ¿acaso queréis llegar a la costa africana? —Sara estaba mosqueada y con los brazos en jarras.

Me pareció que debía desvelar mi plan. Antes miré de reojo la sonda y vi que bajo nuestro casco había trescientos ochenta metros de profundidad.

Abrí la cremallera de mi bolsa y saqué la diosa de oro, que

refulgió cegadoramente al sol. Sara y Merche se quedaron petrificadas, como si hubieran visto una aparición fantasmal.

—Es Tanit, la diosa de oro de Valerio Montalbán y de Joan Mayans, la que persiguieron como una quimera, un tesoro que no fue una utopía porque al fin lo encontraron. La rescataron de las profundidades y… les costó lo más preciado, la vida.

—Lo sabía, Valerio me lo dijo en su última carta. Sabía que la encontró —dijo Sara.

—Mataron a mi padre y a Valerio por ella —dijo Merche y se acercó para tocarla y sin embargo no lo hizo, parecía temerosa.

—Es preciosa —susurró Ana.

—Tanit tiene que estar en la oscuridad. Debe volver a las tinieblas entre las que siempre ha vivido. No puede estar en el mundo de los vivos porque de ella depende que el final de nuestra vida no sea desdichado —dije.

—¿Qué vas a hacer, Nadia? —preguntó Sara, que no dejaba de mirar fijamente la efigie dorada engalanada con collares de plata y oro.

—Vamos a devolverla a las tinieblas para que desde ellas nos ilumine. La devolveremos al fondo del mar, donde sea imposible que alguien la pueda hallar. —Apagué la sonda y el *plotter* para que no quedara grabado el lugar exacto.

—¡Nooooo! —Sara lanzó un grito desgarrado cuando vio que cogía a Tanit y me disponía a lanzarla por la borda—. Valerio me dijo en su última carta que la rescató para mí, él me quería. La diosa era para mí. La buscó para que yo la conservara. Es mía. —Estaba fuera de sí.

Me quedé paralizada, sosteniendo en el aire el peso de aquella efigie que me miraba con sus ojos vacíos y que me alentaba a que la dejara reposar en el fondo infinito.

—Sara, Tanit no puede estar entre los vivos, olvídate de que la hemos encontrado —le supliqué.

—Es mía, me pertenece, me pertenece —repitió ofuscada.

—Tírala por la borda —dijo Merche angustiada.

—Sí, lánzala al mar —me apremió Ana.

—¡No lo hagas! —gritó Sara.

Alcé el busto con fuerza, mis brazos estaban doloridos de soportar su peso y en los músculos sentía pinchazos como aguijones, y aun así, sostuve a la diosa a la altura de mis ojos para mirarla de frente. Me habló en su secreto lenguaje, me exigió que la devolviera a la vida para cumplir su misión con la muerte. No tuve dudas, la asomé a la borda y la dejé caer en aquel lugar profundo.

Sara se tiró al agua como un resorte para agarrarse al busto de Tanit, que se sumergía por momentos. No lo soltaba, asida a él no podía mantenerse a flote, pero seguía abrazada a la efigie y sus brazos se enredaron con los collares de la diosa, que la llevaba consigo irremisiblemente hacia la profundidad del mar.

Merche le lanzó un cabo con el aro salvavidas, pero Sara hizo caso omiso de él, seguía aferrada a Tanit, que con su peso la sumergía poco a poco y no podía desembarazarse de los collares que la aprisionaban. La corriente nos desplazó varios metros y Merche volvió a activar el *plotter* para marcar la posición de «hombre al agua», pero cuando viró hacia aquel punto ya no había rastro de Sara.

Merche bajó rápidamente la vela y puso el motor en punto muerto. Tiró otro aro salvavidas y se zambulló. Yo la seguí. Nadábamos en círculos alrededor del casco cogidas a los cabos atados al velero. Ana escudriñaba el mar en todas direcciones para darnos indicaciones, pero no veíamos a Sara.

Las olas batían contra la embarcación, que iba a la deriva. Subimos exhaustas a cubierta. Ana y yo nos abrazamos entre lágrimas. Merche fue la única capaz de mantener la calma y lanzar un SOS por radio con nuestra posición.

Dimos varias vueltas en torno a la referencia del punto donde habíamos perdido a Sara y allí no se veía nada. El mar la había engullido junto a Tanit.

En apenas veinte minutos arribó un barco de salvamento marítimo que estaba fondeado en el puerto de Sant Antoni. A sus dos tripulantes y al médico les explicamos que Sara había caído accidentalmente por la borda y que no aparecía. Ya habían transcurrido cerca de cuarenta y cinco minutos y la posibilidad de encontrarla con vida era difícil. Lo mejor, dijeron, era avisar a un helicóptero que rastreara la zona para intentar avistarla. Cuando lo estaban pidiendo por la radio, Ana lanzó un grito, fue como un alarido. Había visto algo a unos cincuenta metros al este.

El patrón del barco de salvamento enfocó con sus prismáticos y también lo vio. Puso proa al avistamiento. Nos quedamos contemplando nerviosas la rápida maniobra. Cuando llegaron hasta lo que parecía un cuerpo inerte, que emergía y desaparecía entre las olas blancas, detuvieron el motor. Uno de ellos se lanzó al agua y lo sujetó desplazándolo hasta la embarcación y los otros dos lo izaron a bordo. Sin duda, era el cuerpo de Sara. Recé para que estuviera viva. Merche puso rumbo al barco de salvamento.

No pudieron hacer nada por ella. Las maniobras de reanimación no funcionaron.

—Tendrán que acompañarnos al puerto —dijo el patrón—. Su amiga ha fallecido.

El *shock* fue tremendo. No podía evitar sentirme culpable por mucho que Ana y Merche me intentaran consolar. No esperaba que Sara actuara de aquella manera y que arriesgara la vida por aquella imagen. Si bien podía tener un gran valor, no merecía la pena morir por ella. Aunque debió pensar que Valerio también lo hizo. Él se jugó la vida por descubrir aquella diosa que solo había traído mala fortuna.

Me consolaba que Tanit descansara de nuevo en el fondo del mar, lejos de la maléfica influencia que ejercía sobre los vivos. Era imposible que alguien se aventurara a rescatarla.

Tres días después el sargento Torres se presentó de nuevo en casa. Se había enterado del resultado de la autopsia de Sara Neira: la muerte se había producido como consecuencia de una parada cardiorrespiratoria por ahogamiento. Todo era normal, un desgraciado accidente, pero había algo que le preocupaba.

—Luis y Alicia han declarado que Sara Neira fue quien los puso sobre la pista del hallazgo de Valerio Montalbán, parece que la quieren implicar como la inductora del crimen.

—Eso no es posible, ella..., ella no hubiese ido contra Valerio... Le...respetaba, le quería.

—Sí, supongo que endilgarle a una muerta el marrón no les va a eximir de su responsabilidad, pero... hay algo más.

—¿A qué se refiere?

—El forense encontró algunas heridas cortantes en las manos y brazos de Sara, ligeras magulladuras. No se explica cómo se las pudo hacer si se ahogó en un lugar en el que no hay rocas.

—No sé de qué habla. Ella cayó al agua, debió tropezar..., de repente nos dimos cuenta de que estaba en medio del mar e hicimos todo lo posible para rescatarla.

—Lo curioso es que en esas heridas ha encontrado restos de metal... y parece que es oro.

—No puedo decirle, se debió agarrar al pasamanos metálico para evitar caer al agua. —Intenté ofrecerle una explicación plausible.

—¿Un pasamanos de oro?, ¿sabe si llevaba alguna cadena o pulsera de oro colgada al cuello? —insistió—. A lo mejor se lo arrancó y esa sería una explicación. Ya sabe cómo son los forenses, buscan agujas en un pajar.

—No lo recuerdo, pero Sara siempre llevaba alguna joya, le gustaba ir arreglada.

El funeral de Sara fue sencillo. La única familia que se desplazó a Ibiza fue una hermana que vivía en Barcelona y su sobrino, un joven ingeniero agrónomo que se interesó por la plantación de aloe charlando con el marido de Merche. Vi a lo lejos un momento a Sebastián y luego desapareció.

Una mujer alta y espigada, que se presentó como Marga y que dijo ser amiga de Sara, se me acercó cuando acabó el funeral. Caminó a mi lado a la salida de la parroquia de Sant Josep, me cogió del brazo y me apartó hacia uno de los tres arcos del atrio de la iglesia.

—Sara me contó que vas a vivir en Sa Marea, la pobrecita perdió la cabeza por el dueño de la casa. Ella, que se las daba de pasar de los hombres, cayó en la red de ese médico que la embaucó con sus cartas de amor.

—¿Sara estaba enamorada de Valerio?

—¿Enamorada? Lo habría dejado todo y se habría ido a vivir con él si se lo hubiera pedido. La pobre Sara ha muerto de la peor forma posible. De alguna manera, intuía que se la llevaría un día el mar.

—Espera, ¿tú eres la amiga que naufragó con ella? —recordé aquel trauma que Sara parecía haber superado al final—. Cuando falleció una amiga vuestra ahogada.

—Se llamaba Clara. Era mi hermana. No tuvo fuerzas para aguantar las embestidas de las olas y se ahogó. Fue muy duro para las dos, pero Sara no fue capaz de superarlo y ahora parece que ese maldito mar, que le perdonó una vez la vida, la estaba esperando para llevársela.

—Lo siento, de verdad, Sara era una buena mujer...

—¿Te contó que llegamos a las rocas exhaustas? —me interrumpió—. ¿Te dijo que trepamos por ellas sin fuerzas y caminamos por la noche durante un buen trecho hasta que nos dimos cuenta que estábamos en Es Culleram, allí nos rescataron, en el mismo santuario de Tanit.

—Me dijo que os encontraron a primera hora de la mañana entre las rocas, tras pasar la noche a la intemperie, pero no que os refugiarais en el santuario.

—Pasamos la noche en aquella cueva con las imágenes de barro calcinadas en sacrificio de los muertos. Sara no dejó de implorar a la diosa que se la llevara a ella. Estaba fuera de sí. Mi hermana Clara era su mejor amiga, no soportó verla desaparecer en aquel mar encabritado. Nunca lo superó. ¿Tú crees que su destino estaba escrito?

Aquella mujer enjuta y con la mirada desorbitada me inquietó.

—No lo sé. No creo en el destino.

—Claro —dijo, me soltó del brazo y desapareció.

Me quedé pensativa. Sara quería estar junto a Tanit, pero esta la había rechazado y devuelto a la superficie para que los vivos la despidiéramos. Ojalá la diosa la ayudara en su tránsito hacia la muerte.

No dejaba de darle vueltas a la fatalidad que nos había traído Tanit, también a lo que me había comentado el sargento Torres acerca de que Luis pudiera haber estado en connivencia con Sara.

¿Era real la historia de amor con Valerio que me había contado Sara o tenía razón su amiga Marga? Solo sé que anduvo tras mis pasos vigilándome con la intención, decía, de protegerme, ¿o, por el contrario, lo que persiguió siempre era hacerse con el valioso hallazgo del doctor? No lo sabría nunca, pero tampoco me quitaría el sueño. La diosa estaba en el fondo del mar, donde nadie la encontraría, y ya no volvería a ejercer su influencia sobre mí, sobre nadie. Eso quería creer, aunque estaba equivocada.

38

Begoña me escribió para decirme que el lanzamiento de *El correo del sexo* había sido todo un éxito. A los pocos días de publicarse el libro ya había tenido que imprimir una segunda edición porque se estaba agotando en la mayoría de librerías. Maya Louis era la autora de moda. Llegaría a Barcelona en una semana para presentarla en público y celebrar varias entrevistas con la prensa y, según mi editora, había mostrado mucho interés por conocerme. Le había dicho que en parte la buena acogida de la novela se debía a la traducción que yo había hecho.

No sabía si asistiría a la presentación, no me apetecía estar rodeada de gente, me di cuenta de que me había quedado sola, aislada en La Casa en la Bahía.

Ana había regresado a Barcelona y ya no volvería a Ibiza hasta el 24 de agosto, para los fuegos artificiales de Sant Antoni. Merche estaba muy ocupada con su trabajo. La temporada de verano con los miles de turistas que invadían Formentera le impedía moverse del mostrador de la farmacia. Luka se tomó unos días para viajar a Georgia con su mujer, y Sebastián..., él no me había llamado e imaginé que ya no lo haría nunca más.

Marcos, mi sorprendente marido, parecía haberse esfumado. Una vez que arreglamos nuestro contencioso económico dejó de tener interés por mí. Ya no me llamaba ni enviaba mensajes. Había pasado página en su vida. Seguro que buscaría rehacerla con alguna mujer a la que pudiera convencer de un nuevo pacto de la felicidad.

Por las mañanas me levantaba temprano, abría la verja y cruzaba el embarcadero hasta la punta del espigón para zambullirme en el agua transparente de la bahía. Nadaba hasta la playa de Cala Pinet y regresaba caminando descalza por la arena.

Antes de entrar en la casa me quedaba contemplando la boya solitaria de Valerio. En ella creía ver el último vestigio de su apasionada vida.

Encendí el fuego de la chimenea y me deshice de sus libros, de las tarjetas con anotaciones de sus hallazgos y de su último diario de a bordo. Mientras las llamas consumían el papel noté un extraño alivio, como si lo que ardiera fuera a acabar con todos mis sinsabores. De alguna manera, sentía no haberle conocido en persona, me hubiese gustado compartir con él algunos lances de su vida: su amor por Sara, sus aventuras imposibles, su fascinación por Tanit y esa bondad de la que todos me habían hablado.

La Casa en la Bahía tendría que estar a la altura de Sa Marea. La historia de Valerio había dejado en ella una huella imborrable de la que no sería fácil desprenderse. Por las noches, en mis sueños, se me aparecía Tanit libre e inescrutable en medio del océano. Quería convencerme de que la diosa había ayudado a Sara y Valerio en el viaje del amor a la muerte. Necesitaba creer que también era mi guardiana, mi protectora.

Un nuevo mensaje apareció en la pantalla de mi ordenador. Era de Begoña. Me encargaba la traducción de la segunda novela de Maya Louis. Se titulaba *Obsession*.

Este libro utiliza el tipo Aldus, que toma su nombre
del vanguardista impresor del Renacimiento
italiano, Aldus Manutius. Hermann Zapf
diseñó el tipo Aldus para la imprenta
Stempel en 1954, como una réplica
más ligera y elegante del
popular tipo
Palatino

Lo que esconde el mar
se acabó de imprimir
un día de primavera de 2019,
en los talleres gráficos de Liberdúplex, s. l. u.
Crta. BV-2249, km 7,4. Pol. Ind. Torrentfondo
Sant Llorenç d'Hortons (Barcelona)